Diogenes Taschenbuch 22879

de te be

Muriel Spark

Meistererzählungen

Aus dem Englischen
von Peter Naujack
und Elisabeth Schnack

Diogenes

Titel der englischen Originalausgabe:
›The Go-Away Bird‹

Die Erzählung ›Der Seraph und der Sambesi‹
wurde von Elisabeth Schnack übertragen
Die Auswahl erschien als deutsche Erstausgabe 1963
unter dem Titel ›Der Seraph und der Sambesi‹,
1982 unter dem Titel ›Portobello Road‹
im Diogenes Verlag
Umschlagillustration:
Henri Matisse, ›Les poissons rouges‹, 1911

Veröffentlicht als Diogenes Taschenbuch, 1982

60/96/8/1
ISBN 3 257 22879 1

Inhalt

Die Schwarze Madonna

Als man die Schwarze Madonna in der Kirche des Heiligen Herzens aufgestellt hatte, kam der Bischof höchst persönlich, um sie zu weihen. Zwei Chorknaben mit besonders prächtigem Lockenkopf trugen seine lange purpurne Schleppe. Als er vom Presbyterium über den Hof zur Kirche schritt, breitete sich plötzlich dünnes Oktobersonnenlicht über die Prozession und erwies damit diesem Tag eine besondere Gunst. Das Gefolge sang die Allerheiligen-Litanei: fünf Priester in Meßgewändern aus schwerer weißer, mit schimmernden Fäden durchwobener Seide, vier Laienbrüder in schlichten roten Gewändern und danach die Gemeindemitglieder sowie die untergeordneten Reihen der Mütterunion.

In der neuen Stadt Whitney Clay gab es viele Katholiken, besonders unter den Schwestern des neuen Krankenhauses. Doch auch in der Papierfabrik arbeiteten viele Katholiken, die das großzügige Siedlungsprogramm aus Liverpool hierhergezogen hatte, und das gleiche traf für die Arbeiter der Konservenfabrik zu.

Ein Konvertit, der erst kürzlich zum katholischen Glauben übergetreten war, hatte der Kirche die Schwarze Madonna gestiftet. Sie war aus Sumpfeichenholz geschnitzt.

»Das Holz wurde im Sumpf gefunden; es hat dort Hunderte von Jahren gelegen. Da hat man sofort mit dem Bildschnitzer telephoniert, und der ist unverzüglich nach Irland hinübergefahren und hat sich an die Arbeit gemacht. Er mußte das Holz nämlich bearbeiten, solange es noch naß war, wissen Sie?«

»Sieht ein wenig nach moderner Kunst aus.«

»Ach wo, das ist doch nicht modern; das ist ganz im alten Stil.

Wenn Sie je zeitgenössische Arbeiten gesehen hätten, wüßten Sie, daß es altertümlich ist.«

»Es sieht aber mod – – –«

»Es *ist* aber altertümlich gehalten. Meinen Sie, man hätte sonst die Genehmigung erteilt, es aufzustellen?«

»So hübsch wie die ›Unbefleckte Empfängnis‹ in Lourdes ist es aber nicht. Die wirkt dagegen richtig erhebend.«

Mit der Zeit jedoch gewöhnten sich alle an die Schwarze Madonna mit den viereckigen Händen und dem geradlinig geschnitzten Faltenwurf. Nur ganz zu Anfang waren einige dafür, sie in ein Gewand zu kleiden oder ihr wenigstens einen Schleier umzuhängen.

»Sie sieht ein wenig düster aus, Vater, meinen Sie nicht auch?«

»Nein«, antwortete der Priester, »ich finde, sie sieht gut aus, wie sie ist. Wenn man sie in Stoffe hüllen wollte, würde man die ganze Linie verschandeln.«

Manchmal kamen Leute eigens aus London, um die Schwarze Madonna zu sehen, und das waren keine Katholiken; wie der Pfarrer sagte, besaßen diese Menschen wahrscheinlich überhaupt keine Religion, die armen Seelen, obgleich sie doch intelligent zu sein schienen. Sie strömten herbei wie zu einem Museum, um die Form der Schwarzen Madonna zu bewundern, die nicht durch Gewänder verschandelt werden durfte.

Die neue Stadt Whitney Clay hatte das alte Dorf verschlungen. Nur noch zwei oder drei Häuser mit doppelten Giebelfenstern, ein Gasthaus mit dem Namen *The Tyger*, eine Methodistenkapelle und drei kleine Kramläden repräsentierten das Dorf. Den drei Läden war bereits vom Stadtrat der Abbruch angedroht worden; die Methodisten kämpften um die Erhaltung ihrer Kapelle, und nur die Häuser mit den doppelten Giebelfenstern und das Gasthaus mußten vom Planungskomitee der Stadt geduldet werden, da der Staat sie unter Denkmalschutz gestellt hatte.

Die Stadt war geometrisch in Quadrate, Halbkreise (um den

Durchgangsverkehr zu erleichtern) und gleichschenklige Dreiecke eingeteilt, die an einer Stelle unvermittelt unterbrochen waren, um das alte Dorf zu umgehen, das aus der Vogelschau wie ein fröhlicher Klecks auf einem säuberlich beschriebenen Blatt aussah.

Die Manders Road bildete eine Seite eines Parallelogramms von mit Grünanlagen eingefaßten Straßen. Sie war nach einem der Gründer des Konservenkonzerns ›Manders' Feigen in Saft‹ benannt worden und bestand aus einer Ladenzeile und einem langgestreckten hohen Wohnblock, der nach dem verstorbenen Sir Stafford Cripps, welcher noch den Grundstein gelegt hatte, Cripps House hieß. Die Wohnung Nummer zweiundzwanzig im fünften Stockwerk des Cripps House gehörte Raymond und Lou Parker. Raymond Parker war Werkmeister in der Motorenfabrik und Angehöriger des Betriebsrates. Er war seit fünfzehn Jahren mit Lou verheiratet, die zu jener Zeit, da man über die wundersamen Kräfte der Schwarzen Madonna zu reden begann, siebenunddreißig Jahre zählte.

Fünf von den fünfundzwanzig Ehepaaren, die im Cripps House wohnten, waren katholisch. Alle außer Raymond und Lou hatten Kinder. Eine sechste Familie war kürzlich von der Stadtverwaltung in eines der neuerbauten Sechszimmerhäuser eingewiesen worden, da außer sieben Kindern auch noch ein Großvater dazu gehörte.

Raymond und Lou galten als vom Glück begünstigt, weil sie, obwohl kinderlos, eine Dreizimmerwohnung erhalten hatten. Leute mit Kindern wurden eigentlich bevorzugt; aber ihr Name hatte seit Jahren auf der Warteliste gestanden, und einige meinten, daß Raymond Beziehungen zu einem der Stadträte besäße, der gleichzeitig einer der Direktoren der Motorenfabrik war.

Die Parkers gehörten zu den wenigen Bewohnern des Cripps House, die ein Auto hatten. Sie besaßen kein Fernsehgerät wie die meisten ihrer Nachbarn; denn da sie kinderlos waren, hatten sie es sich leisten können, ihrem Geschmack großzügig nachzugeben, und ihre Gewohnheiten wichen infolgedessen ein wenig, ihre Vergnügungen und Hobbies jedoch erheblich von denen ihrer Nachbarn ab. Die Parkers gingen nur ins Kino, wenn der *Observer* den Film gelobt hatte; Fernsehen war ihnen zu gewöhnlich; sie hielten fest zu ihrer Religion; sie wählten Labour; das zwanzigste Jahrhundert war in ihren Augen unbedingt das bisher beste; sie stimmten dem Dogma von der Erbsünde zu; sie wendeten häufig das Wort ›viktorianisch‹ auf Ideen und Leute an, die sie nicht mochten – wenn zum Beispiel einer der örtlichen Stadträte sein Amt niederlegte, sagte Raymond: »Er mußte ja gehen. Er ist Viktorianer. Und viel zu jung für diese Aufgabe.« Lou nannte Jane Austens Bücher viel zu viktorianisch; und jeder, der gegen die Abschaffung der Todesstrafe protestierte, war ein Viktorianer; Raymond hielt den *Reader's Digest*, die Automobilzeitschrift *Motoring* und den *Catholic Herald*; Lou hatte *The Queen, Woman's Own* und *Life* abonniert; sie lasen jeder zwei Bücher die Woche; Raymond zog Reisebeschreibungen vor, Lou mochte lieber Romane.

Während der ersten fünf Jahre ihres Ehelebens hatte ihnen die Tatsache, daß sie keine Kinder bekamen, viel Kummer bereitet. Sie hatten sich beide mehrfach ärztlich untersuchen lassen, und Lou erhielt daraufhin eine Anzahl Spritzen, jedoch ohne jeden Erfolg. Die Enttäuschung traf sie besonders schwer, da beide aus großen, kinderreichen katholischen Familien stammten. Keiner ihrer verheirateten Brüder und Schwestern hatte weniger als drei Kinder. Eine von Lous Schwestern, die inzwischen verwitwet war, besaß sogar acht; sie überwiesen ihr jede Woche ein Pfund.

Ihre Wohnung im Cripps House hatte drei Zimmer und Küche. Alle ihre Nachbarn sparten für ein eigenes Häuschen. Eine einmal erkämpfte Gemeindewohnung mit niedriger Sozialmiete bedeutete für sie lediglich eine Zwischenlandestation für den Raketenflug ihrer Wünsche. Lou und Raymond teilten diesen Ehrgeiz nicht; sie waren nicht nur zufrieden mit ihrer öffentlich subventionierten Behausung, sie waren begeistert davon und betrachteten sie gewissermaßen aus aristokratischer Sicht: mit dem stolzen Bewußtsein, in dieser Beziehung von den

Vorurteilen der bürgerlichen Mittelschicht, zu der sie sich immerhin zählten, frei zu sein. »Eines Tages«, sagte Lou, »wird es zum guten Ton gehören, in einer Gemeindewohnung zu wohnen.«

In der Zusammenstellung ihres Freundeskreises waren sie sehr wählerisch. Hierbei gingen jedoch, das muß gesagt werden, ihre Ansichten ein wenig auseinander. Raymond hätte gern die Ackleys gemeinsam mit den Farrells eingeladen. Mr. Ackley war Buchhalter beim Elektrizitätswerk. Mr. Farrell sortierte Feigen bei Manders, und seine Frau war Platzanweiserin im Odeon.

»Letzten Endes«, machte Raymond geltend, »sind sie doch alle katholisch.«

»Das stimmt schon«, erwiderte Lou, »aber trotzdem gehen ihre Interessen weit auseinander. Die Farrells würden nicht verstehen, worüber die Ackleys reden. Die Ackleys beschäftigen sich am liebsten mit Politik, und die Farrells erzählen gern Witze. Ich bin kein Snob, ich denke nur vernünftig.«

»Oh, hab dich nur nicht so.« Denn niemand konnte Lou Snobismus vorwerfen, und jederman wußte, daß sie vernünftig dachte.

Als aktive Kirchenmitglieder besaßen sie einen sehr großen Bekanntenkreis. Genauer gesagt: sie waren Mitglieder verschiedener Vereinigungen und religiöser Gemeinschaften. Raymond stellte sich als Beistand zur Verfügung und organisierte außerdem die wöchentliche Fußball-Lotterie zur Unterstützung des Kirchenverschönerungsfonds. Lou kam sich besonders verloren vor, wenn die Mütterunion ihre Zusammenkünfte veranstaltete und eigene Messen lesen ließ, denn die Mütterunion war die einzige Vereinigung, für die sie nicht die notwendigen Voraussetzungen mitbrachte. Da sie vor ihrer Heirat als Krankenschwester gearbeitet hatte, war sie jedoch Mitglied der Schwesternvereinigung.

So hatte es sich ergeben, daß die meisten ihrer katholischen Freunde aus den verschiedensten Berufen kamen. Einige davon stammten zwar aus der Motorenfabrik, in der Raymond als

Werkmeister arbeitete, gehörten aber unterschiedlichen gesellschaftlichen Schichten an, was Lou wiederum mehr empfand als Raymond. Wenn es zu entscheiden galt, wer besser zu wem paßte, ließ er daher in der Regel ihr das letzte Wort.

Die Motorenfabrik stellte eines Tages ein Dutzend Leute aus Jamaika ein. Zwei von ihnen kamen in Raymonds Abteilung. Eines Abends lud er sie zum Kaffee in seine Wohnung ein. Sie waren unverheiratet, sehr höflich und schwarz. Der ruhigere von beiden hieß Henry Pierce und der gesprächigere Oxford St. John. Zu Raymonds Überraschung und Freude entschied Lou, daß alle ihre Bekannten, gleich welcher Stellung sie angehörten, Henry und Oxford kennenlernen mußten. Daß sie kein Snob war, sondern nur vernünftig dachte, hatte er schon immer gewußt; er hatte nur heimlich befürchtet, daß sie das Zusammenbringen ihrer alten weißen mit ihren neuen schwarzen Freunden nicht für passend halten würde.

»Ich bin froh, daß du Henry und Oxford magst«, sagte er, »und ich freue mich, daß wir sie mit so vielen Leuten bekannt machen können.« Innerhalb eines Monats hatte das dunkelhäutige Paar neun Abende im Cripps House verbracht und dabei Buchhalter, Lehrer, Packer und Sortierer kennengelernt. Nur Tina Farrell, die Platzanweiserin, schien die Bedeutung dieses Ereignisses nicht verstanden zu haben: »Ganz nette Burschen, diese Farbigen, wenn man sie erst einmal näher kennengelernt hat.«

»Jamaikaner, wollten Sie sicher sagen«, meinte Lou. »Warum sollten sie auch nicht nett sein? Sie sind nicht anders als alle übrigen Leute.«

»Ja, ja, genau das meinte ich«, sagte Tina.

»Wir sind alle gleich«, zitierte Lou. »Vergessen Sie nicht, daß es auch schwarze Bischöfe gibt.«

»Jesus, ich habe nie behauptet, daß wir uns mit Bischöfen auf eine Stufe stellen könnten!« rief Tina ganz verwirrt aus.

»Schön, aber nennen Sie diese Leute nicht Farbige.«

An Sommersonntagen führten Raymond und Lou manchmal

ihre Gäste mittags im Wagen aus und landeten gewöhnlich zum Abschluß mit ihnen in einem Gasthaus am Fluß. Als sie zum ersten Mal mit Henry und Oxford einkehrten, waren sie innerlich ganz auf Abwehr eingestellt; aber niemand erhob Einwände, es gab nicht das geringste ungebührliche Aufsehen. Bald waren ihre dunklen Begleiter nirgendwo mehr etwas Neues. Oxford St. John lernte eine rothaarige Buchhalterin kennen und wurde völlig von ihr mit Beschlag belegt, und Henry Pierce, der seinen Gefährten vermißte, verbrachte noch mehr von seiner Freizeit in der Wohnung der Parkers. Lou und Raymond hatten sich vorgenommen, ihren vierzehntägigen Sommerurlaub in London zu verbringen. »Der arme Henry«, sagte Lou. »Wir werden ihm fehlen.«

Wenn man ihn einmal aus seiner Reserve gelockt hatte, war er gar nicht mehr so still, wie man zuerst dachte. Henry war vierundzwanzig Jahre alt und äußerst wißbegierig auf allen Gebieten; seine glänzende schwarze Haut, die leuchtenden Zähne und Augen ließen ihn noch eifriger erscheinen. Er weckte mütterliche Instinkte in Lou und, bis zu einem gewissen Grad, Onkelinstinkte in Raymond. Lou liebte ihn geradezu, wenn er aus seinen Lieblingsgedichten vorlas, die er in ein Schulheft abgeschrieben hatte:

Eile, Nymphe, und bring mit dir
Der Jugend Scherz und Heiterkeit . . .

Lou pflegte ihn häufig zu unterbrechen, um seine Aussprache zu korrigieren, und Henry verbesserte sich dann stets sehr gewissenhaft.

»*Und frohes Lachen ohne Zier*«, fuhr er fort. »*Lachen* – hören Sie das, Lou? – *Lachen*! Das ist es, wofür die menschliche Rasse geschaffen wurde. Wenn ich sehe, wie die meisten Leute ständig mit mürrischen Gesichtern herumlaufen, Lou . . .«

Lou liebte diese Art der Unterhaltung. Raymond saß daneben und paffte wohlwollend seine Pfeife. Wenn Henry sich dann verabschiedet hatte, pflegte Raymond zu sagen, was für eine

Schande es doch sei, daß ein so intelligenter junger Bursche vom rechten Weg abgekommen sei; denn Henry war zwar in einer katholischen Mission aufgewachsen, hatte jedoch der Religion abgeschworen. Er fand Gefallen daran, »der Aberglaube von heute ist das Wissen von gestern« zu sagen.

»Ich kann es nicht dulden«, warf Raymond dann ein, »daß der katholische Glaube als Aberglaube bezeichnet wird. Das kann ich nicht dulden.«

»Eines Tages wird er in den Schoß der Kirche zurückkehren«, lautete Lous Beitrag zu diesem Thema, ob Henry nun anwesend war oder nicht. Wenn sie es in Henrys Gegenwart sagte, bedachte er sie dafür mit einem zornigen Blick. Dies waren aber auch die einzigen Gelegenheiten, bei denen Henry seine heitere Gelassenheit verlor und wieder still wurde.

Raymond und Lou beteten für Henry, daß er seinen Glauben wiedergewinnen möge. Lou betete dreimal in der Woche vor der Schwarzen Madonna den Rosenkranz.

»Er wird uns vermissen, wenn wir in Urlaub fahren.«

Raymond rief das Hotel in London an. »Haben Sie ein Einzelzimmer für einen jungen Herrn in Begleitung von Mr. und Mrs. Parker?« fragte er und fügte hinzu: »Für einen farbigen Herrn.« Zu seiner Freude war ein Zimmer verfügbar, und erleichtert nahm er zur Kenntnis, daß keinerlei Einwände gegen Henrys Hautfarbe bestanden.

Sie genossen ihren Urlaub in London sehr, und nur durch den Besuch von Lous verwitweter Schwester, der sie jede Woche ein Pfund als Zuschuß für den Unterhalt ihrer acht Kinder überwiesen, fiel ein leichter Schatten über die schönen Tage. Lou hatte ihre Schwester Elizabeth seit neun Jahren nicht mehr gesehen.

Sie besuchten sie erst gegen Ende ihres Urlaubs. Henry saß hinten im Wagen, neben einem großen Koffer voll alter Kleider für Elizabeth. Raymond saß am Steuer und sagte ein um das andere Mal: »Arme Elizabeth – acht Kinder!«, was Lou ziemlich irritierte, obgleich sie äußerlich ruhig blieb.

Vor der Untergrundbahnstation am Victoria Park, wo sie

anhielten und nach dem Weg fragten, wurde Lou von einer merkwürdigen Unruhe ergriffen. Elizabeth wohnte in einer sehr heruntergekommenen Gegend von Bethnal Green, und in den neun Jahren, die seit ihrem letzten Besuch vergangen waren, hatte Lous Erinnerung aus den schäbigen Erdgeschoßzimmern mit den abblätternden Wänden und den nackten Bretterdielen ein beinahe wohnliches Nest gemacht. Während sie jede Woche die Postanweisung an ihre Schwester abschickte, hatte sie sich mit der Zeit die Behausung in Bethnal Green in einem fast klösterlichen Licht ausgemalt; sie würde zwar kahl, aber reinlich und fleckenlos aussehen, strahlend im Glanz der frommen Ärmlichkeit. Die Fußbodendielen waren blank gescheuert, Elizabeth grauhaarig und wohl von Falten gezeichnet, aber sauber. Die Kinder, gut erzogen, kamen folgsam zum frühen Abendessen und saßen in zwei Reihen vor ihren dampfenden Suppentellern an einem langen Tisch, der fast an die Tafel im Refektorium eines Klosters erinnerte. Erst jetzt, als sie am Victoria Park hielten, überfiel Lou die dunkle Vorahnung, daß wahrscheinlich alles ganz anders als in ihrer schönen Einbildung sein würde.

»Es mag sich verschlechtert haben, seit ich das letzte Mal dagewesen bin«, sagte sie zu Raymond, der Elizabeth noch nie besucht hatte.

»Wo hat es sich verschlechtert?« fragte Raymond.

»Bei der armen Elizabeth.«

Lou hatte sich für Elizabeths schwerfällige, kurze monatliche Briefe – man konnte sie fast primitiv nennen – nie sonderlich interessiert. Elizabeth war, wie sie selbst von sich sagte, nie eine gute Schülerin gewesen. ›James hat eine andere Arpeid‹, schrieb sie, ›ich hofe das der Erger nun zu ende ist mein Blutdruck war schon zu hoch. Der Gesundheitsbeamte war ser nett. Auch die Fürsorge. Sie schickten mir immer Eßen und auch für die Kinder nach hause das nennen sie Malzeit auf Rädern. Ich bete zum Almächtigen das James keinen Erger mer macht aber er giebt nicht nach mit sechzehn sind sie alle gleich tun nie den Mund auf doch Gott hat seine Augen nicht geschlossen. Vielen Dank für P. A. du wirst belont werden deine dich libende Schwester Elizabeth.‹

Lou versuchte im Geiste, das Wesentliche aus solchen Briefen im Laufe von neun Jahren zusammenzusetzen. James war der Älteste; er mußte in Schwierigkeiten geraten sein.

»Ich hätte Elizabeth wegen James fragen müssen«, sagte Lou. »Sie schrieb mir letztes Jahr, daß er in eine üble Sache hineingerutscht sei; man sprach davon, ihn in eine Anstalt zu stecken, aber mir ist das damals alles gar nicht so richtig aufgegangen. Ich hatte zu viel zu tun.«

»Du kannst dir nicht alles aufladen«, erwiderte Raymond. »Du tust Elizabeth schon so viel Gutes.« Sie waren vor dem Haus angelangt, in dem Elizabeth wohnte. Sie hielten, und Lou sah die rissige Farbe, die blinden Fenster und die schmutziggrauen, zerfetzten Vorhänge: mit erschreckender Deutlichkeit erinnerte sie sich an ihre eigene freudlose Kindheit in Liverpool, aus der ihre Hoffnung sie fortgesehnt hatte und auf wunderbare Weise Wahrheit geworden war. Nonnen hatten ihr die Lehrstelle beschafft, wo sie sich zwischen weißlackierten Betten, strahlend weißen Wänden und Kacheln, bei heißem Wasser und Lysol im Überfluß zur Krankenschwester hatte ausbilden können. Als sie jungverheiratet war, hatte sie sich zuerst alles weißgestrichene Möbel gewünscht, die man waschen und keimfrei halten konnte. Doch Raymond war mehr für Eiche gewesen; er hatte kein Verständnis für ihre Vorliebe für Hygiene und neue, glänzende Lackfarben, denn er war in ordentlichen Verhältnissen aufgewachsen. Straßenanzüge und Herbstfarben im Wohnzimmer gehörten zum Alltag seines Lebens. Und jetzt stand Lou vor Elizabeths Wohnung, schaute und hatte das Empfinden, wieder in ihre Kindheit zurückversetzt zu sein.

Auf dem Rückweg zum Hotel redete Lou pausenlos vor Erleichterung, daß sie diesen Besuch hinter sich hatte. »Arme Elizabeth, das Leben hat ihr wirklich keine Chance gegeben. Den kleinen

Francis mochte ich gern, was hältst du von dem kleinen Francis, Ray?«

Raymond hörte es nicht gern, wenn sie ihn Ray nannte, machte jedoch keine Einwände, da er wußte, wie sehr die ganze Angelegenheit sie mitgenommen hatte. Der Besuch bei Elizabeth war nicht gerade angenehm gewesen. Sie hatte Lous Hut, Handtasche, Schuhe und Handschuhe – alles in Marineblau – bewundert; aber ihre Bewunderung klang mehr wie eine Anklage. Die Wohnung war schmutzig und übelriechend.

»Ich will euch erst einmal herumführen«, hatte Elizabeth in spöttisch affektiertem Ton gesagt, und sie mußten sich hinter ihrer hageren Gestalt durch einen engen, finsteren Korridor zwängen, bis sie in den großen Raum kamen, in dem die Kinder schliefen. Eine Reihe alter Eisenbettstellen, auf denen in unordentlichen Haufen dunkelgraue Decken ohne Laken und Bezüge lagen, stand darin. Raymond war über diesen Anblick empört und hoffte nur, daß Lou sich nicht aufregte. Er wußte sehr gut, daß Elizabeth von einer Anzahl öffentlicher Stellen ausreichend Unterstützung für eine anständige Lebensführung bezog; aber sie war einfach eine Schlampe, eine von denen, die sich nicht selbst helfen wollten.

»Hast du eigentlich einmal daran gedacht, eine Arbeit anzunehmen, Elizabeth?« hatte er gefragt und gleich darauf seine Dummheit bereut. Elizabeth nahm natürlich sofort ihren Vorteil wahr.

»Was denkst du von mir? *Ich* werde meine Kinder nicht in ein Heim schicken. *Ich* nicht! Nichts brauchen Kinder heutzutage so sehr, wie ein gutes Familienleben, und das haben sie bei mir.« Und sie fügte hinzu: »Gott hat seine Augen nicht geschlossen«, in einem Ton, der auf ihn, Raymond, gemünzt war, weil er es im Leben zu etwas gebracht hatte und dafür Strafe verdiente.

Raymond verteilte halbe Kronen an die kleineren Kinder und legte gleich viele Münzen für die größeren, die auf der Straße spielten, auf den Tisch.

»Ihr wollt schon gehen?« fragte Elizabeth vorwurfsvoll. Dabei musterte sie Henry unverwandt und voller Interesse. Der vorwurfsvolle Ton schien mehr oder weniger eine Angewohnheit von ihr zu sein.

Sie wandte sich direkt an Henry. »Kommen wohl aus den Staaten, wie?« fragte sie.

Henry, der auf der Kante eines klebrigen Stuhles saß, antwortete nein, er käme aus Jamaika, während Raymond ihm zublinzelte, um ihn aufzuheitern.

Während des Krieges hatten wir hier aus den Staaten eine Menge solcher Burschen wie Sie«, sagte Elizabeth, ihm einen schrägen Blick zuwerfend.

Henry hielt dem zweitjüngsten Kind, einem siebenjährigen Mädchen, seine Hand hin und sagte: »Komm und erzähl mir was.«

Das Kind schwieg und fuhr mit der Hand in die Schachtel voll Süßigkeiten, die Lou mitgebracht hatte.

»Komm, erzähl mir was«, wiederholte Henry.

Elizabeth lachte. »Wenn die den Mund auftut, wird es Ihnen leid tun, daß Sie sie aufgefordert haben. Die hat vielleicht ein Mundwerk! Sie sollten nur mal hören, was sie ihrem Lehrer täglich so an den Kopf wirft!« Elizabeths Glieder zuckten vor Lachen unter dem lose hängenden Kleid. In einer Ecke stand ein wackliges Doppelbett mit einem Nachttisch, auf dem rund um ein gerahmtes Bild des Heiligen Herzens allerlei Dosen, Blechschachteln, Kamm und Bürste und eine Anzahl Lockenwickler durcheinanderlagen. Inmitten dieses Gewimmels erspähte Raymond auch eine Schachtel, die er irrtümlicherweise für ein empfängnisverhütendes Mittel hielt. Er beschloß, Lou nichts von dieser Beobachtung zu sagen; er war überzeugt, daß sie noch ganz andere Dinge gesehen haben mußte, die seiner Aufmerksamkeit vielleicht entgangen waren – Dinge, die womöglich noch viel beunruhigender waren.

Lous Geplapper auf dem Rückweg zum Hotel hatte einen fast hysterischen Anstrich. »Raymond, Liebster«, sagte sie mit hoher, gekünstelt lustiger Stimme und affektierter Aussprache,

»ich *mußte* diesem armen lieben Geschöpf einfach mein *ganzes* Haushaltungsgeld für die nächste Woche geben. Wir werden hungern müssen, Liebling, wenn wir wieder zu Hause sind. Uns wird gar nichts anderes übrigbleiben.«

»In Ordnung«, erwiderte Raymond.

»Aber was hätte ich denn *sonst* tun können?« rief Lou schrill. »Sag mir, *was* um *alles* in der Welt hätte ich sonst tun können?«

»Nichts anderes, als was du getan hast«, antwortete Raymond.

»Meine *leibliche* Schwester, Raymond«, sagte Lou. »Hast du gesehen, wie sie ihr Haar gebleicht hat? – Ganz streifig, und dabei besaß sie so wunderschöne Haare.«

»Ob sie wohl überhaupt versucht, aus dieser Misere herauszukommen?« meinte Raymond. »Mit den vielen Kindern könnte sie bestimmt eine bessere Unterkunft erhalten, wenn sie nur ...«

»Diese Sorte«, warf Henry unvermittelt ein, indem er sich vom Rücksitz des Wagens nach vorn beugte, »rührt keinen Finger. Das ist die Slum-Mentalität. Bei uns zu Hause habe ich zum Beispiel Leute gesehen, die ...«

»Das kann man überhaupt nicht vergleichen!« fuhr Lou ihn an. »Dies hier ist ein völlig anderer Fall!«

Raymond sah seine Frau überrascht von der Seite an. Henry lehnte sich beleidigt zurück. Lou dachte wütend: ›Was für eine Frechheit! Ausgerechnet *er* muß wie ein Snob daherreden – zumindest ist Elizabeth eine Weiße.‹

Ihre Gebete für Henrys Rückkehr zum Glauben wurden insofern erhört, als Henry Pierce Tuberkulose bekam und sich daraufhin wieder für Religion zu interessieren begann. Man schickte ihn in ein Sanatorium in Wales, und Lou und Raymond mußten ihm versprechen, ihn noch vor Weihnachten zu besuchen. Inzwischen wandten sie sich mit der Bitte um Wiederherstellung von Henrys Gesundheit an Unsere Liebe Frau.

Oxford St. John, dessen Liebesaffäre mit dem rothaarigen

Mädchen in die Brüche gegangen war, besuchte sie nun wieder regelmäßig in ihrer Wohnung, konnte jedoch nie ihre Zuneigung so gewinnen wie Henry. Oxford war älter und weniger feinfühlig und gebildet als Henry. Er stellte sich zum Beispiel vor den Spiegel in ihrer Küche und rief aus: »Mann, du bist weiter nichts als ein großer schwarzer Halunke!« Und wenn er von sich redete, spielte er stets auf seine schwarze Hautfarbe an. ›Natürlich ist er schwarz‹, dachte Lou, ›aber deshalb braucht er es doch nicht ständig zu erwähnen.‹ Wenn man ihm die Tür öffnete, stand er mit ausgebreiteten Armen da und sagte: »Ich bin schwarz, aber hübsch, o ihr Töchter von Jerusalem!« Und einmal, als Raymond nicht zu Hause war, begann Oxford das Gespräch darauf zu lenken, daß er überall, *am ganzen Körper*, schwarz sei, so daß es Lou abwechselnd heiß und kalt wurde und sie ständig nach der Uhr blickte und beim Stricken Maschen fallen ließ.

Dreimal in der Woche ging sie mit ihrem Rosenkranz zur Schwarzen Madonna und betete für die Gesundheit von Henry; jetzt aber flocht sie auch jedesmal die Bitte ein, Oxford St. John möge in einer anderen Stadt Arbeit finden. Sie mochte Raymond nichts sagen, denn außer ihrem Gefühl konnte sie keine stichhaltigen Einwände gegen Oxford vorbringen. Sie konnte nicht gut sagen, daß Oxford gewöhnlich sei; Raymond verachtete jeden Snobismus genauso wie sie – es war wirklich eine sehr heikle Angelegenheit. Daher war sie sehr angenehm überrascht, als Oxford St. John nach drei Wochen verkündete, daß er daran denke, sich in Manchester nach einer anderen Arbeitsstelle umzusehen.

»Weißt du«, sagte Lou zu Raymond, »da scheint wirklich etwas dran zu sein, was die Leute so über die Sumpfeichenstatue in der Kirche erzählen.«

»Das mag schon sein«, meinte Raymond. »Die Leute sagen es jedenfalls.«

Lou brachte es nicht über sich, ihm zu erzählen, daß sie die Entfernung von Oxford St. John herbeigefleht hatte. Doch als sie von Henry einen Brief erhielt, in dem er schrieb, daß es ihm besser ginge, sagte sie zu Raymond: »Siehst du, wir haben um die Rückkehr von Henrys Glauben gebetet, und so geschah es. Dann haben wir um die Wiederherstellung seiner Gesundheit gefleht, und es geht ihm schon besser.«

»Er genießt im Sanatorium ja auch eine ausgezeichnete Behandlung«, antwortete Raymond, fügte aber hinzu: »Natürlich werden wir weiter für ihn beten.« Er selbst mochte zwar nicht mit dem Rosenkranz beten, aber er kniete doch jeden Samstagabend nach dem Segen vor der Schwarzen Madonna nieder und betete für Henry Pierce.

Immer, wenn sie ihn trafen, sprach Oxford davon, daß er Whitney Clay verlassen wolle. Raymond sagte: »Er macht einen großen Fehler, wenn er nach Manchester geht. Eine große Stadt kann sehr einsam sein. Ich hoffe, er ändert seine Absicht noch.«

»Das wird er nicht«, erwiderte Lou, so beeindruckt war sie jetzt von den Kräften der Schwarzen Madonna. Ihre Geduld und Nachsicht mit Oxford St. John, der seine Füße auf ihre Kissen legte und sich mit Vorliebe als Nigger bezeichnete, waren restlos erschöpft.

»Er wird uns fehlen«, sagte Raymond; »er ist ein so fröhlicher großer Junge.«

»Da magst du recht haben«, meinte Lou. Sie las gerade das Gemeindeblatt, was sie nur selten tat, obschon sie zu den freiwilligen Helfern gehörte, die jeden Monat Hunderte von Adressen dafür schrieben und es zum Versand brachten. Sie erinnerte sich dunkel an verschiedene Meldungen in früheren Nummern, wonach die Schwarze Madonna diese oder jene Bitte erfüllt haben sollte. Lou hatte gehört, daß manchmal Leute aus benachbarten Gemeinden wegen dieser Statue hierherkamen, um in der Kirche des Heiligen Herzens zu ihr zu beten. Verschiedentlich wurde sogar behauptet, daß die Menschen aus ganz England herbeiströmten; doch Lou war nicht sicher, ob sie nun wirklich beten oder nur das Kunstwerk bewundern wollten. Daher las sie jetzt aufmerksam den Artikel im Gemeindeblatt:

»Ohne übertriebene Behauptungen aufstellen zu wollen ... viele erhörte Gebete und erfüllte Bitten der Gläubigen ... in außerordentlicher Weise ... zwei bemerkenswerte Heilungen, wenn auch die Ärzte natürlich noch mit ihrem Urteil zurückhalten, da zunächst eine gewisse Zeit verstreichen muß, ehe man mit Gewißheit von einer endgültigen Heilung sprechen kann. Bei dem ersten Fall handelt es sich um ein zwölfjähriges Kind, das an Leukämie litt. ... Der zweite Fall ... Während wir nichts weniger wünschen, als einen Kult zu errichten, wo kein Anlaß dazu besteht, ist es doch unsere Pflicht, uns allzeit unserer schuldigen Ehrerbietung für Unsere Liebe Frau, die Gnadenspendende, zu erinnern, der wir ...

Wie wir weiterhin von unserem Herrn Pfarrer erfahren, sind ihm drei Fälle von bisher kinderlosen Ehepaaren zu Ohren gekommen. Alle drei geben an, ständig zu unserer Schwarzen Madonna gebetet zu haben, und zwei von ihnen haben ausdrücklich um die Gnade eines Kindes gebeten. In *allen* Fällen wurden die Gebete erhört. Die stolzen Eltern ... Jedes Gemeindemitglied sollte es sich zur Ehre anrechnen, ein besonderes Dankgebet in dieser Sache zu sprechen. ... Der Herr Pfarrer ist für jede weitere Information, ähnliche Fälle betreffend, dankbar ...«

»Sieh mal, Raymond«, sagte Lou, »lies das hier bitte.«

Sie beschlossen, die Schwarze Madonna bei der nächsten Gelegenheit um ein Kind zu bitten.

Als sie am Sonnabend zur Segensandacht fuhren, klapperte Lou mit ihrem Rosenkranz. Raymond hielt vor der Kirche. »Hör mal, Lou«, sagte er, »wünschst du dir auch wirklich ein Kind?« – denn er hatte sie ein wenig im Verdacht, daß sie die Schwarze Madonna nur auf die Probe stellen wollte. »Wünschst du dir wirklich, nach all diesen Jahren, noch ein Kind?«

So genau hatte Lou es sich bisher nicht überlegt. Sie dachte an ihre hübsche Wohnung und den geordneten Tagesablauf, die Abende mit Gästen am hübsch gedeckten Kaffeetisch, die Zeitungsabonnements und die Bücher aus der Leihbibliothek, an ihren ganzen Lebensstil, den sie nicht hätten pflegen können, wenn sie Kinder besessen hätten. Sie dachte an ihr frisches, jugendliches Aussehen, um das alle Bekannten sie beneideten, und an ihre Ungebundenheit.

»Vielleicht sollten wir es wenigstens versuchen«, meinte sie. »Gott wird uns kein Kind schenken, wenn wir keins haben sollen.«

»Es gibt Entscheidungen, die wir ganz allein treffen müssen«, erwiderte er. »Und wenn ich dir die Wahrheit sagen soll – wenn *du* kein Kind haben möchtest, verzichte ich gern darauf.«

»Es kann nicht schaden, wenn wir darum beten«, meinte sie.

»Man soll sich gut überlegen, worum man betet«, sagte er. »Man darf die Vorsehung nicht versuchen.«

Sie dachte an ihre und an Raymonds Verwandten, die alle verheiratet waren und Kinder hatten. Sie dachte an ihre Schwester Elizabeth mit ihren acht Kindern und erinnerte sich an die Kleine, die so frech zu ihren Lehrern war, so hübsch, so schmollend und so schäbig; und sie erinnerte sich an den dicken kleinen Francis, der an seinem Gummisauger nuckelte und sich an Elizabeths dürrem Hals festklammerte.

»Ich sehe nicht ein«, sagte Lou, »warum ich kein Kind haben sollte.«

Oxford St. John verabschiedete sich am Ende des Monats. Er versprach zu schreiben, aber die Parkers waren nicht überrascht, als die Wochen verstrichen und kein Brief von ihm eintraf. »Ich glaube kaum, daß wir je wieder etwas von Oxford hören werden«, sagte Lou. Raymond meinte Genugtuung in ihrer Stimme mitschwingen zu hören; hätte sie nicht weiter viel von Henry Pierce gesprochen, würde er angenommen haben, sie werde langsam snobistisch wie so viele Frauen, wenn sie älter werden und ihre Ideale verkümmern.

Henry schrieb, daß er fast wieder ausgeheilt sei; man habe ihm jedoch geraten, nach Westindien zurückzukehren.

»Wir müssen ihn besuchen«, sagte Lou. »Wir haben es ihm versprochen. Wie wäre es damit am übernächsten Sonntag?«

»Einverstanden«, antwortete Raymond.

Am Samstag vor jenem Sonntag wurde es Lou zum ersten Mal übel. Sie quälte sich aus dem Bett, um die Segensandacht zu besuchen, mußte aber plötzlich während des Gottesdienstes hinauslaufen und sich hinter der Kirche im Hof des Presbyteriums übergeben. Raymond brachte sie nach Hause, obgleich sie dagegen protestierte, weil sie noch ihren Rosenkranz vor der Schwarzen Madonna beten wollte.

»Schon nach sechs Wochen!« sagte sie und war sich dabei nicht ganz schlüssig, ob ihre Übelkeit eine Folge der Aufregung oder des Wirkens der Natur sei. »Erst vor sechs Wochen«, sagte sie – und ihre Stimme hatte dabei etwas von ihrem alten Liverpooler Akzent – »haben wir die Schwarze Madonna darum gebeten, und unser Gebet ist erhört worden, siehst du!«

Raymond blickte sie voll ehrfürchtiger Scheu an, während er die Schlüssel hielt. »Bist du wirklich sicher?« fragte er.

Am nächsten Tag ging es ihr wieder besser, so daß sie Henry im Sanatorium besuchen konnten. Er war dicker geworden und, wie sie meinte, etwas gröber und rauher in seiner ganzen Art: wie jemand, der dicht vor seiner körperlichen und geistigen Auflösung gestanden hat und nun fest entschlossen ist, es nicht noch einmal so weit kommen zu lassen. Er wollte das Land so bald wie möglich verlassen, versprach aber, sie vor seiner Abreise noch einmal zu besuchen. Lou überflog seinen nächsten Brief nur ganz kurz, bevor sie ihn Raymond gab.

Ihre Gäste setzten sich nun nur noch aus ganz gewöhnlichen Weißen zusammen.

»Lange nicht mehr so farbig wie mit Henry und Oxford«, sagte Raymond und sah sich gleich darauf verlegen um, wie jemand, der einen schlechten Witz gemacht hat.

»Vermissen Sie die Nigger sehr?« fragte Tina Farrell, und Lou vergaß, sie zu berichtigen.

Lou gab ihre Arbeit für die Kirche zum größten Teil auf, um für das erwartete Baby zu nähen und zu stricken. Raymond bestellte den *Reader's Digest* ab. Er bemühte sich um eine

Beförderung und erhielt sie: die Direktion ernannte ihn zum Abteilungsleiter. Ihre Wohnung war nun nur noch ein Warteraum auf den nächsten Sommer, auf die Zeit nach der Geburt des Babys; bis dahin wollten sie das Geld für die Anzahlung eines Hauses zusammenbringen. Sie hofften auf eines der neuen Häuser, die am Stadtrand entstanden.

»Wir werden einen Garten haben müssen«, erklärte Lou ihren Freunden und dachte dabei: ›Ich werde der Mütterunion beitreten.‹ Inzwischen verwandelte sich ihr Gästezimmer in ein Kinderzimmer. Raymond zimmerte ein Kinderbettchen, ohne Rücksicht darauf, daß die Nachbarn sich über das Hämmern beschwerten. Lou machte eine Wiege aufnahmebereit und besetzte sie mit Rüschen. Sie schrieb an ihre Verwandten; sie schrieb auch an Elizabeth, sandte ihr fünf Pfund und teilte ihr mit, daß in Zukunft keine wöchentlichen Zahlungen mehr erfolgen könnten, da sie nun jeden Penny selbst brauchen würden.

»Sie benötigt unser Geld auch wirklich nicht«, sagte Raymond. »Der Wohlfahrtsstaat kümmert sich schon um Leute wie Elizabeth.« Und er erzählte Lou von dem empfängnisverhütenden Mittel, das er auf dem Nachttisch neben dem Doppelbett gesehen zu haben glaubte. Lou regte sich sehr darüber auf.

»Woher weißt du, daß es ein empfängnisverhütendes Mittel war?« fragte sie. »Wie sah die Schachtel denn aus? Warum hast du mir das nicht früher erzählt? Was für eine Frechheit – und so was nennt sich nun katholisch! Glaubst du denn, daß sie sich mit einem Mann eingelassen hat?«

Raymond tat es leid, daß ihm diese Sache herausgerutscht war.

»Nimm es dir nicht so zu Herzen, Liebling«, sagte er; »bitte, reg dich nicht auf.«

»Und mir hat sie erzählt, daß sie und alle Kinder, außer James, jeden Sonntag zur Messe gehen! Kein Wunder, daß der Junge ins Unglück gerannt ist – bei so einem Vorbild! Ich hätte es ahnen müssen, bei diesem wasserstoffgebleichten Haar! Ein Pfund pro Woche habe ich ihr bis heute geschickt, das sind zweiundfünfzig

Pfund im Jahr. Wenn ich das gewußt hätte, nie im Leben . . . und so was nennt sich nun katholisch – mit Geburtenkontrolle auf dem Nachttisch!«

»Bitte, Liebling, reg dich nicht auf.«

Lou betete dreimal in der Woche zur Schwarzen Madonna um eine glückliche Entbindung und um ein gesundes Kind. Sie erzählte dem Pfarrer ihre Geschichte, der sie in der nächsten Ausgabe des Gemeindeblattes veröffentlichte: »Ein neues Zeugnis der großen Gnade unserer Schwarzen Madonna gegenüber einem kinderlosen Ehepaar ist bekanntgeworden . . .«

Lou betete ihren Rosenkranz vor der Statue, bis sie nicht mehr knien und auch im Stehen ihre Füße nicht mehr sehen konnte. Die Muttergottes in ihrem schwarzen, aus Sumpfeichenholz geschnitzten Faltenwurf, mit den hohen schwarzen Backenknochen und den viereckigen Händen, schien Lou jungfräulicher denn je, während sie vor ihr stand und die Perlen des Rosenkranzes über ihrem Bauch durch die Finger gleiten ließ.

»Wenn es ein Mädchen wird«, sagte sie zu Raymond, »soll einer ihrer Vornamen Mary sein. Aber nicht der erste, das wäre zu gewöhnlich.«

»Ganz wie du meinst, Liebling«, erwiderte Raymond. Der Arzt hatte ihm gesagt, daß es eine schwierige Geburt werden könnte.

»Und wenn es ein Junge ist, soll er Thomas heißen wie mein Onkel. Wenn es aber doch ein Mädchen wird, möchte ich gern einen etwas ausgefallenen ersten Vornamen für sie.«

›Lou hat sich zu ihrem Nachteil verändert‹, dachte er; ›früher war sie nicht für ausgefallene Dinge.‹

»Was meinst du zu Dawn?« fragte sie. »Mir gefällt der Klang so gut. Und Mary nehmen wir als zweiten Vornamen. Dawn Mary Parker, klingt das nicht süß?«

»Dawn! Das ist kein christlicher Name«, entgegnete er, fügte jedoch rasch hinzu: »Aber ganz wie du willst, Liebling.«

»Oder Thomas Parker«, sagte sie.

Sie hatte beschlossen, sich, wie allgemein üblich, als Kassenpatientin entbinden zu lassen. Als aber die Zeit herankam, ließ sie sich von Raymond umstimmen, der mehrmals gesagt hatte: »Weißt du, Liebling, in deinem Alter könntest du es schwieriger haben als die ganz jungen Frauen. Geh lieber in die Privatstation, diese Ausgabe können wir uns schon noch leisten.«

Es war dann aber doch eine sehr leichte Geburt: ein Mädchen. Raymond durfte Lou am späten Nachmittag besuchen. Sie war nur halb wach.

»Die Schwester wird dir unser Baby im Säuglingszimmer zeigen«, sagte sie schläfrig. »Es ist süß, aber furchtbar rot.«

»Bei der Geburt sind sie immer rot«, meinte Raymond.

Auf dem Korridor traf er die Säuglingsschwester. »Darf ich das Baby jetzt wohl sehen? Meine Frau sagte . . .«

Die Schwester machte einen verlegenen Eindruck. »Ich werde die Oberschwester holen«, entgegnete sie.

»Oh, ich möchte keinerlei Umstände machen; meine Frau hat nur gesagt –«

»Nein, nein; das ist schon in Ordnung. Warten Sie bitte hier, Mr. Parker.«

Die Oberschwester erschien, eine große, ernste Frau. Raymond hielt sie für kurzsichtig, denn sie schien ihn sehr nahe und eingehend zu betrachten, ehe sie ihn zu folgen bat.

Das Baby war rund und sehr rot und hatte dunkles, lockiges Haar.

»Komisch, diese vielen Haare«, sagte Raymond. »Ich dachte immer, sie würden ganz kahl geboren.«

»Manchmal haben sie schon bei der Geburt Haare«, meinte die Oberschwester.

»Es ist aber wirklich sehr rot.« Raymond begann sein Kind mit den Babies in den anderen Betten zu vergleichen. »Viel röter als die anderen.«

»Oh, das gibt sich mit der Zeit.«

Am nächsten Tag fand er Lou halb betäubt in ihrem Zimmer.

Man hatte ihr nach einem hysterischen Schreikrampf ein sehr starkes Beruhigungsmittel gegeben. Völlig verwirrt saß er bei ihr am Bett. Kurz nach seinem Eintreten spähte eine Schwester durch die Tür und winkte ihn auf den Korridor.

»Wollen Sie bitte zur Oberin mitkommen«, sagte sie.

»Ihre Frau ist wegen des Babys so fassungslos«, erklärte die Oberin. »Die Farbe hat sie erschreckt, wissen Sie. Dabei ist es ein wunderhübsches Mädchen, einfach vollkommen. Es ist nur wegen der Farbe.«

»Mir ist gestern auch aufgefallen, daß das Kind sehr rot war«, entgegnete Raymond, »aber die Oberschwester sagte –«

»O ja, das Rot verschwindet schon. Die Farbe ändert sich noch, wissen Sie. Aber das Baby wird bestimmt braun, wenn nicht sogar schwarz werden, wie wir mit Sicherheit annehmen zu dürfen glauben. Ein schönes, gesundes Kind.«

»Schwarz?« fragte Raymond.

»Ja, das nehmen wir an, das heißt, ich muß sagen, wir sind überzeugt davon«, antwortete die Oberin. »Wir hatten nicht erwartet, daß Ihre Frau diesen Umstand so fassungslos aufnehmen würde, als wir es ihr erzählten. Wir hatten hier schon eine Menge dunkelhäutiger Babies, aber die meisten Mütter haben es nicht anders erwartet.«

»Das muß eine Verwechslung sein! Die Kinder sind bestimmt vertauscht worden«, sagte Raymond.

»Eine Verwechslung steht völlig außer Frage«, entgegnete die Oberin scharf. »Das werden wir bald geklärt haben. Mit *derartigen* Vorwürfen haben wir uns schon eher abgeben müssen.«

»Aber von uns beiden ist *keiner* dunkel«, sagte Raymond. »Sie haben meine Frau gesehen, und jetzt sehen Sie mich –«

»Das ist eine Sache, die Sie beide allein herausfinden müssen. Ich an Ihrer Stelle würde einmal mit dem Arzt darüber sprechen. Aber zu welchem Schluß Sie auch kommen mögen, bitte, regen Sie Ihre Frau in diesem Stadium nicht auf. Sie hat sich bereits geweigert, das Kind zu nähren. Sie sagt, es sei nicht ihr Kind, was natürlich völlig lächerlich ist.«

»War es Oxford St. John?« fragte Raymond.

»Raymond, der Arzt hat dir doch gesagt, daß du mich nicht aufregen darfst. Mir ist so schon schrecklich genug zumute.«

»War es Oxford St. John?«

»Verschwinde aus meinem Zimmer, du Schwein, wenn du nichts anderes zu sagen hast!«

Er ließ sich zu dem Kind führen, wie er das seit einer Woche nun Tag für Tag getan hatte. Die Säuglingsschwestern standen alle um es herum und ließen die kleinen weißen Babies in den anderen Bettchen schreien, nur um sich an ihrem schwarzen Liebling sattzusehen. Die Kleine war tatsächlich völlig schwarz und hatte dichtes wolliges Kraushaar und winzige negroide Nasenflügel. Man hatte sie gerade diesen Morgen getauft, obgleich ihre Eltern nicht dazu erschienen waren. Eine der Schwestern hatte Pate gestanden.

Die Schwestern stoben auseinander, als Raymond sich näherte. Er starrte das Baby eine Zeitlang unverwandt an. Es starrte aus seinen schwarzen Knopfaugen zurück. Er sah das Namenschildchen an seinem Hals: *Dawn Mary Parker.*

Im Korridor sprach er eine der Schwestern an: »Hören Sie bitte, nehmen Sie dem Kind sofort das Schild mit dem Namen Parker vom Hals. Es heißt nicht Parker, es ist nicht mein Kind.«

»Gehen Sie«, sagte die Schwester, »wir haben zu tun.«

»Es besteht noch die geringe Möglichkeit, Mr. Parker«, erklärte ihm der Arzt etwas später, »daß es in Ihrer oder in der Familie Ihrer Frau irgendwann einmal schwarzes Blut gegeben hat, das jetzt zum Vorschein kommt. Allerdings ist diese Möglichkeit nur sehr vage. Seit ich praktiziere, habe ich so etwas zwar noch nicht erlebt, aber ich habe von derartigen Fällen gehört und könnte die Aufzeichnungen darüber nachlesen.«

»Soweit das meine Familie betrifft, kann davon überhaupt nicht die Rede sein«, sagte Raymond. Er dachte an Lous obskure Vergangenheit in Liverpool. Ihre Eltern waren gestorben, bevor er sie kennengelernt hatte.

»Ein solcher Fall kann sogar mehrere Generationen zurückliegen«, erklärte der Arzt.

Als Raymond nach Hause ging, vermied er sorgfältig jede Begegnung mit Nachbarn, die ihn doch nur angehalten und nach Lou und dem Kind gefragt hätten. Im Grunde bedauerte er, daß er in seiner ersten Wut das Kinderbettchen zertrümmert hatte. Niedrige Instinkte schienen da bei ihm zum Durchbruch gekommen zu sein. Doch wenn er an die winzigen schwarzen Hände des Babys mit den rosigen Fingernägeln dachte, tat es ihm wieder nicht leid, daß er das Bettchen zusammengehauen hatte.

Es gelang ihm, den Aufenthalt von Oxford St. John ausfindig zu machen. Doch noch bevor er das Ergebnis von Oxfords Blutuntersuchung hatte, forderte er Lou auf: »Schreibe bitte an deine Verwandten und erkundige dich, ob es in deiner Familie einmal schwarzes Blut gegeben hat.«

»Schreib lieber erst an *deine* Verwandten!« erwiderte sie.

Sie weigerte sich, das schwarze Baby zu sehen. Die Säuglingsschwestern beschäftigten sich von morgens bis abends mit ihm und kamen regelmäßig zu Lou, um ihr über seine Fortschritte zu berichten.

»Nehmen Sie sich doch zusammen, Mrs. Parker. Es ist ein ganz reizendes Kind.«

»Sie müssen für Ihr Kind sorgen«, sagte der Pfarrer.

»Sie wissen nicht, was ich zu leiden habe«, entgegnete Lou.

»Im Namen des Herrn«, antwortete ihr der Pfarrer, »wenn Sie eine katholische Christin sind, müssen Sie erwarten, daß Ihnen Leid beschieden ist.«

»Ich kann nicht gegen meine Natur angehen«, sagte Lou. »Man kann nicht von mir erwarten . . .«

In der Woche darauf erklärte Raymond ihr eines Tages: »Die Blutuntersuchungen sind in Ordnung, hat der Arzt gesagt.«

»Was meinst du damit, in Ordnung?«

»Oxfords Blut und das Blut des Babys stimmen nicht überein, und –«

»Oh, sei still davon«, sagte sie. »Das Baby ist schwarz, und deine Blutuntersuchungen können es nicht weiß machen.«

»Nein«, erwiderte er nur. Über seiner Nachfrage, ob es in der Familie farbiges Blut gegeben habe, hatte er sich mit seiner Mutter zerstritten. »Der Arzt meint«, sagte er schließlich, »daß solche Blutmischungen manchmal in Hafenstädten auftreten. Es könnte schon Generationen zurückliegen.«

»Eines steht jedenfalls fest«, erklärte Lou. »Ich werde dieses Kind niemals in unsere Wohnung mitnehmen.«

»Das wirst du wohl müssen«, sagte er.

Elizabeth schrieb ihr einen Brief, den Raymond abfing:

›Liebe Lou Raymond fragt, ob wir Schwarze in der Familie haben und das ist komisch denn du hast jetzt ein Farbiges und Gott schläft nicht. Da war doch der Vetter Tommy Flinn in Liverpool der war ziemlich dunkel und sie sagten da muß mal ein Nigger von einem Schiff zwischengemixt haben. Das ist lange vor der Zeit unserer liben Mutter Gott hab sie selig gewesen sie würde sich im Grab umdren das du mir nichts mer schikst ich meine das Pfund pro Woche. Die Farbe war auf Vaters Seite und Mary Flinn aus der Molkerei war auch ganz dunkel wie du vielleicht erinnerst und hatte krause Hare und daran ist nur der Nigger schult ihr Vorfare aber so ist die Natur. Ich danke dem Almächtigen das er meine Kinder verschohnt hat und dein Alter muß denken es war der Nigger mit dem ihr bei mir aufgekreuzt seit. Ich wünsche dir als Mutter von acht Kindern alles guhte aber du solltest mir mein Geld schiken wie bisher

deine dich libende Schwester Elizabeth.‹

»Ich habe von Elizabeth gehört, daß es in deiner Familie farbiges Blut gegeben haben muß«, erklärte Raymond anderntags Lou. »Natürlich kann man nicht von dir erwarten, daß du das wissen mußt. Ich nehme jedoch an, daß irgendeine amtliche Eintragung darüber existieren wird.«

»Wenn du doch endlich davon still sein wolltest!« sagte Lou. »Das Baby ist nun einmal schwarz, und nichts in der Welt kann es weiß machen.«

Zwei Tage bevor Lou das Krankenhaus verließ, bekam sie Besuch, obwohl sie strikte Anweisung gegeben hatte, daß niemand außer Raymond zu ihr gelassen werden sollte. Sie schrieb diese offensichtliche Entgleisung der ekelhaften Neugier der Schwestern zu, denn der Besucher war Henry Pierce, der sich vor seiner Einschiffung noch von ihr verabschieden wollte. Er blieb keine fünf Minuten.

»Ach, Mrs. Parker, Ihr Besuch blieb aber nicht lange«, sagte die Stationsschwester.

»Nein. Ich bin ihn rasch losgeworden. Ich denke, ich hatte es Ihnen deutlich genug gesagt, daß ich niemanden zu sehen wünsche. Sie hätten ihn nicht zu mir lassen dürfen.«

»Oh, das tut mir leid, Mrs. Parker. Der junge Herr sah aber so enttäuscht aus, als wir es ihm sagten«, entgegnete die Schwester. »Er erklärte, daß er nach Übersee ginge und dies seine letzte Chance sei, Sie noch einmal zu sehen. Er fragte: ›Wie geht es dem Baby?‹, und wir antworteten: ›Tipptopp!‹«

»Ich weiß, was Sie denken«, sagte Lou; »aber das stimmt nicht. Ich habe die Blutuntersuchungen.«

»Oh, Mrs. Parker, ich würde niemals so etwas . . .«

»Sie muß sich ja mit einem der Nigger eingelassen haben, die ständig bei ihr aus- und eingingen.«

Lou wußte nie genau, ob es das war, was zwischen den Türen und auf den Treppenabsätzen getuschelt wurde, als sie die Stufen zu ihrer Wohnung im Cripps House emporkletterte, da die Nachbarn bei ihrem Näherkommen sogleich verstummten.

»Ich kann kein Muttergefühl für das Kind empfinden. Sosehr ich mich auch bemühe, ich kann es nicht einmal gern haben.«

»Mir geht es nicht anders«, sagte Raymond. »Weißt du, wenn es das Kind eines anderen wäre, würde ich nichts dabei finden – dann wäre alles in Ordnung. Aber der Gedanke, daß es mein Kind ist und die Leute denken, es ist nicht meins . . .«

»Das ist es ja eben«, sagte Lou.

Einer von Raymonds Kollegen hatte ihn an jenem Morgen

gefragt, wie es denn seinen Freunden Oxford und Henry ginge. Raymond hatte ihn zweimal ansehen müssen, ehe er merkte, daß die Frage ohne Hintergedanken ausgesprochen war. Aber man konnte eben nie wissen . . . Lou und Raymond hatten sich inzwischen schon um eine Vermittlung von Adoptiveltern für das Kind bemüht. Jetzt mußten sie nur noch auf Nachricht warten.

»Wenn es mein Kind wäre«, sagte Tina Farrell, »würde ich mich niemals von ihm trennen. Ich wünschte, wir könnten es uns leisten, noch eins mehr zu adoptieren. Die Kleine ist das reizendste schwarze Baby in der Welt.«

»Sie würden wahrscheinlich anders denken, wenn es wirklich Ihr Kind wäre«, entgegnete Lou. »Stellen Sie sich doch vor: Sie wachen eines Tages auf und haben ein schwarzes Baby, von dem alle Welt denkt, daß es einen Nigger zum Vater hat.«

»Das *wär'* schon ein Schock«, stimmte Tina zu und kicherte.

»Gott sei Dank haben wir ja die Ergebnisse der Blutuntersuchungen«, sagte Lou rasch.

Raymond erreichte seine Versetzung nach London. Bald darauf erhielten sie die Nachricht, daß sich Adoptiveltern für das Kind gemeldet hätten.

»Wir haben das Richtige getan«, sagte Lou. »Selbst der Pfarrer mußte zustimmen, als er merkte, wie sehr sich unser Gefühl dagegen sträubte, das Kind zu behalten.«

»Oh, er hat gesagt, daß unser Entschluß gut gewesen sei?«

»Nein, nicht *gut*. Wörtlich hat er etwa gesagt, daß es gut gewesen wäre, wenn wir das Kind hätten behalten können. Da wir uns dazu aber nicht überwinden konnten, hätten wir das *Richtige* getan. Offenbar gibt es da einen Unterschied.«

Die Frau des Pfandleihers

In Sea Point am Kap der Guten Hoffnung sah man im Jahre 1942 überall heitere Gesichter und fröhliches Treiben, und das Meer spülte jeden Tag ein oder zwei Leichen von Soldaten in den verschiedensten Uniformen an Land. Die Gewässer rund um das Kap waren stark vermint, und die Leute suchten regelmäßig den Strand ab, um Überlebende zu retten. Die Mädchen von der Küste standen jeweils zu zweit am Hafen und warteten auf die Landurlauber von den Schiffen, denen es gelungen war, sicher in die Bucht zu laufen.

Ich wartete auf ein Schiff, das mich nach England mitnehmen sollte, und wohnte unterdessen in dem an der Küste gelegenen Haus von Mrs. Jan Cloote, der Frau des Pfandleihers. Von ihrem Fenster aus, wo sie an kühlen Abenden saß und Baumwollsocken strickte, bis ihr die Augen schmerzten, beobachtete Mrs. Jan Cloote das Geschehen, und jedesmal, wenn ich das Haus betrat oder fortging, öffnete sie ihre Tür ein wenig, blieb in dem engen Spalt stehen und erzählte mir die letzten Neuigkeiten.

Sie war eine schmächtige, kleine Frau von ungefähr dreiundvierzig Jahren und stammte aus Somerset. Ihr Mann, Jan Cloote, war schon vor langer Zeit in Transvaal untergetaucht, wo er dem Vernehmen nach mit einer Eingeborenenfrau zusammen lebte. Seiner Frau hatte er drei Töchter und das Haus an der Küste zurückgelassen, an dessen rückwärtiger Seite, mit dem Eingang an einer armseligen kleinen Straße, sich das Leihgeschäft befand.

Mrs. Jan Cloote hatte so ungefähr alles aufgebaut oder instand gesetzt, was ihr Mann halbfertig zurückgelassen hatte. Das Haus befand sich in besserem Zustand denn je, und die meisten

Zimmer hatte sie vermietet. Das Leihgeschäft war so sehr aufgeblüht, daß Mrs. Jan Cloote sich im Nebenhaus noch einen Laden hatte mieten können, in dem sie allerlei gebrauchten Kleinkram verkaufte, der von den Kunden des Leihgeschäftes nicht abgeholt worden war. Die drei Töchter waren in gleichem Maße aufgeblüht. Nach allem, was ich so gehört hatte, waren sie zu ihres Vaters Zeiten barfuß in die Schule gegangen, denn dieser hatte seinen gesamten Verdienst an seine zwei großen Leidenschaften verschwendet: gelben Advocaat und schwarze Mädchen. Als ich die Töchter jetzt sah, konnte ich ihre freudlose Vergangenheit kaum glauben. Die jüngste, Isa, ging noch zur Schule; sie trug lange, weizengelbe Zöpfe und war in Aussehen und Benehmen recht sinnlich veranlagt. Die beiden anderen, ungefähr achtzehn und neunzehn Jahre alten, glichen in allem mehr der Mutter; sie waren schmächtig, scheu, recht still, damenhaft und zurückhaltend. Sie hießen Greta und Maida.

Nur selten öffnete Mrs. Jan Cloote die Tür zu ihren Wohnräumen weit genug, daß man hineinsehen konnte. Dies schien jedoch nur eine Angewohnheit der ganzen Familie zu sein, denn in Wirklichkeit hatten sie vor niemandem etwas zu verbergen. In diesem schmalen, kaum dreißig Zentimeter weiten Türspalt pflegte Mrs. Jan Cloote also zu stehen, und eine ihrer Töchter schaute ihr dabei manchmal über die Schulter. Der Korridor war sehr dunkel, und da sie eine sparsame Frau war, hatte sie überdies die Birne aus der Korridorlampe geschraubt, die demnach auch nicht funktionieren konnte.

Als ich eines Tages nach Hause kam, sah ich ihre kleine Gestalt mit dem hageren Profil und dem strengen Knoten sich gegen das Licht in ihrem Zimmer abzeichnen.

»Sch-sch-sch«, machte sie.

»Können Sie heute abend auf eine *kleine* Tasse Tee mit den anderen zu mir kommen?« hauchte sie mit geheimnisvoller Stimme. Und während ich ihre Einladung annahm, glaubte ich zu verstehen, daß die Notwendigkeit für ihr rätselhaftes Flüstern etwas mit dem bescheidenen Rahmen der geplanten Abendgesellschaft zu tun hatte, wie er mit den Worten ›eine *kleine* Tasse‹ angedeutet wurde.

Nach dem Abendessen klopfte ich an ihre Tür. Maida öffnete sie eben weit genug, daß ich eintreten konnte, und schloß sie hinter mir rasch wieder. Ein paar der anderen Mieter waren versammelt: ein junger Mann, der in einem Büro auf der Werft arbeitete, und ein pensionierter Versicherungsagent mit seiner Frau.

Kurz nach mir kam Isa, das Schulmädchen. Überrascht bemerkte ich, daß sie Mund und Augen stark geschminkt hatte.

»Wieder ein Truppentransporter abgesoffen«, erklärte Isa.

»Sch, Liebling«, sagte ihre Mutter; »wir wollen heute abend nicht über die Schiffahrt reden.«

Mrs. Jan Cloote blinzelte mir bei diesen Worten zu, und im selben Augenblick ging mir auf, daß sie sehr stolz auf Isa sein mußte.

»Ein argentinischer Dampfer ist eingelaufen«, sagte Isa.

»Wirklich?« meinte Mrs. Jan Cloote. »Nette Burschen?«

Die alten Eheleute sahen sich an. Der junge Mann, dem noch so manches neu war, blickte verdutzt, schwieg aber. Maida und Greta schienen, gleich ihrer Mutter, ganz erpicht auf Neuigkeiten.

»Viele nette Burschen, eh?« fragte Maida. Sie besaß die örtliche Angewohnheit, ihren Bemerkungen, Fragen und Antworten meist das Wörtchen ›eh‹ anzuhängen.

»Kann man wohl sagen, Mensch«, antwortete Isa, die der hier weitverbreiteten Sitte frönte, die meisten ihrer Äußerungen, an wen sie auch gerichtet sein mochten, mit dem Wort ›Mensch‹ enden zu lassen.

»Du gehst sicher nachher noch in den *Stardust*, nicht wahr, Isa?« fragte ihre Mutter.

»In den *Stardust*!« rief Mrs. Marais, die Frau des Versicherungsagenten aus. »Sie meinen doch nicht etwa den Nachtklub, Mensch?«

»Aber natürlich«, antwortete Mrs. Jan Cloote mit ihrer präzisen Stimme. Sie war die einzige in der Familie, die nicht den örtlichen Dialekt sprach; ja ihre Aussprache schien sich sogar verfeinert zu haben, seit sie dem heimatlichen Somerset den Rücken gekehrt hatte. »Aber natürlich«, sagte sie. »Isa vergnügt sich dort; warum auch nicht?«

»Man ist nur einmal jung, eh?« warf der junge Mann ein und ließ Asche auf seine Untertasse fallen, als Mrs. Jan Cloote ihn stirnrunzelnd ansah.

Mrs. Jan Cloote schickte Maida nach oben, einige von Isas Geschenken zu holen, Sachen, die sie von Männern bekommen hatte: Abendhandtaschen, Broschen, seidene Strümpfe. Es war ziemlich peinlich. Was sollte man dazu sagen?

»Die Sachen sind sehr hübsch«, bemerkte ich schließlich.

»Das ist noch gar nichts, gar nichts«, sagte Mrs. Jan Cloote; »nichts im Vergleich zu dem, was sie haben könnte. Aber sie geht natürlich nur mit anständigen Männern.«

»Tanzen Sie auch?« fragte ich Greta.

»Nein, Mensch«, antwortete sie. »Das tut Isa für uns, eh. Isa tanzt wunderbar.«

»Stimmt genau, Mensch«, pflichtete Maida bei.

»Ach ja«, seufzte Mrs. Jan Cloote; »wir sind ruhige Leute. Wenn Isa nicht wäre, hätten wir ein recht langweiliges Leben.«

»Sie ist aber noch ein Kind; man muß gut auf sie aufpassen«, sagte Mrs. Marais.

»Isa!« sagte ihre Mutter. »Hast du gehört, was Mrs. Marais eben gesagt hat?«

»Na klar, Mensch«, antwortete Isa. »Na klar, eh.«

Von meinem Zimmer aus, das genau über dem Leihgeschäft lag, konnte man unmöglich alle Vorgänge dort unten überhören.

»Ich hoffe, es stört Sie nicht«, sagte Mrs. Jan Cloote, als das Gespräch darauf kam, mit einem Seitenblick auf ihre zwei ältesten Töchter.

»Nein«, hielt ich es für das beste zu antworten, »ich höre überhaupt nichts.«

»Ich sage den Mädchen immer«, erklärte Mrs. Jan Cloote, »daß man sich nicht zu schämen braucht, ein P. L. zu sein.«

»Ein P. L.?« fragte der junge Büroangestellte, dessen Freundin in einem Posamentenladen arbeitete.

Mrs. Jan Cloote senkte ihre Stimme. »Ein *Pfand-Leiher*!« informierte sie ihn rasch.

»Ach ja, richtig«, sagte der junge Mann.

»Jedenfalls braucht man sich deswegen nicht zu schämen«, wiederholte Mrs. Jan Cloote. »Und übrigens bin ich auch nur als die *Frau* eines Pfandleihers bekannt, nicht als P.L.«

»Wir halten den Laden prima in Ordnung, Mensch«, sagte Maida.

»Haben Sie ihn schon gesehen?« fragte Mrs. Jan Cloote mich.

»Nein«, antwortete ich.

»Nun, es ist auch wirklich nichts Besonderes daran«, erklärte sie; »aber einige P.L.-Läden sind schon ein Anblick. Sie sollten nur einmal die englischen sehen. Dieser Schmutz!«

»Jedenfalls habe ich es so gehört«, fügte sie nach einer raschen Überlegung hinzu.

»Sie *sind* schon recht wüst in England«, gab ich zu.

»Ach«, sagte Mrs. Jan Cloote, »haben Sie denn dort einen betreten?«

»O ja, sogar einige«, antwortete ich und machte eine Pause, um mich zu erinnern; ». . . in London, natürlich, und dann in Manchester und in –«

»Aber wozu denn, Mensch?« fragte Greta.

»Um Sachen zu versetzen«, erwiderte ich, froh, ihnen mit meiner Kenntnis ihres Gewerbes imponieren zu können. »Zum Beispiel meinen Kompaß«, fuhr ich fort; »aber den habe ich nie wiedergesehen. Allerdings habe ich auch nie einen gebraucht.«

Mrs. Jan Cloote setzte ihre Tasse hin und sah in die Runde, um festzustellen, ob womöglich alle meine unglückliche Bemerkung gehört hatten. Sie hatten.

»Gott sei Dank«, sagte sie und klopfte gegen das Tischbein, »Gott sei Dank, habe ich das noch nie zu tun brauchen, toi, toi, toi!«

»Auch ich habe noch nie etwas versetzen müssen«, sagte Mrs. Marais.

»Meine arme Mutter hat allerdings dann und wann Sachen ins Leihhaus gebracht«, mischte sich Mr. Marais jetzt zum ersten Mal ein.

»Ich muß schon sagen!« bemerkte Mrs. Marais.

»Manchmal schleppen die Leute uns aber auch ganz gräßliches Zeug an«, sagte die Frau des Pfandleihers.

»Ich geh' zum P.L.-Tanztee«, warf Isa ein. »Was soll ich dazu anziehn?«

»Du kannst ja dein Mitternachtsblaues nehmen«, meinte Greta.

»Nein«, sagte ihre Mutter, »nein, nein, nein. Sie muß ein neues Kleid haben.«

»Ich werd' mir die Haare kurz schneiden lassen«, verkündete Isa und zeigte dabei auf ihre weizengelben Zöpfe.

Ihre Mutter wand sich förmlich vor Aufregung über diese unerwartete Aussicht. Greta und Maida, einen merkwürdig gierigen Blick in den Augen, erröteten.

Schließlich wurde die Tür wieder einen Spaltbreit geöffnet, und wir durften, einer nach dem andern, hinausgehen.

Am nächsten Morgen hörte ich, wie Mrs. Jan Cloote wie gewöhnlich das Leihgeschäft öffnete. Sie handelte fachmännisch mit den Kunden, die wie üblich schon vor der Tür warteten. Nachdem der erste Andrang vorüber war, flaute das Geschäft normalerweise mit fortschreitender Tageszeit ab. In der ersten halben Stunde jedoch klingelte die Türglocke unaufhörlich, und Matrosen und Soldaten aller Waffengattungen traten ein, die unbedingt ihre Photoapparate, Uhren, Zigarettenetuis, Anzüge und andere Dinge versetzen wollten, denen oft das gleiche Schicksal beschieden sein mochte wie meinem Kompaß: sie würden nie wieder eingelöst werden. Obgleich ich sie nicht sehen konnte, vermochte ich mir gut vorzustellen, mit welchen Gesten Mrs. Jan Cloote ihre Worte begleitete: die Pfandleiherin würde, so vermutete ich, den ihr angebotenen Gegenstand ungefähr drei Minuten lang eingehend untersuchen (damit erklärte ich mir die Dauer des Schweigens, das nach ihrem einleitenden »Nun?« jedem neuen Handel voranging). Bei der mit äußerster Konzentration durchgeführten Untersuchung schien sie sich als Wahrnehmungsorgan, sozusagen als Schätzzentrale, ihrer langen Nase zu bedienen (ich hatte sie dieses Kunststück bereits bei der Musterung von Isas Schätzen vorführen sehen). Dabei roch sie nicht etwa an den Dingen, doch ihr Tun erweckte den Anschein, als sei es ihre Nase, die taxierte und schließlich das Urteil fällte. Dann nannte sie mit scharfer Stimme ihren Preis. Wenn sie damit Proteste hervorrief, wurde sie äußerst beredsam, jedoch nie unbillig in diesem Stadium des Verhandelns. Eine Aufzählung der Fehler des Gegenstandes schoß dann wie ein Telegraphenstreifen aus Mrs. Jan Clootes Mund: sein fallender Marktwert war ihr wohlbekannt; dieser Anzug würde keinem anderen Manne mehr passen; jener Ring würde nicht einmal die Kosten für das Einschmelzen bringen. Gewöhnlich akzeptierten die Kunden ihr Angebot, wenn sie geendet hatte. Wenn nicht, wandte die Frau des Pfandleihers sich ohne weitere Bemerkungen dem Nächsten zu. »Nun?« sagte sie fragend. Sollte der zuerst Gekommene noch zögern und verblüfft stehenbleiben, dann erst schlug Mrs. Jan Cloote einen unhöflichen, ausfallenden Ton an. »Haben Sie sich immer noch nicht entschieden?« fragte sie herausfordernd. »Worauf warten Sie denn noch, worauf warten Sie denn noch?« Als Ergebnis dieser Schockbehandlung verschwand der Kunde entweder eiligst oder ergriff ängstlich die ihm gebotene Gelegenheit.

Wie die meisten Läden hierzulande war auch Mrs. Jan Clootes Leihgeschäft mehrfach unterteilt, ähnlich einer Bierkneipe in England mit Gastzimmer, öffentlicher und privater Bar. Diese Abteilungen trennten die weißen von den schwarzen Kunden und die schwarzen von den als Farbige bezeichneten – den Indern, Malaien und Mischlingen.

Wann immer ein Kunde mit einem dunkelhäutigen Gesicht durch den Eingang für Weiße hereinkam, hielt Mrs. Jan Cloote ihn im Zweifelsfalle für unschuldig. Doch während sie geschäftig hin und her eilte, beschwerte sie sich darüber in müdem Tonfall bei Maida und Greta.

»Habt ihr das farbige Mädchen gesehen, das da eben hinausging?« fragte sie zum Beispiel. »Kam durch den weißen Eingang. Diese Farbigen! Selbstverständlich war sie farbig, aber man wagt ja nichts zu sagen. Man würde womöglich wegen Verleumdung angezeigt werden.«

An diesem Morgen ging das Geschäft sehr lebhaft. Ein Truppentransporter war eingelaufen.

»Das war aber eben *bestimmt* ein Farbiger«, sagte Mrs. Jan Cloote in einer Atempause zwischen dem dauernden Türgeklingel. »Er kam durch den weißen Eingang.«

»Ich hätt' ihm in den Hintern getreten«, kommentierte Isa.

»Nun hör' bloß mal einer Isa an, eh!« kicherte Maida.

»Isa ist goldrichtig!« sagte die Mutter, während sie bereits wieder auf das nächste Klingeln zur Tür eilte.

Diesmal klangen die Stimmen aus einem Nebenraum des Ladens. Von draußen hatte ich gesehen, daß er durch ein Schild als *Privatbüro* bezeichnet war.

»Oh – Sie sind das?« sagte Mrs. Jan Cloote.

»Mein Bild«, antwortete eine Stimme. »Hier ist der Pfandschein.«

»Einen Monat zu spät«, erwiderte die Frau. »Sie haben ihn verfallen lassen.«

»Hier sind die fünfzehn Shillinges«, sagte der Mann.

»Nein, nein«, wehrte sie ab. »Es ist zu spät. Sie haben die Zinsen nicht gezahlt, und jetzt ist das Bild fort.«

»Nun geben Sie's schon«, drängte er. »Ich zahle Ihnen jetzt die Zinsen. Wir sind alte Freunde, und Sie haben versprochen, es für mich aufzubewahren.«

»Mein Großvater hat das Bild gemalt«, sagte er.

»Sie haben versprochen, es für mich aufzubewahren«, wiederholte er.

»Nicht einen Monat lang«, erwiderte sie endlich. »Nicht einen ganzen Monat. Es war schließlich nicht mehr als den Preis des Rahmens wert.«

»Es ist ein gutes Bild«, widersprach er.

»Ein gräßliches Bild«, stellte sie fest. »Wer möchte schon so ein Bild besitzen? Es hätte uns womöglich Unglück gebracht. Ich habe es fortgeworfen.«

»So hören Sie doch, meine Gute –«, begann er.

»'raus!« sagte sie. »Hinaus!«

»Ich rühre mich nicht von der Stelle«, entgegnete er, »bis ich mein Bild bekomme.«

»Maida! Greta!« rief sie.

»Schon gut«, sagte er hoffnungslos und verloren. »Ich geh' ja schon.«

Eine Woche später fing Mrs. Jan Cloote mich wieder im Hausflur ab. »Eine *kleine* Tasse Tee«, flüsterte sie. »Kommen Sie heute abend zu einem Plauderstündchen herein, nur mit uns und dem jungen Mr. Flemming.«

Es war unumgänglich, zu diesen periodischen Teesitzungen zu erscheinen. Wer von Mrs. Jan Clootes Mietern nicht daran teilnahm, lief Gefahr, mancherlei Unbequemlichkeiten zu erleiden: die Zimmer wurden nicht gereinigt und die Betten nicht gemacht; der Morgentee kam kalt herauf und die Zeitungen überhaupt nicht. Zu jener Zeit war es sehr schwierig, andere Zimmer zu finden. »Danke, gern«, sagte ich daher.

Am Abend fand ich mich bei der Familie ein. Das Ehepaar Marais war ausgezogen, und ich traf nur den jungen Büroangestellten. Isa trat ein, angemalt wie das letzte Mal.

Eine Neuerwerbung befand sich im Zimmer: ein Bild an der Wand. Als Kunstwerk betrachtet war es schauerlich, gleichzeitig jedoch faszinierend, weil es den Publikumsgeschmack seiner Zeit repräsentierte. Es mußte ungefähr um 1895 entstanden sein und zeigte ein Mädchen, das auf einem Bahngeleise festgebunden war. Ihr blaues Umschlagtuch flatterte über ihren Körper, und mit den Händen griff sie in äußerster Angst nach ihrem Kopf, von dem üppiges, weizengelbes Haar nach allen Seiten über die

Schienen fiel. Ungefähr zwanzig Meter weiter machte das Geleise eine Kurve. Aus der anderen Richtung näherte sich dieser Kurve ein Zug mit voller Geschwindigkeit. Der Lokomotivführer konnte das Mädchen also nicht sehen. Wie man leicht daraus zu schließen vermag, war der Fall hoffnungslos. Im nächsten Augenblick würde sie zermalmt werden. Doch halt! Ein Automobil, eines der ersten seiner Art, näherte sich einem nahegelegenen schienengleichen Bahnübergang. Das hohe bunte Fahrzeug war vollgepackt mit einer Gruppe junger Männer, die sich augenscheinlich auf einer Vergnügungstour befanden. Einer von ihnen hatte das junge Mädchen in seiner mißlichen Lage erspäht. Dieser kesse Knabe stand auf seinem Sitz, schwenkte seine Automobilistenmütze hoch über dem Kopf und deutete mit der anderen Hand auf die festgebundene Gestalt. Seine Gefährten waren gerade im Begriff, das Geschehen zu erkennen. Würden sie es noch schaffen, die Unglückliche zu retten? – den heranbrausenden Zug zu stoppen? Selbstverständlich nicht. Die Perspektive des Bildes zeigte mir das deutlich genug. Es gab nicht die geringste Chance für das Mädchen. Doch wenn man es nüchtern betrachtet, überlegte ich mir, liegt sie da, solange das Bild existiert; der Zug dampft heran, und die jungen Herzensbrecher in ihrem nagelneuen Automobil sind ständig gerade im Begriff, das auf den Schienen festgebundene Mädchen zu erblikken, dessen gelbes Haar sich um sie breitet, während der lächerliche blaue Schal im Winde flattert und ihre Hände nach ihrem Kopf greifen.

Im großen und ganzen mochte ich das Bild. Es war der Prototyp so vieler anderer Bilder der gleichen Art, und einen Prototyp, das wirklich typische Werk, bekommt man nur sehr selten zu sehen.

»Sie betrachten Isas Bild«, sagte Mrs. Jan Cloote.

»Das ist ein ganz wundervolles Bild«, erklärte sie dann. »Ein sehr berühmter englischer Künstler ist extra mit einer Sunderland hergeflogen, um Isa zu malen. Die Royal Air Force hat ihm das Flugboot mit der ganzen Besatzung zur Verfügung gestellt, damit er herkommen konnte. Die Offiziere im Hauptquartier der R.A.F. hatten kaum Isas Photo gesehen, als sie dem Künstler auch schon ihre Sunderland anboten.«

»Er hat Isa hier in der Pose gemalt, wie sie sich frisiert«, fuhr Mrs. Jan Cloote fort, liebevoll das Bild betrachtend.

Ich sagte nichts. Auch der junge Büroangestellte schwieg. Ich legte den Kopf auf die Seite und versuchte das Bild aus diesem Blickwinkel zu betrachten; tatsächlich hatte das Mädchen eine schwache Ähnlichkeit mit Isa, und die Hände an ihrem Kopf erweckten fast den Eindruck, als frisiere sie sich. Um sich das einzureden, mußte man aber natürlich den Zug, das Automobil und die übrigen Einzelheiten völlig ignorieren. Ich kam zu dem Schluß, daß das Bild ungefähr fünfzig Jahre alt sein mußte. Zweifellos war es nicht jüngsten Datums.

»Was halten Sie davon?« fragte Mrs. Jan Cloote.

»Sehr hübsch«, antwortete ich.

Der junge Angestellte blieb immer noch schweigsam.

»Sie sind heute abend aber sehr still, Mr. Fleming«, sagte Maida.

Er lachte nervös auf und zuckte zusammen, so daß er dabei beinahe seine Tasse umstieß.

»Ich bin heute Mrs. Marais begegnet«, wagte er schließlich zu sagen.

»Oh, die«, sagte Mrs. Jan Cloote gedehnt. »Haben Sie mit ihr gesprochen?«

»Natürlich nicht«, erwiderte er rasch. »Ich bin einfach an ihr vorbeigegangen.«

»Sehr vernünftig«, sagte Mrs. Jan Cloote.

»Ich habe den beiden nämlich gekündigt«, erklärte sie mir. »Er war gar nicht so schlecht, aber sie war die schlimmste Mieterin, die ich je gehabt habe.«

»Was die alles gesagt haben!« fügte Greta hinzu.

»Dabei habe ich sie mit allem Respekt behandelt«, sagte die Frau des Pfandleihers. »Und was habe ich dafür geerntet? Beleidigungen!«

»Beleidigungen«, bekräftigte Mr. Fleming.

»Mr. Fleming war nämlich dabei, als es geschah«, sagte Mrs. Jan Cloote.

»Wir zeigten ihr Isas Bild«, fuhr sie fort, »und ob Sie's nun glauben oder nicht, sie behauptete doch allen Ernstes, das sei überhaupt nicht Isa! Genauso gut hätte sie mir ins Gesicht sagen können, ich sei eine Lügnerin, nicht wahr, Mr. Fleming?«

»Das stimmt«, bestätigte Mr. Fleming, während er eingehend ein Teeblatt auf seinem Löffel betrachtete.

»Mr. Marais befand sich natürlich in einer sehr unangenehmen Lage«, sagte Mrs. Jan Cloote. »Sie müssen nämlich wissen, daß er völlig unter dem Pantoffel steht und nicht wagen darf, ihr zu widersprechen. Er meinte nur, da müsse sicher ein Irrtum vorliegen. Aber sie sah ihn bloß scharf an, und schon behauptete auch er: ›*Das* ist nicht Isa!‹«

»Armer Mr. Marais!« sagte Greta.

»Mir tut Mr. Marais leid«, meinte Maida.

»Der hat doch 'ne weiche Birne, Mensch«, stellte Isa fest.

Ihre Mutter wollte sich ausschütten vor Vergnügen. »Isa ist doch zum Totlachen, was«, sagte sie, nachdem sie sich beruhigt hatte. »Und sie hat ja so recht. Der alte Marais ist wirklich nicht ganz da.«

»Erzählen Sie uns doch mal«, forderte sie den jungen Angestellten auf, »was Ihnen der alte Marais hinterher über Isas Bild erzählt hat.«

Der junge Mann warf mir einen Blick zu und sah rasch wieder zur Seite.

»Was hat Mr. Marais denn über das Bild gesagt?« drängte ich ihn.

»Ach«, meinte Mr. Fleming, »ich erinnere mich nicht mehr so genau daran.«

»Na, na, Sie werden's schon noch wissen«, ermahnte ihn Mrs. Jan Cloote. »Keine Ausflüchte, geben Sie uns was zum Lachen.«

»Oh, er sagte nur«, antwortete Mr. Fleming, indem er mannhaft das Gemälde anstarrte, »er sagte nur, auf dem Bild seien noch Eisenbahnschienen und ein Zug.«

»Sagte *nur*!« warf Mrs. Jan Cloote ein.

»Na ja, der arme Kerl«, sagte Mr. Fleming begütigend. »Wahrscheinlich kann er nichts dafür; er ist eben verrückt.«

»Und hat er nicht noch gesagt, daß da auch ein vorsintflutliches Automobil auf dem Bild ist, Mensch?« fragte Greta. »Das haben Sie uns doch auch erzählt, Mensch.«

»Ja«, antwortete der junge Angestellte und kicherte, »das hat er auch noch gesagt.«

»Da haben Sie's«, stellte Mrs. Jan Cloote fest. »Der Mann hat nicht alle beisammen. Eine Eisenbahn auf Isas Bild! Ich muß jedesmal lachen, wenn ich daran denke.«

»Und was Mrs. Marais betrifft«, fügte sie hinzu, »was *die* betrifft, der Frau habe ich von Anfang an nicht getraut. ›Mrs. Marais‹, habe ich zu ihr gesagt, ›Sie müssen innerhalb einer Woche ausziehen.‹ Und am nächsten Tag sind die beiden verschwunden.«

»Die alte Ziege sind wir gut losgeworden«, sagte Isa.

»Sie war bloß neidisch auf Isas Bild, eh«, gluckerte Greta.

»Jedenfalls hatten wir hier eine wunderbare Zeit mit dem Künstler, als er Isa malte«, stellte Mrs. Jan Cloote fest.

»Das kann man wohl behaupten, Mensch«, bekräftigte Maida, »und mit der Besatzung natürlich auch.«

»Wir haben hier oft berühmte Künstler zu Gast«, erklärte die Mutter, »nicht wahr?«

»Selbstredend, Mensch«, sagte Greta. »Sie sind alle hinter Isa her.«

»Und die Besatzung«, sagte Maida. »Die war ja nett. Bloß der Pilot hat Isa übel reingelegt.«

»Ja, das Schwein«, pflichtete die Mutter bei. »Aber das macht uns nichts aus, Isa hat andere Jungens. Isa könnte zum Film gehen.«

»Isa würde ganz groß rauskommen beim Film«, sagte Greta.

»Alle die berühmten Schauspieler besuchen uns«, sagte Mrs.

Jan Cloote, »einfach alle. Sie wollen Isa zum Film holen. Aber wir lassen sie nicht gehen.«

»Sie würde ein Star werden, Mensch«, behauptete Greta.

»Aber wir würden sie trotzdem nicht zum Film gehen lassen«, sagte Maida.

»Wenn sie die Schule hinter sich hat«, erklärte die Mutter, »wird sie tun, was sie für gut hält.«

»Verdammt richtig«, stellte Isa fest.

»Sie kennen doch Max Melville?« fragte Mrs. Jan Cloote mich.

»Der Name kommt mir bekannt vor«, antwortete ich müde.

»Kommt Ihnen *bekannt* vor! Also wissen Sie, Max Melville ist ein Spitzenstar! Erst neulich war er wegen Isa hier. Hab' ich nicht recht, Greta?«

»Klar«, sagte Greta.

Und Mrs. Jan Cloote nahm ihren Faden wieder auf. »Ich sagte ihm, daß beim Film für Isas Geschmack zu viel in Publicity gemacht würde. ›Wir sind ruhige Leute, Max‹, hab' ich gesagt. *Max* hab' ich ihn genannt, einfach *Max*.«

»Max war hinreißend«, erklärte Maida.

»Er hat Isa ein wunderbares Geschenk gemacht«, fuhr Mrs. Jan Cloote fort. »Es ist zwar nicht sehr wertvoll, aber es ist ein Familienerbstück und war ihm deshalb besonders teuer; wenn es nicht um Isas willen gewesen wäre, hätte er sich nie davon getrennt. Lauf hinauf und hol es, Maida.«

Maida zögerte. »War es diese Brosche . . .?« begann sie.

»Nein«, sagte ihre Mutter langsam und bekümmert. »Die Brosche hat Isa von dem Maler bekommen. Ich bin überrascht, daß du vergessen konntest, was Max Melville unserer Isa geschenkt hat.«

»Ich hol' es«, rief Greta und sprang auf.

Sie kam sehr bald zurück. In der Hand hielt sie einen kleinen Kompaß.

»Er ist nicht viel wert«, sagte Mrs. Jan Cloote, während sie ihn herumgehen ließ. »Aber der Urgroßvater von Max war ein Forscher und hatte diesen Kompaß mit, als er den Himalaja überquerte. Er kehrte nie zurück, doch den Kompaß fand man bei seiner Leiche. Deshalb war er sehr, sehr kostbar für Maxie, aber um Isas willen trennte er sich von ihm.«

Ich hatte diesen Kompaß geschenkt bekommen, als ich vierzehn Jahre alt wurde; damals war er neu. Ich erkannte ihn sofort, und während Mrs. Jan Cloote erzählte, wurde er mir immer vertrauter. Die Kratzer und Beulen, die ich meinen persönlichen Dingen zufügte, werden mir immer vertraut bleiben wie meine eigene Unterschrift . . .

»Ein sehr alter antiker Kompaß«, sagte die Frau des Pfandleihers, während sie ihre Hand liebevoll über seine Glasscheibe gleiten ließ. »Es war reizend von Max Melville, daß er ihn Isa schenkte. Aber er wollte Isa ja auch zum Film holen; vielleicht war das der wahre Grund.«

»Was halten Sie davon?« fragte sie mich.

»Sehr interessant«, sagte ich.

Welcher Reisende mochte ihn wohl über das Meer gebracht haben? Durch wie viele Hände mochte er wohl auf seiner Reise von dem Leihhaus, wo ich ihn verpfändet hatte, bis zu Mrs. Jan Clootes Leihgeschäft gegangen sein? Staunend hing ich in Gedanken diesen Dingen nach und wunderte mich, warum es mir eigentlich nichts ausmachte, meinen Kompaß von den Händen dieser Pfandleihersfrau gestreichelt zu sehen – zu sehen, daß er geschaffen zu sein schien, ihr Freude zu bereiten. Es berührte mich nicht. Ihre Nase deutete darauf hinunter, als wiese sie nach Norden . . .

»Wir werden uns nie davon trennen«, sagte Mrs. Jan Cloote, »und zwar aus rein gefühlsmäßigen Gründen, wissen Sie. Allerdings würde man auch nichts dafür bekommen.«

Der Kompaß hatte ein paar Jahre lang unbeachtet zwischen meinen Sachen herumgelegen, bis der Tag kam, an dem ich ihn versetzen mußte. Während dieser Zeit war er viel herumgestoßen worden und hatte seine Kratzer bekommen. Ich hatte ihn in der Schublade von einer Seite auf die andere geworfen, weil ich stets nach etwas anderem suchte. Ich hatte den Kompaß nie gebraucht, nie nach ihm meine Richtung bestimmt. Vielleicht war er überhaupt nie viel benutzt worden. Die Verschleißspuren stammten in der Hauptsache alle von mir. Wer ihn auch in Mrs. Jan Clootes Leihgeschäft verpfändet haben mochte, hatte ihn wohl nicht mehr des Einlösens wert gehalten. Die Frau des Pfandleihers konnte nach Belieben darüber verfügen, denn der Kompaß gehörte jetzt wirklich ihr.

»Man würde nichts dafür bekommen«, wiederholte Mrs. Jan Cloote. »Aber selbstverständlich ist es uns nicht um das Geld zu tun; nur das Gefühl zählt.«

»Er ist Isas Glücksbringer«, sagte Maida. »Du wirst ihn mitnehmen müssen, wenn du nach Hollywood gehst, Isa, Mensch.«

»Hollywood!« rief Mrs. Jan Cloote aus. »O nein, nein! Wenn Isa zum Film geht, wird sie nur ein englisches Atelier wählen. In Hollywood wird viel zuviel Publicity gemacht. Können Sie sich unsere Isa in Hollywood vorstellen, Mr. Fleming?«

»Nicht unbedingt«, erwiderte der junge Mann vorsichtig.

»Ich würde ganz groß in Hollywood herauskommen, Mensch«, stellte die jüngste der drei Töchter fest.

»Nun ja, vielleicht . . .«, meinte die Mutter.

»Aber Hollywood ist mir zu viel Schaugeschäft«, sagte Isa.

»Sehen Sie«, wandte Mrs. Jan Cloote sich triumphierend an mich, »wir sind eben ruhige Leute. Wir halten uns an unseresgleichen, und wie Mr. Fleming neulich schon sagte, wir leben in unserer ganz persönlichen, eigenen Welt; nicht wahr, Mr. Fleming?«

Sie öffnete die Tür und ließ mich in den dunklen Korridor hinausschlüpfen.

Die Zwillinge

Als Jennie und ich noch zusammen in die Schule gingen, war sie eines jener intelligenten und wohlerzogenen Mädchen, wie sie damals – und vielleicht sind sie es heute noch – an schottischen Schulen bei jedermann beliebt waren. Die Beliebtheit der Jungen und Mädchen an englischen Schulen richtet sich, soweit ich das erfaßt habe, mehr nach ihrer Einsatzfreudigkeit bei Sport und Spielen sowie nach einigen anderen, weniger leicht definierbaren Qualitäten. Bei uns in Schottland verhielt es sich jedenfalls nicht so. Jennie war still und gescheit und ein guter Kamerad, und wir hatten sie alle gern, obgleich sie beim Hockeyspiel fast nicht zu gebrauchen war. Sie sah übrigens recht hübsch aus mit ihrer rundlichen Figur und ihrem dunklen Haar, stets adrett und gepflegt.

Sie heiratete einen Londoner, Simon Reeves. Ab und zu hörte ich noch von ihr. Sie wohnte in Essex, und ein- oder zweimal trafen wir uns, als sie nach London kam. Doch ehe ich mein Versprechen, sie zu besuchen, einlösen konnte, verging längere Zeit; als es dann endlich soweit war, zählten ihre Zwillinge, Marjie und Jeff, bereits fünf Jahre.

Die Kinder waren außerordentlich hübsch, hatten dunkles Haar wie Jennie und trugen ihre Köpfe auf ganz bezaubernde Art. Jennie war so vernünftig und nüchtern geblieben wie früher. Sie machte kein Aufhebens von der Schönheit der Kinder, auf die jedermann anspielen zu müssen glaubte. »Solange sie sich anständig betragen . . .«, sagte Jennie einmal, und ich dachte dabei, was für ein hübsches Mädchen sie doch selbst war, wie wenig sie sich daraus machte und wie sehr sie alle anderen umsorgte und umhegte. Ich stellte fest, daß Jennie jedermann für genauso ruhig und ausgeglichen und für genauso wenig aus dem

Gleichgewicht zu bringen hielt wie sich selbst. Mit dieser inneren Einstellung strahlte sie eine Ruhe und einen Frieden aus, für die ich ihr dankbar war. Jennies Mann ähnelte ihr darin, war aber andererseits viel lebhafter. Simon war fleißig und steckte voller Tatendrang wie Jennie; der Unterschied zwischen den beiden beruhte jedoch darauf, daß Jennie auch in ihrer Hauptarbeitszeit nie geschäftig herumzuhantieren schien, während Simon stets den Eindruck erweckte, er habe gerade etwas sehr Wichtiges zu tun. Sie paßten ausgezeichnet zueinander. Ich glaube, er hatte während ihrer sechsjährigen Ehe ein wenig von Jennies lieber und selbstloser Art angenommen, denn er war wirklich sehr aufmerksam und rücksichtsvoll. Wenn Simon zum Beispiel den Rasen mähte und dabei sah, daß der alte Herr von nebenan im Liegestuhl eingeschlafen war, hörte er sofort mit der Arbeit auf, obgleich es ihn offensichtlich Überwindung kostete, den Rasen auch nur eine Minute länger in diesem Zustand zu lassen. Jennie hatte ihrerseits von Simon gelernt, ohne Verlegenheit mit Männern zu sprechen. Im Alter von achtzehn Jahren war sie dazu noch absolut unfähig gewesen. Jennie hatte durch Simon die Möglichkeit erhalten, die Mentalität der verschiedensten Leute näher kennenzulernen, denn seine Freunde stellten nach Herkunft und Bildungsgrad eine merkwürdige Mischung dar. Und in gewissem Sinne trug Simon in sich selbst die Wesenszüge aller dieser Leute, die er in sein Haus zog; er repräsentierte sie sozusagen und bewahrte sich dennoch sein inneres Gleichgewicht dabei. Jennie bezog also über Simon ihr Wissen um die Welt, ohne dieser Welt in Wirklichkeit ausgesetzt zu sein. Ein glückliches Paar. Und dann waren da natürlich die Zwillinge.

An einem Samstagnachmittag kam ich an und hatte die Absicht, eine Woche bei ihnen zu bleiben. Die reizenden Zwillinge wurden um sechs Uhr zu Bett gebracht, und auch am folgenden Sonntag bekam ich nicht viel von ihnen zu sehen, da ein benachbartes Ehepaar sie zusammen mit seinen Kindern zum Picknick mitgenommen hatte. Den größten Teil des Montags verplauderte ich mit Jennie über alte und neue Erlebnisse und

Bekanntschaften, während die Kleinen, Marjie und Jeff, im Garten spielten. Lebhaft und geräuschvoll, wie eben gesunde Kinder sind, tollten sie herum. Für ihr Alter waren sie schon ziemlich weit entwickelt: beide konnten lesen und schreiben; Jennie hatte es sie gelehrt. Im September wollte sie die Kinder in die Schule schicken. Sie besaßen eine sehr deutliche Aussprache, und ich fand es recht amüsant, einen Teil von Jennies schottischem Wortschatz im englischen Tonfall der Zwillinge wiederzuhören.

Nun, auch an diesem Tag wanderten sie pünktlich um sechs Uhr in die Betten. Kurz darauf kam Simon nach Hause, und in einer angenehm stillen, friedlichen Atmosphäre verzehrten wir unser Abendbrot.

Erst am Dienstagmorgen bekam ich näheren Kontakt mit den Zwillingen und konnte mich ungestört mit ihnen unterhalten. Jennie war mit dem Wagen ins Dorf gefahren, um Lebensmittel einzukaufen, und ich spielte eine Stunde lang mit ihnen im Garten. Wieder war ich ganz gefangen von ihrer Schönheit und Intelligenz, besonders beeindruckte mich aber das kleine Mädchen. Sie gehörte zu den Kindern, denen nie etwas entgeht. Der Junge war dafür redegewandter; er beherrschte einen außergewöhnlich großen Wortschatz.

Jennie kam zurück, und nach dem Tee ging ich ins Haus, um Briefe zu schreiben. Ich hörte, wie Jennie zu den Kindern sagte: »Lauft ans andere Ende des Gartens und denkt daran, daß ihr beim Spielen nicht so sehr lärmen dürft.« Dann ging sie in die Küche und machte sich dort zu schaffen. Etwas später klingelte es an der Haustür. Während Jennie öffnete, kamen die Kinder aus dem Garten hereingestiefelt.

»Der Bäcker«, sagte eine Männerstimme.

»Ach ja«, hörte ich Jennie, »warten Sie bitte einen Moment, ich hole nur meine Geldbörse.«

Ich schrieb meinen Brief weiter und hörte nur noch mit halbem Ohr auf das Geklimper von Jennies Kleingeld, während sie, wie ich annahm, die Rechnung des Bäckers beglich.

Plötzlich stand Marjie neben mir.

»Hallo«, sagte ich.

Marjie antwortete nicht.

»Nun, Marjie«, meinte ich, »bist du gekommen, um mir Gesellschaft zu leisten?«

»Hör zu«, flüsterte Klein-Marjie und blickte dabei über die Schulter zurück, »hör zu.«

»Ja«, antwortete ich.

Sie blickte wieder über ihre Schulter, als fürchte sie, ihre Mutter könne hereinkommen.

»Kannst du mir eine halbe Krone geben?« flüsterte Marjie und hielt mir ihre Hand hin.

»Und wozu brauchst du das Geld?« fragte ich.

»Ich brauche es«, antwortete Marjie und sah sich wieder ängstlich dabei um.

»Würde deine Mammi damit einverstanden sein?« fragte ich.

»Gib mir eine halbe Krone«, sagte Marjie.

»Das möcht' ich lieber nicht«, erwiderte ich. »Weißt du was, ich kauf dir ein –«

Doch Marjie hatte bereits fluchtartig das Zimmer verlassen und war in die Küche gelaufen. »Sie möchte lieber nicht«, hörte ich sie zu jemandem sagen.

Einen Augenblick später trat Jennie ein, wie es schien, in arger Verlegenheit.

»Oh, hoffentlich habe ich dich nicht gekränkt«, sagte sie. »Ich wollte nur den Bäcker bezahlen und hatte nicht genügend Kleingeld. Und weil er nicht wechseln konnte, fiel mir eben ein, Marjie zu dir zu schicken, damit sie dich bittet, mir bis heute abend eine halbe Krone zu leihen. Ich hätte es lieber nicht tun sollen. In der Regel leihe ich mir sonst *nie* etwas.«

»Aber selbstverständlich!« rief ich aus. »Natürlich leihe ich dir eine halbe Krone. Ich habe reichlich Kleingeld. Ich hatte nur nicht verstanden, weil ich deine Bitte völlig anders übermittelt bekam; ich dachte, sie wollte das Geld für sich haben und daß dir das vielleicht nicht recht sein würde.«

Jennie blickte ungläubig. Ich scheute mich, ihr Marjies ganzen Auftritt zu erklären. Es ist gar nicht so einfach, gegen ein Kind von fünf Jahren Zeugnis abzulegen.

»Oh, die beiden betteln nie um Geld«, sagte Jennie. »Ich würde nie gestatten, daß sie jemand um irgend etwas bitten. So etwas tun sie *nie*.«

»Davon bin ich überzeugt«, brachte ich etwas mühsam heraus.

Jennie war viel zu gütig, um sich anmerken zu lassen, daß ich ihr ja gerade das Gegenteil hatte weismachen wollen. Sie war einfach zu nett, um durch diesen Zwischenfall auch nur den geringsten Schatten über die Zeit meines Besuchs fallen zu lassen.

An jenem Abend kam Simon kurz nach sechs nach Hause. Er hatte zwei raffinierte Kreisel für die Zwillinge gekauft. Man mußte sie aufziehen, und während sie sich drehten, summten sie eine kleine, blecherne Melodie.

»Du verwöhnst die Kinder viel zu sehr«, sagte Jennie.

Simon spielte den ganzen Abend mit den Kreiseln und hatte viel Spaß daran.

»Du wirst sie noch entzwei bekommen, bevor die Kinder sie überhaupt gesehen haben«, meinte Jennie.

Simon legte sie fort. Doch als etwas später einer seiner Freunde, ein Pilot vom nahegelegenen Flugplatz, zu Besuch kam, holte Simon die Kreisel wieder hervor; beide Männer spielten mit dem größten Vergnügen, sahen dann und wann in die Uhrwerke hinein und unterhielten sich über die technischen Einzelheiten, während Jennie und ich spöttische Bemerkungen machten.

Klein-Marjie und Jeff waren am nächsten Morgen ganz begeistert über die Kreisel, doch am Nachmittag hatten sie zunächst genug davon und fanden mehr Freude daran, sich gehörig auszutoben.

Nach dem Abendessen brachte Simon ein paar kleine Apparate zum Vorschein. Wie er erklärte, waren es Werke für Spieldosen, wie man sie auch in tönende Zigarettendosen einbaut; er hoffte, sie in die Kreisel einsetzen zu können, damit die

Kinder zur Abwechslung andere Melodien zu hören bekämen. »Wenn sie das eine Lied nicht mehr mögen«, sagte Simon, »können sie das andere haben.«

Er holte einen der Kreisel hervor und nahm ihn auseinander, um eine neue Melodie einzusetzen. Doch als er alles wieder zusammengebaut hatte, wollte der Kreisel überhaupt keinen Ton mehr von sich geben. Jennie versuchte zu helfen, aber es funktionierte einfach nicht. So nahm Simon den Kreisel geduldig wieder auseinander, legte die Spielwerke beiseite und sagte, daß er sie vielleicht später einmal für irgend etwas anderes verwenden könne.

»Das ist Jeffs Kreisel«, erklärte Jennie auf ihre präzise Art, indem sie die Teile auf dem Teppich anschaute. »Jeff gehört der rote Kreisel, Marjie der blaue.«

Von neuem begann Simon das Spielzeug zusammenzusetzen und die alte Melodie wieder einzubauen, während Jennie und ich hinausgingen, um Tee zu bereiten.

»Ich möchte wetten, daß er jetzt nicht mehr funktioniert«, sagte Jennie kichernd.

Als wir wieder ins Zimmer kamen, las Simon, und der Kreisel war verschwunden.

»Hast du ihn fertiggemacht?« fragte Jennie.

»Ja«, antwortete er abwesend. »Ich habe ihn fortgelegt.«

Am nächsten Morgen regnete es, und die Zwillinge mußten im Hause bleiben.

»Warum spielt ihr nicht mit euren Kreiseln?« fragte Jennie sie. »Euer Vater hat zwar einen davon gestern auseinandergenommen«, informierte sie die beiden, »aber er hat alle Teile wieder zusammengesetzt.«

Jennie war ihrem Wesen nach eine Stoikerin und hielt nichts davon, ihre Kinder vor einer möglichen Enttäuschung zu bewahren.

»Er hatte gehofft«, fuhr sie fort, »neue Melodien einsetzen zu können, aber das wollte nicht funktionieren . . . doch er wird es noch einmal versuchen.«

Sie nahmen diese Nachricht ganz zuversichtlich auf. Einige Stunden lang bekam ich sie nicht zu Gesicht, doch als der Regen aufhörte und ich nach draußen ging, sah ich, wie der kleine Junge seinen strahlendroten Kreisel auf dem harten Zementboden der Garage tanzen ließ. Gegen Mittag kam Jeff in die Küche gelaufen, wo Jennie gerade einen Kuchen buk. Er heulte herzzerbrechend, und sein kleines Gesicht war vor Kummer ganz entstellt. In den Armen hielt er die Einzelteile seines Kreisels.

»Mein Kreisel!« schluchzte er, »mein Kreisel!«

»Um Himmels willen«, sagte Jennie, »was hast du denn damit angestellt? Weine nicht, mein armer kleiner Liebling.«

»Ich hab' ihn gefunden«, sagte er. »Ich hab' meinen Kreisel gefunden, ganz entzwei, unter der Kiste hinter Pappis Auto.

»Mein Kreisel«, weinte er. »Pappi hat meinen Kreisel kaputtgemacht.« Marjie kam herein und sah unbewegt zu, während sie ihren blauen Kreisel fest an die Brust drückte.

»Aber du hast doch heute morgen schon mit deinem Kreisel gespielt!« sagte ich. »Der rote ist doch deiner, nicht wahr? Du hast ihn doch tanzen lassen.«

»Ich hab' mit dem blauen gespielt«, schluchzte er. »Und dann hab' ich meinen Kreisel gefunden, ganz entzwei. Pappi hat ihn kaputtgemacht.«

Jennie setzte ihnen ihr Essen hin, und sofort hörte Jeff zu jammern auf.

Jennie ließ sich durch diesen Zwischenfall nicht um ihre gute Laune bringen, meinte jedoch nachher zu mir: »Ich finde, Simon hätte es mir sagen können, daß er den Kreisel nicht wieder zusammensetzen konnte. Aber so sind die Männer nun einmal. Wenn sie etwas nicht schaffen, sind sie zu stolz, es einzugestehen.«

Wie ich schon sagte, ist es gar nicht so einfach, gegen ein fünfjähriges Kind Zeugnis abzulegen – besonders gegenüber seiner Mutter.

Jennie packte die Einzelteile des Kreisels taktvoll wieder in die Kiste hinten in der Garage zurück. Sieben Jahre später sah ich sie dort immer noch liegen, rostig und unberührt, zwischen einem Haufen anderen verrosteten Gerümpels. Jennie kaufte an jenem Tag Springseile für die Kinder, und nachdem sie zu Bett gegangen waren, nahm sie Marjies Kreisel aus dem Spielzeugregal. »Der arme kleine Jeff wird nur weinen müssen, wenn er ihn sieht«, sagte sie zu mir. »Am besten vergessen wir die Kreisel ganz und gar.«

Sie kicherte. »Und außerdem möchte ich nicht«, meinte sie, »daß Simon herausfindet, daß ich *ihm* auf die Schliche gekommen bin.«

Ich glaube nicht, daß die Kreisel je wieder in der Familie erwähnt wurden. Sollte jedoch einmal die Sprache darauf gekommen sein, würde Jennie ganz gewiß das Thema gewechselt haben. Die beiden waren einander sehr zugetan, und man konnte einfach nur gut und freundlich über sie denken; über die Kinder hingegen nicht.

Ich hielt mich anschließend ein paar Jahre im Ausland auf, und in der ersten Zeit hörte ich noch manchmal von Jennie; später schrieben wir uns nur noch selten, dann überhaupt nicht mehr. Seit ungefähr einem Jahr befand ich mich wieder in London, als ich Jennie in der Baker Street traf. Sie erzählte begeistert von ihren inzwischen zwölfjährigen Kindern, die beide Stipendien gewonnen hatten und im Herbst in Internate gehen sollten.

»Komm und sieh sie dir an, während sie ihre Ferien haben«, sagte sie. »Wir sprechen oft von dir, Simon und ich.« Es war angenehm, Jennies gütige Stimme wieder zu hören.

Ich fuhr im August für ein paar Tage zu ihnen. Ich war überzeugt, daß die Zwillinge inzwischen über ihr merkwürdiges Verhalten hinausgewachsen waren, und damit sollte ich recht behalten. Jennie brachte sie mit, als sie mich von der Bahnstation abholte. Sie waren recht ruhig geworden, sahen jedoch immer noch außerordentlich hübsch aus. Für ihr Alter besaßen diese Kinder eine ungewöhnliche Selbstsicherheit. Sie waren wohlerzogen und hatten gute Manieren wie Jennie in ihrem Alter, ohne aber deren Schüchternheit aufzuweisen.

Simon stutzte irgendwelche Sträucher im Garten zurecht, als wir uns dem Hause näherten.

»Na, du hast dich ja überhaupt nicht verändert«, sagte er. »Vielleicht ein wenig dünner geworden. Schön, dich so blühend wiederzusehen.«

Jennie ging hinein, um Tee zu bereiten. In dieser Umgebung schien sich nichts verändert zu haben, und auch Jennie hatte in den sieben Jahren seit meinem letzten Besuch keine ihrer Gewohnheiten abgelegt.

Die Zwillinge begannen von ihrer Schulzeit zu erzählen, und Simon stellte mir Fragen über die Einwohnerzahlen der Orte, in denen ich mich im Ausland aufgehalten hatte, die ich nicht beantworten konnte. Als Jennie wiederkam, sprang Simon rasch auf und ging sich waschen.

»Entschuldige bitte, daß Simon das gesagt hat«, sagte Jennie zu mir, als er gegangen war. »Er hätte es auf keinen Fall sagen dürfen, aber du weißt ja, wie taktlos Männer sind.«

»Daß er was gesagt hat?« fragte ich.

»Nun, daß du dünn und elend aussiehst«, antwortete Jennie.

»Oh, *so* habe ich das eigentlich nicht verstanden!« sagte ich.

»Wirklich nicht?« meinte Jennie mit einem verstehenden Lächeln. »Das ist reizend von dir.«

Sie schenkte Tee ein. »Dünn und abgehärmt, nicht zu glauben!« sagte sie, während die Zwillinge diskret Sandwiches herumreichten.

An jenem Abend saßen wir, Jennie, Simon und ich, noch lange beisammen und unterhielten uns. Jennie hatte ihre frühere Gewohnheit beibehalten, um neun Uhr noch einmal Tee zu bereiten, und ich begleitete sie in die Küche. Während wir plauderten, packte sie gewandt ein paar Kekse in eine kleine grüne Dose.

»Der Kessel kocht gleich«, sagte Jennie, während sie mit der Dose in der Hand hinausging. »Du weißt ja, wo die Teekanne steht. In einer Minute bin ich wieder da.«

Ein paar Augenblicke später kam sie zurück, und wir trugen das Geschirr hinein.

Es war bereits nach ein Uhr, als wir auseinandergingen. Jennie hatte sich viel Mühe gegeben, es mir bequem zu machen. Sie hatte frische Blumen auf den Toilettentisch gestellt, und neben meinem Bett fand ich die kleine Dose mit Keksen, die sie so aufmerksam gefüllt hatte. Ich knabberte einen, während ich durch das Fenster gegen den weiten Himmel über dem stillen Land blickte und über Jennies unschätzbare Verdienste nachsann. Leute ohne jegliche Neurosen habe ich stets mit einer Mischung von Ehrfurcht und Verwunderung betrachtet. Ich verkehre zuviel mit hochintelligenten, völlig unberechenbaren Freunden. In dieser Jennie, so schloß ich, ruhte ein Geheimnis, das ich und meinesgleichen nicht ergründen konnten.

Als Simon am nächsten Tag nach Hause kam, war Jennie gerade mit dem Wagen fortgefahren, um die Zwillinge von einem nahegelegenen Badeteich abzuholen.

»Ich bin froh, daß Jennie nicht da ist«, sagte er, »denn ich wollte gern etwas mit dir besprechen. Ich hoffe, du machst dir nichts daraus«, fuhr er fort, »aber Jennie hat schreckliche Angst vor Mäusen.«

»Mäuse?« fragte ich.

»Ja«, erklärte Simon, »deshalb möchte ich dich bitten, keine Kekse in deinem Zimmer zu essen. Jennie war ganz entsetzt, als sie die Krümel in deinem Zimmer sah, aber sie würde natürlich außer sich sein, wenn sie erführe, daß ich es dir gesagt habe. Sie würde lieber sterben, ehe sie dir etwas davon erzählte. Aber so ist das nun mal, und ich weiß, daß du dafür Verständnis haben wirst.«

»Aber Jennie hat mir doch selbst die Kekse ins Zimmer gestellt«, versuchte ich zu erklären. »Sie hat sie in eine Dose gepackt und gestern abend nach oben gebracht.«

Simon machte ein bekümmertes Gesicht. »Wir haben früher einmal Mäuse gehabt«, sagte er, »und der Gedanke, daß jetzt oben welche sein könnten, ist ihr unerträglich.«

»Jennie hat die Kekse aber selbst dorthin gestellt«, bestand ich, obgleich ich mich bereits im Unrecht zu fühlen begann.

»Und außerdem habe ich doch gesehen«, fuhr ich fort, »wie Jennie die Dose gefüllt hat. Ich werde mit ihr darüber reden.«

»*Bitte*«, sagte Simon, »bitte, tu das nicht. Jennie würde furchtbar gekränkt sein, wenn sie erführe, daß ich darüber gesprochen habe. Bitte«, beschwor er mich, »iß weiter Kekse in deinem Zimmer; ich hätte es gar nicht erst erwähnen sollen.«

Natürlich versprach ich, keine Kekse mehr zu essen. Und Simon erklärte mit wissendem Lächeln, er würde mir beim Abendessen größere Portionen zuteilen, damit ich nicht zu hungern brauchte.

Die Keksdose war verschwunden, als ich in mein Zimmer kam. Jennie war den ganzen nächsten Tag damit beschäftigt, eine Cocktailparty für den Abend vorzubereiten. Die Zwillinge opferten in rührender Weise ihre volle Freizeit, um Brot für die Sandwiches zu schneiden und die sonderbarsten Muster mit kleinen Anchovisstücken auf winzigen Toastrechtecken auszutüfteln.

Jennie brauchte noch einige Lebensmittel, und ich erbot mich, sie aus dem Dorf zu holen. Ich nahm den Wagen; und da ich merkte, daß fast kein Benzin mehr im Tank war, ließ ich ihn unterwegs nachfüllen. Als ich zurückkam, aßen diese lieben Kinder stehend in der Küche ihr Abendbrot; und ohne ein Wort des Widerspruchs verschwanden sie und gingen zu Bett, ehe die Gäste erschienen.

Als Simon nach Hause kam, begegnete ich ihm in der Diele. Der Ginvorrat bereitete ihm Kopfschmerzen; er beschloß, sicherheitshalber noch einmal zur Gastwirtschaft zu fahren und ein paar Flaschen zu holen.

»Dabei fällt mir gerade ein«, sagte er, »daß der Wagen fast kein Benzin mehr im Tank hat. Ich habe versprochen, die Ralings nach der Party heimzufahren. Beinahe hätte ich's vergessen. Ich werde unterwegs tanken.«

»Ach, das hab' ich vorhin schon getan«, bemerkte ich.

Zehn Gäste kamen: vier Ehepaare und zwei unverheiratete junge Damen. Jennie und ich reichten den Imbiß herum, während Simon für die Getränke sorgte. Seine Spezialität war ein Cocktail, den er gerade entdeckt hatte und ›Loopamp‹ nannte. Um ihn in ausreichender Menge mixen zu können, mußte er ständig in die Küche laufen und Nachschub an Backpflaumensaft und Eis holen. Simon hatte sich eingeredet, daß Loopamp bei seinen Gästen sehr hoch im Kurs stände. Ihm zu Gefallen tranken wir ihn alle. Als er zum vierten Mal mit seinen Shakern in die Küche lief, rief er einem der unverheirateten Mädchen, das gerade neben der Tür stand, zu: »Mollie, willst du bitte so nett sein und mir den Krug für den Zitronensaft mit hinausbringen, ja?«

Mollie folgte ihm mit dem Zitronensaftkrug.

»Sehr gute Noten für die Stipendien«, erklärte Jennie gerade einem älteren Mann. »Jeff war Vierter bei den Jungen, und Marjie kam auf Platz elf bei den Mädchen. Da es nur vierzehn Stipendien gab, hatte sie Glück. Wenn es nicht mit der Geographie gehapert hätte, wäre sie unter den ersten gewesen. Ihre Englischlehrerin hat's mir erzählt.«

»Fabelhaft!« sagte der Mann.

»Ja«, bestätigte Jennie. »Mollie Thomas ist Marjies Englischlehrerin; Sie kennen ja Mollie Thomas. Sie ist heute abend hier. Wo ist Mollie eigentlich?« Dabei sah sie sich um.

»Sie ist in die Küche gegangen«, sagte ich.

»Um Loopamp zu machen, nehme ich an«, meinte Jennie. »Was für ein Name, Loopamp!«

Simon und Jennie sahen am nächsten Morgen ziemlich mitgenommen aus. Ich gab dem Loopamp die Schuld daran. Sie sprachen nur wenig, und nachdem Simon nach London abgefahren war, fragte ich Jennie, wie es ihr ginge.

»Nicht besonders«, antwortete sie. »Nicht besonders. Ich mache mir Sorgen wegen des Benzins, meine Liebe, wirklich. Ich wünschte, du hättest mich um das Geld gebeten. Hier ist es also, und sprich bitte nicht mehr darüber. Simon ist so empfindlich.«

»Empfindlich?«

»Nun ja«, erwiderte Jennie, »du weißt doch, wie Männer sind. Du hättest wirklich gleich deswegen zu mir kommen sollen. Du weißt ja, wie genau ich es mit meinen Schulden nehme. Und Simon ist genauso. Er wußte ja nicht, daß du Benzin getankt hattest, und natürlich konnte er nicht verstehen, warum du dich verletzt fühltest.«

Ich schickte mir an jenem Morgen selbst ein Telegramm, das mich nach London zurückrief. Erst um 6.30 Uhr abends ging ein Zug, den ich erreichen konnte. Simon kam gerade nach Hause, als ich in das Taxi stieg; er stellte sich zu Jennie und den Kindern auf die Türschwelle, um mir auf Wiedersehen zu winken.

»Und komm recht bald wieder«, sagte Jennie.

Als ich zurückwinkte, bemerkte ich, daß die Zwillinge, die mir zuwinkten, nicht mich, sondern ihre Eltern anblickten. In ihren Gesichtern stand ein Ausdruck, den ich vorher nur einmal gesehen hatte. Das war in der Königlichen Akademie, wo ich einen berühmten Porträtmaler gedankenverloren vor dem Werk seiner eigenen Hände stehen und ihm einen langen, staunenden Blick zuwerfen sah. Und genauso, voller Staunen, Stolz und Verwunderung, starrten die Zwillinge Jennie und Simon an.

Ich schrieb und dankte ihnen, wobei ich jede Anspielung auf ein zukünftiges Wiedersehen vermied. Als Antwort erhielt ich einen Brief von Simon. ›Es tut mir leid‹, schrieb er, ›daß Du am Abend unserer Party den Eindruck hattest, Mollie und ich benähmen uns in der Küche ungehörig. Jennie war ganz fassungslos. Selbstverständlich hegt sie nicht den geringsten Zweifel an meiner Treue, aber sie ist sehr bestürzt, daß Du so etwas andeuten konntest. Es war sehr peinlich für Jennie, das vor all ihren Freunden hören zu müssen; um Jennies willen hoffe ich, daß Du ihr gegenüber nichts von meinem Brief über diese Angelegenheit erwähnst. Jennie würde lieber sterben als Dich kränken. Immer Dein Simon Reeves.‹

Miss Pinkertons Apokalypse

Eines Abends, es war ein feuchtkalter Februartag, kam etwas durch das Fenster hereingeflogen. Miss Laura Pinkerton, die sich gerade unschuldig am Kaminfeuer zu schaffen machte, hörte über ihrem Kopf ein schwaches, auf- und abschwellendes Geräusch. Sie blickte hoch und rief: »George! Komm her! Komm rasch!«

George Lake kam sofort, wenngleich er wegen eines kürzlichen Streites ein mürrisches Gesicht aufgesetzt hatte; in der Hand hielt er ein Sandwich, von dem er gerade in der Küche abgebissen hatte. Er blickte nach dem Geräusch hoch und ließ sich abrupt in einen Stuhl fallen.

Von diesem Punkt an gibt es zwei Versionen für das Erlebnis der beiden: seine und ihre. Doch über die wesentlichen Tatsachen sind sie sich einig; beide behaupten, daß es ein kleiner runder, abgeflachter Gegenstand war und daß er flog.

»Irgend so ein fliegendes Dings«, kommentierte George schließlich flüsternd.

»Es ist eine Untertasse«, sagte Miss Pinkerton kühn und laut, »und zwar ein antikes Stück. Man kann es an der Form erkennen.«

»Antik ist sie auf keinen Fall, das ist absolut sicher«, behauptete George.

Er hätte taktvoller sein müssen und wäre es auch gewesen, wenn das Einmalige dieses Augenblicks ihn nicht so tief beeindruckt hätte. Natürlich brachte das Miss Pinkerton in Rage, denn sie fühlte sich im Recht.

»Ich weiß, was ich weiß«, erklärte sie wie gewöhnlich, »mein Fach sollte ich doch schließlich kennen. Seit über dreiundzwanzig Jahren bin ich jetzt in antikem Porzellan tätig.« Das stimmte, und George wußte es.

Die kleine Untertasse sauste wie ein Irrwisch um die Lampe herum.

»Anscheinend wird sie durch das Licht angezogen«, bemerkte George, als spräche er über einen Nachtfalter.

Sofort setzte sie zu einem gefährlich aussehenden Sturzflug auf Georges Kopf an. Er zuckte zur Seite, und Miss Pinkerton wich rückwärts bis an die Wand zurück. Als die Untertasse sich in der Kurve hochkant stellte und haarscharf über Georges Schulter hinwegstrich, konnte Miss Pinkerton einen Blick hineinwerfen.

»Das Ding ist vielleicht radioaktiv. Es könnte gefährlich sein«, sagte George atemlos. Die Untertasse war inzwischen wieder aufgestiegen, kreiste hoch über seinem Kopf und machte nun einen zweiten Sturzflug auf ihn herab, verfehlte ihn jedoch wieder.

»Sie kann nicht radioaktiv sein«, sagte Miss Pinkerton, »sie stammt aus der Sung-Dynastie.«

»Rede doch nicht so blöd daher«, entgegnete George heftig unter dem Druck der Ereignisse.

»Schon gut, schon gut«, meinte Miss Pinkerton, »es ist also nicht Sung. Wahrscheinlich bist du der Experte, George, also mußt du es ja besser wissen. Ich habe nur nach dem Dekor geurteilt; nachdem ich den größten Teil meines Lebens mit chinesi–«

»Es muß eine Fälschung sein«, sagte George mit unglücklichem Gesicht. Der ätzende Unterton in Miss Pinkertons Worten war ihm nur zu gut bekannt und weckte ungemütliche Erinnerungen in ihm. Außerdem hatte er Angst vor der Untertasse.

Die Untertasse zog jetzt in einer majestätischen Bahn entlang der Bilderleiste unablässig rund um das Zimmer.

»Fälschung, ha!« rief Miss Pinkerton aus. Wie der Blitz sauste sie aus dem Zimmer und war im nächsten Augenblick mit einer kleinen Trittleiter wieder zurück.

»Ich will die Marke untersuchen«, sagte sie eindringlich und deutete dabei auf die Untertasse. »Wo ist meine Brille?«

Folgsam blieb die Untertasse in einer Ecke stehen; wie eine Spinne hing sie ein paar Zentimeter unter der Zimmerdecke. Miss Pinkerton stellte die Trittleiter auf. Mit der Brille auf der Nase hatte sie fast ganz ihr sonniges Wesen wiedergewonnen; zeremoniell und sachkundig blickte sie hoch.

»Komm nicht in ihre Nähe, rühr sie nicht an!« schrie George, schob sie beiseite und griff nach der Trittleiter, wobei er eine blaue Glasschale, eine Dresdener Porzellanfigur, eine Vase mit Blumen und eine Karaffe mit Sherry umstieß – »wie ein Elefant im Porzellanladen«, rief Miss Pinkerton aus. Aber sie wollte sich nicht von ihrem Vorhaben abbringen lassen und kämpfte mit ihm um die Trittleiter.

»Laura!« stieß er verzweifelt hervor, »ich glaub' dir ja, daß das Ding aus der Sung-Dynastie stammt! Dein Wort genügt mir!«

In diesem Augenblick flog die Untertasse zum Fenster hinaus.

Sie handelten rasch und riefen die Redaktion ihrer Zeitung an. Man versprach, sofort einen Reporter zu senden. In der Zwischenzeit setzte Miss Pinkerton sich ans Telephon und versuchte ihre beiden wissenschaftlich gebildeten Freunde anzurufen – immerhin war der eine der zwei an Seelenforschung interessiert, und der andere war Elektriker. Doch von beiden kam keine Antwort. George lehnte sich inzwischen aus dem Fenster und suchte den nächtlichen Himmel und die angrenzenden Dächer ab. Danach tat er dasselbe von den rückwärtigen Fenstern aus, drehte an allen Lichtschaltern und schaltete versuchsweise das Radiogerät an. Alles funktionierte wie immer.

Der Zeitungsmann, begleitet von einem Photographen, stellte sich ein.

»Hier gibt es nichts zu photographieren«, sagte Miss Pinkerton nervös. »Sie ist fortgeflogen.«

»Wir könnten ein paar Aufnahmen von der Stätte des Ereignisses machen«, erklärte der Mann.

Miss Pinkerton sah sich beunruhigt das Ergebnis von Georges Kampf um die Trittleiter an.

»Das Zimmer ist ein Trümmerhaufen.«

Sherry aus der umgestürzten Karaffe tröpfelte immer noch von der Anrichte.

»Ich will lieber erst aufräumen. Hilf mir, George!« Sie flatterte nervös umher und begann kleine Kohlestückchen auf das Kaminfeuer zu packen.

»Nein, lassen Sie alles, wie es ist«, wies der Reporter sie an. »Hat die Erscheinung dieses Durcheinander gemacht?«

George und Miss Pinkerton sprachen gleichzeitig.

»Indirekt, könnte man sagen«, meinte George.

»Es war keine Erscheinung«, stellte Miss Pinkerton richtig.

Der Reporter setzte sich auf den nächsten Stuhl, zückte seinen Bleistift und fragte: »Haben Sie etwas dagegen, daß ich mir Notizen mache?«

»Würde es Ihnen etwas ausmachen, sich dort drüben hinzusetzen?« fragte Miss Pinkerton. »Wir benutzen die Queen Annes normalerweise nicht. Die Stühle sind schon sehr schwach.«

Der Reporter schoß in die Höhe, als hätte ihn etwas gestochen, und ließ sich auf der Tischkante nieder. Miss Pinkerton sah es mit Unbehagen.

»Sie müssen nämlich wissen, daß ich in Antiquitäten mache«, begann sie herunterzurasseln. Die Geschichte schien sie reichlich mitgenommen zu haben, sagte sich George. Ja, er glaubte sogar annehmen zu dürfen, daß sie völlig erledigt war. Seine Gereiztheit schwand, und sein Selbstvertrauen kehrte zurück.

»Aber, Laura, setz dich doch hin und nimm's nicht so tragisch.« Besorgt drückte er sie in einen bequemen Sessel.

»Die Aufregung hat sie etwas angegriffen«, informierte er die Zeitungsleute mit bedeutsamem Unterton.

»Sie behaupten also, daß dieser Gegenstand tatsächlich durch dieses Fenster hereingeflogen ist?« brachte der Reporter das Interview in Gang.

»So ist es«, bestätigte George.

Der Photograph richtete seinen Apparat auf das Fenster.

»Und zu dieser Zeit waren Sie beide hier im Zimmer?«

»Nein«, sagte Miss Pinkerton. »Mr. Lake war in der Küche, und da habe ich ihn natürlich hergerufen. Aber er hat nicht die Innenseite der Untertasse gesehen, nur die Außenseite, unten, wo sich die Herkunftsmarke befindet. Ich sah das Dekor, und daher holte ich die Trittleiter, um mich zu vergewissern. Und dabei hat Mr. Lake meine Sachen umgestoßen. Ich habe hineingesehen.«

»Dazu muß ich etwas sagen«, erklärte George.

Die Männer sahen ihn hoffnungsvoll an.

Nach einer Pause fuhr George fort: »Wir wollen mit dem Anfang beginnen.«

»Sehr richtig«, meinte der Reporter aufatmend.

»Das war so«, begann George. »Ich kam sofort herein, als Miss Pinkerton schrie, und da oben, wissen Sie, da oben schwebte eine weiße, konvexe Scheibe immer rundherum.«

Der Reporter betrachtete die Stelle in der Luft, auf die George zeigte.

»Sie machte einen höllischen Spektakel, wie eine schnurrende Katze«, erklärte ihm George.

»Können Sie sich vorstellen, was es in Wirklichkeit war?« fragte der Reporter.

George nahm sich mit der Antwort Zeit. »Hm, ja«, sagte er, »und wieder nein.«

»Sung-Dynastie«, sagte Miss Pinkerton.

»Ich habe in diesen Dingen keine Erfahrung«, fuhr George fort. »In der Regel bin ich äußerst skeptisch. Für mich war es ein völlig neues Erlebnis.«

»So ist es«, bestätigte Miss Pinkerton. »Ich dagegen befasse mich seit dreiundzwanzig Jahren mit chinesischer Ware. Ich habe das Ding sofort erkannt.«

Der Reporter kritzelte und fragte: »Diese fliegenden Scheiben erscheinen also demnach häufig in China?«

»Es war eine Untertasse. Ich selbst habe allerdings vorher noch nie eine fliegen gesehen«, erklärte Miss Pinkerton.

»Ich möchte eine Frage stellen«, sagte George.

Miss Pinkerton fuhr fort: »Mr. Lake rahmt Bilder ein. Dabei geht ihm wohl alte Leinwand durch die Finger, aber fast überhaupt kein antikes Stück.«

»Ich muß dich sehr bitten«, sagte George. »Erzählst du die Geschichte oder ich?«

»Vielleicht sollten wir erst Mr. Lakes Bericht hören und danach den der Dame«, schlug der Reporter vor.

Miss Pinkerton schwieg verletzt, während er sich an George wandte.

»War diese – dieser Gegenstand an irgend etwas befestigt? An Drähten zum Beispiel? Ich meine, könnte Ihnen nicht vielleicht jemand einen Streich gespielt haben?«

George bedachte diese Möglichkeit höflich einen geziemenden Augenblick lang.

»Nein«, antwortete er dann. »Mir kam in der Tat der überraschende Gedanke, daß irgendein Verstand dahintersteckte, der sie von draußen – aus dem Weltraum, meine ich – lenkte. Sie versuchte mich doch tatsächlich anzugreifen.«

»Wirklich? Berichten Sie genau.«

»Mr. Lake wurde nicht angegriffen«, stellte Miss Pinkerton fest. »Und von Gefahr kann überhaupt keine Rede sein. Ich sah den Ausdruck im Gesicht des Piloten. Er machte sich einen Spaß mit Mr. Lake und grinste dabei über beide Backen.«

»Pilot?« fragte George. »Wovon redest du überhaupt – Pilot!«

Miss Pinkerton seufzte. »Ein winziger Mann, etwa halb so groß wie mein Finger«, erklärte sie. »Er saß auf einem winzigen Hocker. Mit der einen Hand hielt er ein winziges Steuerrad, und mit der anderen winkte er. Dicht am Rand der Untertasse war nämlich so etwas wie eine Nähmaschine befestigt, und mit dem Fuß hielt er das winzige Trittbrett in Gang. Er hat Mr. Lake keinesfalls angegriffen.«

»Rede doch nicht so einen verdammten Unsinn«, sagte George.

»Das meinen Sie doch nicht im Ernst?« fragte der Reporter sie eindringlich.

»Aber selbstverständlich.«

»Dafür schuldest du mir eine Erklärung«, verlangte George.

»Du hast eben nur die Unterseite der Untertasse gesehen, George«, erwiderte sie.

»Vorhin hast du aber nichts von einem Piloten gesagt«, stellte George fest. »Ich habe keinen Piloten gesehen.«

»Mr. Lake bekam es mit der Angst zu tun, als die Untertasse auf ihn zusteuerte. Wenn er nicht zur Seite gewichen wäre, hätte er ihn auch sehen müssen.«

»Du hast aber keinen Piloten erwähnt«, beharrte George. »Sei doch vernünftig.«

»Ich hatte ja keine Gelegenheit dazu«, entgegnete sie. Beschwörend wandte sie sich an den Photographen: »Sehen Sie, ich weiß genau, wovon ich rede. Mr. Lake glaubte allerdings, es besser zu wissen. ›Es ist eine Fälschung‹, hat er gesagt. Aber wenn ich etwas kenne, dann ist es Porzellan.«

»Eine ganz unwahrscheinliche Sache«, sagte George zu dem Reporter. »Ein Steuerrad und eine Tretmaschine, und das in der heutigen Zeit! Finden Sie das glaubwürdig?«

»Der Mann hätte herausfallen müssen«, meinte der Photograph nachdenklich.

»Ich muß sagen«, erklärte der Reporter, »daß ich Mr. Lakes Fernsteuerungstheorie vorziehe. Die Dame hat vielleicht durch die Erscheinung der Untertasse einen Schock bekommen und ist dann einer Halluzination zum Opfer gefallen.«

»Das wird's sein«, bestätigte George. Er flüsterte dem Photographen etwas zu. »Frauen!« Miss Pinkerton hörte ihn aufatmen.

Der Reporter hatte ihn ebenfalls gehört. Er lachte freundlich. »Wollen wir nicht mit Mr. Lakes Bericht fortfahren und dann sehen, was wir aus Ihren beiden Geschichten machen können?«

Doch Miss Pinkerton hatte inzwischen einen raschen Entschluß gefaßt. Sie begann eine Stimmung an den Tag zu legen, die George bisher bei ihr unbekannt gewesen war. Sie lehnte sich zurück und ließ ein schwaches, ganz natürlich klingendes Lachen hören. Ihre Hand flatterte beträchtlich, während sie, gluckernd vor Heiterkeit, zu reden begann.

»Oh, welch ein Durcheinander! Was für ein Abend!« rief sie aus. »Wir vertragen keinen Alkohol, wissen Sie, und jetzt . . . ach herrje, herrje!«

»Fühlst du dich nicht wohl, Laura?« fragte George eindringlich.

»Doch, doch, doch«, entgegnete Miss Pinkerton schläfrig und liebenswürdig. »Wir hätten so etwas wirklich nicht tun dürfen, George, diese Herren hierherholen. Ich kann einfach nicht länger mitmachen, George. Du meine Güte, das war ein Spaß!«

Sie ließ sich wieder von Kichern überwältigen. George sah sie zuerst verblüfft, dann argwöhnisch an.

»Ich glaube, das erweist ganz klar, daß sie unter der Schockwirkung dieses außerordentlichen Phänomens steht«, erklärte George fest der Presse.

»Es ist meine Schuld, ganz allein meine Schuld«, prustete Miss Pinkerton.

Der Reporter blickte auf seine Uhr. »Ich darf also mit Bestimmtheit schreiben, daß Sie einen fliegenden Gegenstand sahen?« fragte er. »Und daß Sie beide bei dem Anblick außer Fassung gerieten?«

»Schreiben Sie, daß es ein kleiner runder, gewölbter Gegenstand war«, sagte George. »Darin stimmen wir beide überein.«

Miss Pinkerton wollte sich schon wieder ausschütten vor Lachen.

»Frauen! Sie wissen ja! Am Ende sind immer die Frauen daran schuld. Wir haben ein paar Gläschen getrunken«, erklärte sie dem Reporter.

»Und Mr. Lake hat noch ein paar mehr getrunken als ich«, fügte sie triumphierend hinzu.

»Aber ich versichere Ihnen –«, sagte George zu den Presseleuten.

»Vielleicht werden wir eine Geldstrafe zahlen müssen, daß wir die Herren von der Zeitung herbemüht haben, George. Möglicherweise ist das ein Vergehen«, warf Miss Pinkerton ein.

»Aber ich versichere Ihnen«, beschwor George den Photographen, »daß wir vor weniger als einer Stunde eine fliegende Untertasse in diesem Zimmer hatten.«

Miss Pinkerton kicherte.

Der Reporter blickte sich mit ganz anderen Augen im Zimmer um; und mit der Miene eines Menschen, der alles versteht und alles verzeiht, klappte er seinen Notizblock zu. Der Photograph starrte die Sherrypfütze an, die umgeworfene Blumenvase, das zerbrochene Glas und Porzellan. Er packte seinen Apparat ein, und beide verließen die Wohnung.

George erzählte die Geschichte seinen Stammkunden. Er gab beide Versionen zum besten und überließ es der Vernunft der Leute, welcher sie Glauben schenken wollten. Und in ihrem Eckladen, etwas weiter die Straße hinauf, lächelte Miss Pinkerton tolerant, wenn man sie über die Angelegenheit befragte. »Fliegende Untertasse? George ist sehr künstlerisch veranlagt«, meinte sie dazu, »und phantasiebegabten Leuten gegenüber muß man eben Verständnis aufbringen.« Manchmal fügte sie auch hinzu, daß es wirklich ein denkwürdiger Abend gewesen sei: »Eine regelrechte Party!«

In der Nachbarschaft gab es natürlich eine Menge verstohlenes Gekicher. George entging das nicht; im Verhältnis der beiden zueinander gab es jedoch keine Änderung. Ich jedenfalls glaube ihre Geschichte und ziehe sogar Miss Pinkertons ursprüngliche Version vor. Sie wohnt ganz in meiner Nähe. Ich habe allen Grund, diese Version zu glauben, denn nicht lange danach erhielt auch ich Besuch von einer fliegenden Untertasse. Der kleine Pilot war in meinem Falle schüchtern und sehr neugierig. Er trat mit aller Macht sein winziges Pedal. Meine Untertasse war Royal Worcester, ob Fälschung oder nicht, kann ich nicht sagen.

». . . *und für den Winter eine traurige Geschichte«*

Am Friedhof wohnte einmal ein Mann. Er hieß Selwyn Macgregor und war der netteste Junge, der je die Sünde des Whiskytrinkens begangen hat.

»Selwyn, an was für einem Ort leben Sie nur!«

»Nehmen Sie noch einen Schluck, bevor Sie gehen, mein Lieber.«

»Oh, Selwyn!«

»Ich bekomme morgen meinen Brief. Morgen bekomme ich meinen Brief.«

»Also, Selwyn Macgregor!«

»Er kommt immer am Ersten des Monats. Immer pünktlich an jedem Ersten.«

»Macgregor, Sie sind unverbesserlich. Also gut, aber nur einen kleinen.«

»Na, wissen Sie, ist doch für unterwegs!«

»Mac, ich muß jetzt los. An was für einem Ort Sie nur leben, dieser Friedhof und diese mickrige alte Kirche und rundherum Stacheldraht, als ob es jemand danach verlangen könnte, unaufgefordert da hineinzugehen!«

»Auf Ihr Wohl, prost!«

»Ihr Wohl, Mr. Macgregor. Ich müßte schon ein ganz heruntergekommener alter Tramp sein, wenn ich da drinnen für die Nacht Zuflucht suchen sollte. Den Stacheldraht kann ich nicht verstehen, einfach nicht verstehen.«

»Das Geld kommt am Ersten.«

»Jetzt muß ich aber los, Selwyn, die Nacht bricht herein.«

So ging es dreizehn Jahre lang, und während dieser Zeit wurde Selwyn, der zu Beginn fünfundzwanzig war, achtunddreißig.

Mit fünfundzwanzig war er als Invalider aus der Armee entlassen worden, und mit achtunddreißig lebte er immer noch in der verfallenen Hütte im Garten des eingestürzten Pfarrhauses. Hier, dicht am Friedhof, empfing er weiterhin am Ersten eines jeden Monats seinen Brief aus Edinburgh mit dem Scheck, den er unverzüglich kassieren ging.

»Guten Abend, Mr. Macgregor.«

»Kommt herein, ihr zwei, nur auf ein Gläschen.«

»Mr. Macgregor, wir möchten Sie fragen, ob Sie beim Konzert das Klavier spielen wollen?«

»Ach, das ist doch erst um die Monatsmitte.«

»Mac, spielen Sie ein Stück für uns.«

»Mitte des Monats muß ich über den Sinn des Lebens nachdenken.«

»Für mich bitte nichts mehr – also gut, einen kleinen Schluck . . . das reicht, Mr. M.«

»Zum Wohle!«

»Wir werden Sie also aufs Programm setzen, Selwyn.«

»Ach, lieber nicht«, sagte er.

»Mr. Selwyn, Sie werden vor Melancholie noch ganz verrückt werden. Was für ein Ort zum Leben!«

»Auf euer Wohl!«

Um die Mitte des Monats ging Selwyn regelmäßig das Geld aus. Dann hörte er auf zu trinken und öffnete niemandem in dieser Zeit die Tür, selbst wenn er ein Tablett mit herrlichen Speisen in der Hand hielt. Er lebte von dem, was er sich beschaffen konnte, von gelben Rüben und manchmal auch von Broten und Mahlzeiten, die seine Besucher auf der Türschwelle zurückließen. Am fünfundzwanzigsten des Monats öffnete er wieder seine Türen, lieh sich bis zum Ersten etwas Geld, empfing Besucher und brachte die Flasche zum Vorschein.

Doch in jenen stillen zehn Tagen zwischen der Mitte des Monats und dem Fünfundzwanzigsten pflegte Selwyn Macgregor an seinem Fenster zu sitzen und über den Gräbern der Toten zu grübeln.

Selwyns Tante lebte in einer Mietwohnung im Warrender-Bezirk von Edinburgh. Die Häuser in dieser Gegend wurden einst von sehr wohlhabenden Leuten bewohnt, und auch heute noch verbirgt sich hier und dort unerhörter Reichtum hinter ihren unauffälligen Mauern.

»Die Gegend wird immer schlechter«, sagte Selwyns Tante nun seit zwanzig Jahren. Aber wehe, wenn jemand anders zu ihr kam und sagte: »Mit dieser Gegend geht's bergab.«

»*Ich* merke davon jedenfalls nichts!« pflegte sie dann zu antworten.

Es war Selwyns Tante Macgregor, die ihm in Anbetracht der Tatsache, daß seine Mutter aus Wales stammte, monatlich einen Scheck sandte; denn schließlich war es ja nicht Selwyns Schuld, daß er eine Waliserin zur Mutter gehabt hatte, die verrückt oder doch zumindest stinkfaul gewesen war. Was jemand im Blut liegt, kann er nicht unterdrücken.

Es hätte nicht viel Sinn, nähere Einzelheiten über Tante Macgregor zu berichten, wie sie in ihrem Marineblauen aussah und wie ihre Augen, ihre Nase und ihr Mund sich zwischen den geplatzten Äderchen ihres feinen, strengen alten Gesichtes ausnahmen; denn ihre Züge fielen, wie Selwyn sagte, der Fäulnis unter der Erde anheim, und das Marineblaue bekam ihre Pflegerin.

Je nun, sie starb. Ein paar Monate zuvor jedoch, müssen Sie wissen, besuchte sie Selwyn dort in der Hütte neben dem Friedhof. Sie trug ihr Braunes, denn das Marineblaue hütete sie sehr. So also zog sie aus zu Selwyn Macgregor. Er meditierte gerade nicht, daher standen seine Türen offen.

»Tantchen Macgregor! Einen kleinen Tropfen, Tantchen, komm schon, nur einen winzigen Tropfen. Sei ein braves Mädchen.«

»Selwyn«, sagte sie, »du treibst es immer schlimmer.«

»Schlimmer als was?« fragte Selwyn, obgleich er wußte, daß sie damit sein Trinken meinte.

»Schlimmer als was? Schlimmer als wer? Schlimmer als we-ee-

eer?« sang Selwyn, und seine Tante begann zu lachen. Sie hatte nun einmal eine Schwäche für Selwyn.

Je nun, sie starb und hinterließ ihm einen schönen Batzen. An einem bitterkalten Tag reiste Selwyn zu ihrer Beerdigung. Bitter kalt war's, und natürlich hatte er seine Flasche in der Tasche. Sie müssen nämlich wissen, daß Selwyn fest an die Auferstehung glaubte; wer will's ihm da verdenken, daß er Vorsorge gegen die Kälte am offenen Grabe traf, denn keineswegs wollte er Tante Macgregor damit beleidigen, wie Sie sicher verstehen werden – wenn er auch recht wackelig auf den Beinen war und die Leute redeten.

»Staub zu Staub . . .«

»Das ist niemals Miss Macgregors Neffe! Ganz gewiß kann der's nicht sein!«

»Das ist der Hauptleidtragende, ihres Bruders Sohn. Was mag er um Gottes willen nur im Sinn haben?«

Selwyn hob eine Handvoll Erde auf. Doch dann, dann stand er da und sah sie mit seinem Lächeln an. Der Sarg und all die Leute warteten. Und als der Pfarrer nickte, als wollte er damit sagen, »nun zu, wirf sie auf den Sarg«, warf Selwyn die Erde mit elegantem Schwung über seine linke Schulter, wie er das zu Hause mit dem Salz zu tun gewohnt war. Danach blickte er strahlend in die Runde und lächelte den Trauernden zu, als riefe er, »zum Wohle!« oder »Gesundheit!« oder etwas Ähnliches.

»Arme Miss Macgregor. Der einzige Verwandte; arme Seele.«

Kurz darauf erhielt Selwyn von einem der Nachlaßverwalter einen Brief über das Testament seiner Tante. Der Inhalt war sehr kompliziert, und deshalb schrieb Selwyn zurück: »Besuchen Sie mich bitte nach dem Fünfundzwanzigsten.« Bis zu diesem Datum beschäftigte er sich mit seinen Meditationen. Am Sechsundzwanzigsten stand, mit gesunder Gesichtsfarbe und in einem schwarzen Umhang, der Nachlaßverwalter vor Selwyns Tür.

›Was für ein netter kleiner Nachlaßverwalter‹, dachte Selwyn, ›das läßt hoffen, daß er Bargeld mitgebracht hat.‹

»Fühlen Sie sich wie zu Hause«, sagte Selwyn und stellte ein zweites Glas hin.

»Danke«, sagte der Mann.

»Auf die Hoffnung!« sagte Selwyn.

Und schließlich brachte der Nachlaßverwalter sein Anliegen vor. »Sie kennen die Bedingungen in Miss Macgregors letztem Willen?«

»Mir ist da etwas aufgefallen«, erklärte Selwyn, »in dem Brief, den Sie mir geschickt haben, aber ich war damals sehr beschäftigt.«

Der Mann las ihm also das Testament vor, und als er bei der Stelle angelangt war: ». . . für meinen Neffen Selwyn Macgregor . . .«, unterbrach er sich und sah Selwyn an, ». . . vorausgesetzt«, fuhr er fort, »er kümmert sich um seine Gesundheit.«

»Das sieht meinem Tantchen ähnlich«, meinte Selwyn und füllte die Gläser bis zum Rand. »Eine wunderbare Frau, Mr. –?«

»Brown«, sagte der Mann. »Mr. Harper, mein Partner, ist der zweite Nachlaßverwalter. Sie werden gut mit ihm zurechtkommen. Wann ziehen Sie von hier fort?«

»Nicht, bevor ich tot bin«, antwortete Selwyn.

»Aber, Mr. Macgregor, das hier ist doch kein gesunder Ort. Der Wille der Verstorbenen –«

»Zur Hölle mit diesem Willen«, sagte Selwyn und klopfte Mr. Brown dabei auf die Schulter, so daß Mr. Brown ihn unwillkürlich sympathisch finden mußte; mit dem wärmenden Whisky im Magen und bei dem angenehmen walisischen Tonfall von Selwyn, mit dem er die l's über die Zunge rollen ließ, als er »Zur Hölle mit diesem Willen« sagte, konnte er gar nicht anders.

»Meine Arbeit hält mich hier fest«, fügte Selwyn hinzu.

»Was ist denn Ihre Arbeit, Mr. Macgregor?«

»Das Meditieren über die Korruption.«

»Also wirklich, Mr. Macgregor, das ist keine gesunde Beschäftigung. Ich möchte Ihnen ja keine Schwierigkeiten machen, aber mein Partner, Mr. Harper, nimmt seine Pflichten als Nachlaßverwalter sehr ernst. Miss Macgregor war eine alte Klientin von uns, und sie hat sich unentwegt Sorgen um Ihre Gesundheit gemacht.«

»Einmal gehen wir alle kaputt, prost!« sagte Selwyn.

»Danke gleichfalls, Mr. Mac. Ihr Wohl, Sir!«

»Sie können Harper ja erzählen«, schlug Selwyn vor, »daß Sie mich bei bester Gesundheit und sehr beschäftigt angetroffen haben.«

»Sie sehen ein wenig mager aus, Mr. Macgregor. Das scheint mir hier doch keine gesunde Gegend zu sein.«

Selwyn begann zu spielen und sang ihm ein Lied vor. »O Mutter, Mutter, mach mein Grab«, sang er. »O mach es weich und schön . . .«

»Sehr hübsch«, sagte der Nachlaßverwalter, als Selwyn geendet hatte. »Ein seltener Genuß.«

»Ich bin Musiker«, erklärte Selwyn. »Meine andere Arbeit brauchen Sie Harper gegenüber ja nicht zu erwähnen.«

»Ha, Sie wollen mich wohl bestechen, wie? Das wird Ihnen nicht gelingen. Sagten Sie nicht, daß Korruption Ihr Spezialgebiet sei?«

»Nein, nein. Ich meditiere über die Korruption, den allgemeinen moralischen und physischen Verfall«, erklärte Selwyn. »Das ist etwas ganz anderes, Höheres. Trinken Sie doch aus.«

»Ich wünsche Ihnen alles, was Sie sich selbst wünschen«, sagte Mr. Brown, »aber Sie werden mich nicht bestechen, merken Sie sich das!«

»Entweder besteche ich Sie, oder Sie bestechen mich«, stellte Selwyn fest und fuhr fort, seine Hauptbeschäftigung zu erklären, und sie diskutierten über den Sinn der Worte, bis sie jedes Gefühl für Zeit verloren hatten und aus bestechen ›bezechen‹ geworden war.

»Wer bezecht wen?« fragte Mr. Brown. »Wer ist hier bezecht?«

Schließlich konnte Selwyn vor Husten nicht lachen und dann

wieder vor Lachen nicht husten. Als er sich wieder beruhigt hatte, schenkte er die Gläser voll und stellte tiefgründige Betrachtungen über das Verbum ›bezechen‹ als eine korrupte Form von ›bestechen‹ an.

»Ich, meiner, mir, mich; du, deiner, dir, dich«, sang er lauthals, »ich bezech' dich oder du bezechst mich!«

»Auf ein kurzes und fröhliches Leben!« rief Mr. Brown.

Nun, Selwyn bestach den Nachlaßverwalter. Sein monatlicher Scheck, höher denn zuvor, ging weiterhin regelmäßig ein. Den ganzen Winter hindurch behielt er seine Gewohnheit bei, am Fünfundzwanzigsten für Besucher weit die Türen zu öffnen, sie am Fünfzehnten wieder zu schließen und in der Zwischenzeit am Fenster zu sitzen und über den Gräbern der Toten zu meditieren.

Er starb im folgenden Frühjahr. Zwei Jahre zuvor, als er geröntgt wurde, hatte Selwyn noch gesagt: »Ah, zur Hölle mit meiner Brust! Ich habe zu arbeiten. Prosit!«

Mr. Brown sagte zu seinem Partner: »Von seiner Brust hat er mir nie etwas erzählt. Wenn ich etwas davon gewußt hätte, würde ich ihn in ein warmes Haus und in neue Kleider gesteckt haben. Ich würde ihm eine Haushälterin beschafft und dafür gesorgt haben, daß er sofort in ärztliche Behandlung kommt.«

»Diese Musiker«, sagte Mr. Harper, »fühlen sich einfach zu sehr ihrer Kunst verpflichtet. Man muß sie einfach bewundern.«

»Oh, muß man das? Muß man das?« fragte Mr. Brown irritiert, denn er konnte sich nicht dazu durchringen, mit besonderer Hochachtung an Selwyn zu denken, der gemeinerweise ausgerechnet sterben mußte, nachdem er mehr oder weniger versprochen hatte, nur noch zu meditieren.

»Eine traurige Geschichte«, sagte Mr. Harper verträumt. »Auf seine Weise war Macgregor ein Held.«

»Oh, war er das? War er das?« In diesem Augenblick verachtete Mr. Brown seinen begriffsstutzigen Partner fast noch mehr als den Verstorbenen. Doch späterhin, als er zufällig wieder einmal in die Gegend kam, wo Selwyn gelebt hatte, konnte Mr.

Brown nur denken: ›Oh, Selwyn Macgregor, was für ein nobler Mensch du doch warst!‹ Und als er sah, daß man den alten Friedhof eingeebnet hatte, um einen Kinderspielplatz daraus zu machen, meditierte er lange Zeit über Selwyns Korruption.

Vogelruf

I

Überall in der Kolonie konnte man die Stimme des grauhäubigen Lourie* hören, der im Volksmund wegen seines Rufes: »Go'way, go'way**« nur *Go-Away Bird* hieß. Wie gesagt, man konnte den Vogel hören; aber nur wenige hörten ihn bewußt, denn sein Ruf war Teil der ständig und überall vorhandenen Geräuschkulisse aus Vogel- und Säugetierstimmen, dem Knistern und Knacken der Pflanzendecke unter der kraftvollen Sonne und dem weichen rhythmischen Tappen der Eingeborenen, wenn sie barfuß im Gänsemarsch von Kral zu Kral wanderten.

Daphne du Toit hörte manchmal den Go-Away Bird, wenn sie, glücklich und zufrieden unter ihrem breitkrempigen Hut, mit ihrem Onkel und jungen Freunden einen Jagdausflug machte. Während der Schulferien luden ihr Onkel und ihre Tante dann und wann die größeren Kinder von benachbarten Farmen ein, die fast fünfzig Kilometer entfernt lagen. Gelegentlich erbettelten sie sich dann eine Autofahrt in den nächsten Ort – das ›Dorp‹ nannten sie ihn, denn er bestand lediglich aus einer sandigen Hauptstraße in einem Tal, das in der Regenzeit, wenn die Flüsse bis über die Brücken anschwollen, häufig von der Außenwelt abgeschnitten war.

Wenn sie dann in dem alten Ford V8 den Hügel hinunterrumpelten, stieg ihnen die höckerige Linie der Wellblechdächer entgegen, bis der Wagen mit einem Ruck vor dem Postamt zum Stehen kam, das gleichzeitig den Sitz des Regierungsbevollmäch-

* eine Sittichart
** »Geh fort, geh fort.«

tigten für Eingeborenenfragen beherbergte. Während sie aus dem Fahrzeug hüpften, riefen und winkten ihre weißen Bekannten unter der Bevölkerung ihnen zu. Eingeborene tauchten aus dem Nichts auf, sammelten sich in kleinen Grüppchen ein paar Meter vom Wagen entfernt und grinsten neugierig herüber. Sie schlenderten an der Gemischtwarenhandlung für Europäer, an zwei oder drei Eingeborenenläden und an vielleicht einem Dutzend zufällig an ihrem Weg liegenden Häusern vorbei, aus deren Innerm, durch die zerrissenen Moskitodrahtgitter um die düsteren Veranden, die Stimmen von Frauen drangen, die mit ihrem Personal schimpften. Obgleich es sich um eine britische Kolonie handelte, waren die meisten weißen Bewohner der Siedlung und ihrer Umgebung Afrikaander oder Holländer, wie man sie einfach nannte. Auch Daphnes Vater stammte aus Holland, doch ihre Mutter war eine Patterson aus England gewesen, und seit dem Tod der beiden lebte sie bei den Verwandten ihrer Mutter, den Chakata Pattersons, die zwar Afrikaans verstanden, aber lieber Englisch sprachen. Chakata, der wesentlich älter als Daphnes Mutter war, zählte jetzt sechzig Jahre; seine Kinder waren verheiratet und besaßen Farmen in anderen Kolonien. Chakata hegte eine leidenschaftliche Liebe zu den Eingeborenen. Seit ungefähr dreißig Jahren hatte niemand ihn mehr James genannt; alle kannten ihn nur noch unter dem Namen Chakata, den die Eingeborenen ihm gegeben hatten. Sosehr er die Eingeborenen liebte, so sehr haßte er die Holländer.

Daphne war im Alter von sechs Jahren, als ihre Eltern starben, in sein Haus gekommen. In jenem Jahr erhielt Chakata den Verdienstorden des Britischen Empire für die Musterdörfer, die er den Eingeborenen gebaut hatte. Daphne erinnerte sich an die großen, quietschenden Motorlastwagen und an die von Pferden, manchmal auch von Ochsen gezogenen Planwagen, die nach fünfzig bis achthundert Kilometer weiten Reisen in den Farmhof steuerten: Nachbarn, die Chakata gratulieren kamen. Die leeren Flaschen türmten sich hinter dem Haus. Die eingeborenen Boys liefen den ganzen Tag hin und her und bedienten die Gäste, von denen einige im Haus übernachteten, während die meisten sich in ihren Planwagen ein Lager bereiteten. Einige waren Holländer, die nach ihrer Ankunft vom Wagen stiegen und als erstes auf die Knie fielen, um Gott für eine glückliche Reise zu danken. Danach erst riefen sie ihrem Dienstpersonal Anordnungen zu und gingen Old Tuys begrüßen, der ihnen zum Willkommen entgegengekommen war. Chakata hielt sich immer ein Stückchen hinter Old Tuys, wenn holländische Gäste auf die Farm kamen. Er tat das aus Höflichkeit und Takt Old Tuys gegenüber, der den Tabakanbau auf Chakatas Farm leitete und ebenfalls Holländer war; denn Chakata glaubte zu wissen, daß diese Afrikaander sich zuerst zu Old Tuys hingezogen fühlten und ein paar Worte mit ihm auf Afrikaans wechseln wollten. Denn wenn Chakata auch mindestens zwanzig verschiedene Eingeborenendialekte sprach, fiel es ihm genausowenig ein, Afrikaans zu sprechen, wie zum Beispiel Französisch. Die holländischen Besucher mußten, so mühsam sie es auch radebrechten, Chakata auf Englisch zu seinem Orden gratulieren, wenn sie ihm zeigen wollten, daß sie es wirklich aufrichtig meinten. Jedermann wußte, daß Old Tuys für Chakata ein ständiges Ärgernis bedeutete, da er ihn gewöhnlich auf holländisch anredete, worauf Chakata unweigerlich englisch zu antworten pflegte.

Nach seiner Rückkehr von der Ordensverleihung im Regierungsgebäude hielt Chakata sein Haus wochenlang für Gäste offen, und während dieser Zeit trieb Daphne sich in der Nähe des Farmhauses herum und lauerte auf die Ankunft der Automobile und Planwagen, denn sie hoffte, daß einmal ein Kind für sie zum Spielen mitkäme. Ihr einziger Spielgefährte war der kleine Sohn Moses der schwarzen Köchin, ein Jahr älter als Daphne; doch Moses wurde immer wieder fortgerufen, um Wasser aus dem Brunnen zu ziehen, den Hof zu fegen oder Holz zu holen. Wenn er dann mit pflichteifriger Miene über den Hof trottete, ein bis an die Augen reichendes Bündel Astholz gegen die Brust gedrückt, waren seine dünnen schwarzen Arme den Knüppeln, die er schleppte, zum Verwechseln ähnlich. Sooft Daphne aber hinter

Moses zum Brunnen oder zum Holzhaufen trabte, trat einer der erwachsenen Eingeborenen dazwischen: »Nein, Missy Daphne, Sie nicht machen Arbeit von Negerjungen. Sie gehen spielen.« Manchmal wanderte sie barfuß zur Pferdekoppel hinter den Guavenbüschen hinüber oder zu der angrenzenden Orangenpflanzung oder sonst irgendwohin; nur nicht zu den Tabaktrokkenschuppen, denn dort konnte sie zufällig Old Tuys begegnen, der dann alle Arbeit liegen ließ, sich kerzengerade aufrichtete, die Arme über der Brust verschränkte und sie aus seinen blauen Augen in dem sandfarbenen Gesicht anstarrte. Verängstigt starrte sie einen Augenblick zurück, um dann Hals über Kopf davonzustürzen.

Einmal, als sie einem ausgetrockneten Flußbett folgte, das durch Chakatas Land führte, wäre sie fast auf eine Schlange getreten. Schreiend rannte sie auf die nächsten Farmgebäude, die Tabakschuppen, zu. Um die Ecke eines Schuppens kam Old Tuys, und in ihrer panischen Angst, erleichtert, ein menschliches Gesicht zu sehen, lief Daphne auf ihn zu. »Eine Schlange! Unten im Flußbett ist eine Schlange!« Er richtete sich auf, verschränkte seine Arme und blickte starr auf sie hinunter, bis sie sich umdrehte und auch vor ihm davonlief.

Old Tuys war noch nicht sechzig. Bevor die Kunde zur Gewißheit wurde, daß seine Frau nicht nur einmal, sondern mehrmals Ehebruch begangen hatte, wurde er der junge Tuys genannt. Nach ihrem Tode waren die anderen Farmer zunächst sehr erstaunt, daß Old Tuys nicht von Chakata fortging, denn bei seiner hervorragenden Gesundheit und mit seiner Erfahrung im Tabakanbau hätte er mit Leichtigkeit überall in der Kolonie oder auch jenseits der Grenze einen Verwalterposten bekommen können. Bald aber wurde bekannt, warum Old Tuys bei Chakata blieb, und die Geschichte wurde nur noch erwähnt, wenn der Vater sie an den Sohn, die Mutter an die Tochter weitergab, wie man es mit den örtlichen Familienstammbäumen, den unfehlbaren Jagdmethoden und dem Geheimnis um die Entstehung des Lebens tat.

Während der ersten zwölf Jahre ihres Lebens war sich Daphne der Existenz des Go-Away Birds kaum bewußt, selbst wenn sie seinen Ruf hörte. Erst während des Naturkunde-Unterrichts in der Schule erfuhr sie von ihm, erkannte dann aber sofort, daß sie diesen Vogel ihr ganzes Leben lang rufen gehört hatte. Sie begann Spaziergänge zu machen, nur um ihn zu hören, und während sie in das ausgetrocknete Flußbett starrte oder durch die Orangenpflanzung streifte, lauschte sie angespannt auf seinen Ruf; und manchmal, wenn sie zur Zeit des Sonnenuntergangstrunks mit ihrer Limonade zwischen Chakata und seiner Frau auf der Veranda saß, sagte sie: »Horcht, der Go-Away Bird ruft!«

»Nein«, erwiderte Chakata eines Abends, »es ist zu spät. So lange fliegen sie nicht mehr herum.«

»Doch, es war der Vogel«, entgegnete sie, denn inzwischen war er für sie so wichtig geworden, daß sie ihn meist einfach nur ›Vogel‹ nannte, wie man zum Beispiel auch einfach ›Taube‹ oder ›Widder‹ sagt, wenn man die biblische Taube oder den Widder des Tierkreises meint.

»Hör mal, Daphne, mein Mädel«, sagte Mrs. Chakata zwischen zwei geräuschvollen Schlücken von Whisky mit Wasser, »kannst du nicht endlich das Gerede von diesem verdammten Vogel lassen? Wenn das alles ist, was sie euch in dieser verdammten Internatsschule beibringen können –«

»Das ist Naturkunde«, warf Chakata ein. »Ich finde, es ist nur gut, daß sie sich für das Tierleben um uns herum interessiert.«

Mrs. Chakata war in der Kolonie geboren. Sie sprach Englisch mit dem Akzent der Kapholländer, obgleich sie englischer Abstammung war. Einige meinten allerdings, daß sie nicht ganz farbecht sei; aber das war durch ihre runzlige braune Haut nicht genügend erwiesen: viele Frauen in der Kolonie hatten verschrumpelte oder zerfurchte Gesichter, obgleich sie niemals ohne Hut gingen noch sich überhaupt lange in der Sonne aufhielten. Doch zum Teil war das wohl auf die trockene Luft in der langen heißen Jahreszeit, zum Teil aber auch auf das ständige Whiskytrinken zurückzuführen. Mrs. Chakata verbrachte fast den ganzen Tag in ihrem Kimono-Morgenrock auf dem Bett und rauchte, um die Schmerzen in ihren Gliedern zu lindern, die sie seit sechs Jahren quälten und deren Ursache noch von keinem Arzt festgestellt werden konnte.

Solange Daphne zurückdenken konnte, hatte Mrs. Chakata, wenn sie bei Tage auf dem Bett lag, einen Revolver auf dem Tischchen neben sich liegen. Und manchmal, wenn Chakata der Farm ein paar Tage und Nächte fernbleiben mußte, hatte Daphne bei ihrer Tante geschlafen, während Ticky Talbot, der sommersprossige Engländer, der Chakatas Rennpferde trainierte, draußen vor der Zimmertür auf einem Feldbett lag. Er schlief mit einem Gewehr an seiner Seite und behandelte die ganze Angelegenheit wie einen guten Witz.

Von Zeit zu Zeit hatte Daphne nach den Gründen für diese Vorsichtsmaßnahmen gefragt. »Man kann den Muntus eben nie trauen«, hatte Mrs. Chakata geantwortet, indem sie den hierzulande üblichen Ausdruck für die Eingeborenen verwendete. Daphne konnte das nie verstehen, denn in der ganzen Kolonie war es schon sprichwörtlich, daß Chakatas Leute zu den besten und zuverlässigsten gehörten. Zunächst gab sie sich mit dem Gedanken zufrieden, daß es sich um einen allgemein verbreiteten überlebten Brauch aus der Pionierzeit handeln müsse, als weiße Männer und Frauen noch häufig in ihren Betten ermordet wurden. Diese Zeit gehörte noch zur lebendigen Vergangenheit, und Geschichten von den großen Massakern und den darauf folgenden Vergeltungsmaßnahmen wurden in den riesigen Anbaugebieten der Kolonie noch täglich erzählt. Doch die kriegerischen alten Häuptlinge waren längst gestorben, ihre Heerscharen aufgelöst, und alle Differenzen wurden jetzt von den Regierungsbeauftragten für Eingeborenenfragen geschlichtet. Als sie älter wurde, hielt Daphne Mrs. Chakata und alle Leute ihres Schlages, die so sorgfältige Vorsichtsmaßnahmen gegen etwas so Fernliegendes wie einen Eingeborenenaufstand auf der Farm trafen, für sehr närrisch. Aber erst als die Familie Coates die benachbarte, sechsundfünfzig Kilometer entfernt liegende Farm bezog, entdeckte Daphne, daß Mrs. Chakatas Schutzmaßnahmen nicht von allen erwachsenen Frauen in der Kolonie geteilt wurden. Daphne war zwölf, als das Ehepaar Coates mit zwei jüngeren Töchtern und zwei älteren Söhnen in ihren Distrikt kam. In den ersten Schulferien nach ihrer Ankunft wurde sie auf ihre Farm eingeladen. Mr. Coates war auf eine Safari gegangen und hatte seine Frau und seine Kinder allein zu Hause gelassen. Der einzige andere Europäer war ein verheirateter junger Landwirtschaftsstudent, der drei Kilometer vom Farmhaus entfernt auf dem Lande der Coates wohnte.

Für Daphne wurde ein Feldbett in Mrs. Coates' Schlafzimmer aufgestellt. Sie bemerkte, daß ihre Gastgeberin keinen Revolver in Reichweite liegen hatte und daß auch niemand vor der Tür Wache hielt.

»Haben Sie keine Angst vor den Muntus?« fragte Daphne.

»Gott behüte, warum denn? Unsere Boys sind großartig.«

»Tante Chakata schläft immer mit einer Pistole neben ihrem Bett.«

»Hat sie vielleicht Angst, daß man sie vergewaltigt?« fragte Mrs. Coates. Alle Kinder in der Kolonie verstanden diesen Ausdruck; Vergewaltigung war ein Kapitalverbrechen, und in sehr großen zeitlichen Abständen gab es in der Kolonie eine gewaltige Erregung über einen Fall von Vergewaltigung, ganz gleich, ob der Angeklagte nun ein Weißer oder ein Schwarzer war.

Der Gedanke, daß Mrs. Chakata sich vor Vergewaltigung und nicht vor Mord fürchten mochte, wie sie angenommen hatte, war neu für Daphne. Voller Staunen blickte sie Mrs. Coates an. »Aber Tante Chakata würde doch bestimmt niemand vergewaltigen wollen, nicht wahr?« Mrs. Coates lächelte nur still vor sich hin.

Oft, wenn sie mit den Kindern der Coates unterwegs war, hörte Daphne den Go-Away Bird. Und als die Kinder eines Tages durch ein Maisfeld gingen, sagte John Coates, der ältere der beiden Jungen, zu Daphne: »Warum bleibst du denn so plötzlich stehen?«

»Ich höre den Go-Away Bird rufen«, antwortete Daphne.

Die breite Hutkrempe beschattete ihr Gesicht, und rundherum ragten die Maishalme bis über ihren Kopf. John Coates, der bereits sechzehn Jahre alt war, verschränkte die Arme über der Brust und sah sie an, denn es war recht merkwürdig, daß ein kleines Mädchen dem Go-Away Bird Beachtung schenkte.

»Was starrst du mich so an?« fragte sie.

Er antwortete nicht. Der Mais reichte ihm bis an die Schultern. Er war völlig verdutzt und wußte sich nicht anders zu helfen, als sie weiter mit verschränkten Armen anzublicken und sich so den Anschein von Selbstsicherheit zu geben.

»Steh nicht so herum«, sagte Daphne. »Du erinnerst mich bloß an Old Tuys.«

John mußte lachen. Er ergriff die Gelegenheit beim Schopfe, seine Unbeholfenheit abzuschütteln und seine Haltung wiederzugewinnen.

»Mit Old Tuys habt ihr euch was Schönes aufgeladen«, sagte er.

»Old Tuys ist der beste Tabakbaas im ganzen Lande«, erwiderte sie trotzig. »Onkel Chakata hat Old Tuys gern.«

»O nein, er mag ihn überhaupt nicht«, entgegnete John.

»Und doch hat er ihn gern; sonst würde er ihn ja nicht behalten.«

»Mein liebes Kind«, sagte John, »*ich* weiß, warum Chakata Old Tuys behält. *Du* weißt es. Alle wissen es. Und nicht etwa, weil er ihn gern hat.«

Sie gingen weiter und holten die anderen Kinder ein. Daphne dachte darüber nach, warum Chakata wohl Old Tuys behielt.

Sie ließen sich von einem Auto ins ›Dorp‹ mitnehmen. Die Familie Coates besaß keine Hemmungen, Afrikaans zu sprechen, und Daphne stand schüchtern daneben und versuchte zu verstehen, was die Kinder rasch und in gutturalen Lauten mit den Leuten, denen sie begegneten, plauderten.

Um fünf Uhr sollten sie wieder beim Wagen sein, und jetzt war es erst halb vier. Daphne nahm einen unbeobachteten

Augenblick wahr und entschlüpfte der Gruppe. Durch das Postamt erreichte sie über den Hinterausgang den Hof, wo die Eingeborenen um ihren Topf mit Maisbrei saßen. Mit kindlichem Interesse beobachteten sie Daphne, während sie an den Eingeborenenhütten und Abtritten vorbei ans andere Ende der Einfriedung und durch die Pforte hinausging.

Daphne stahl sich durch ein Feld und dann den steilen Pfad zu Donald Cloetes Kopje hinauf. Das Häuschen trug ein Schild mit seinem Namen, denn Donald Cloete bewohnte ganz allein den Hügel, auf dem außerdem noch ein paar leere Hütten standen.

Donald Cloete hatte in Cambridge studiert. An den Wänden seiner Behausung hingen zwei Photographien. Die eine zeigte Donald in seiner Cricketmannschaft, nicht leicht zu erkennen hinter seinem mächtigen gekräuselten Schnurrbart und zwischen den anderen jungen Männern, die ihm so ähnlich sahen und in der gleichen steifen, selbstbewußten Pose dastanden, wie Daphne sie von Photos der Pionierhelden her kannte. Das Bild trug die Jahreszahl 1898. Das andere Bild war eine Gruppenaufnahme von Donald in Uniform inmitten seiner Kameraden vom Königlichen Fliegerkorps; es trug das Datum 1918, doch mit seinem Schnurrbart sah Donald nicht viel älter aus als auf dem Bild von Cambridge.

Daphne lugte um die offenstehende Tür und sah Donald in seinem altersschwachen, wackeligen Rohrstuhl sitzen. Auf seinem weißen Hemd waren Flecken von roten Beeren.

»Bist du betrunken, Donald«, fragte sie höflich, »oder bist du nüchtern?«

Donald sagte stets die Wahrheit. »Ich bin nüchtern«, antwortete er. »Komm herein.«

Mit sechsundfünfzig glich er nur noch sehr wenig dem jungen Cricketspieler von Cambridge oder dem Piloten des Königlichen Fliegerkorps. Er hatte Hunderte von Jobs ausgeübt, hatte geheiratet und seine Frau an einen jüngeren, energischeren Mann verloren. Die verflossenen acht Jahre waren die seßhaftesten seines ganzen Lebens, denn er war als Stadtschreiber für das

›Dorp‹ tätig, eine Stellung, die wenig Ansprüche an Pünktlichkeit, Fleiß, gepflegtes Aussehen und Konzentrationsvermögen stellte, alles Fähigkeiten, die Donald nicht besaß. Dann und wann, wenn der Stadtrat seine monatliche Sitzung abhielt und Donald rein zufällig, dafür aber verspätet und betrunken hereinstolperte, forderte der Vorsitzende Donald zum Verlassen der Versammlung auf und verkündete in seiner Abwesenheit seine Entlassung. Manchmal entließen sie ihn sogar einstimmig und stellten ihm nach der Sitzung förmlich ihren Beschluß zu. Am folgenden Tag jedoch zog Donald sich sauber an und besuchte den Fleischer, um mit ihm über das Königliche Fliegerkorps zu schwatzen; er besuchte den Schulleiter, der ein paar Jahre nach Donald in Cambridge studiert hatte; und nachdem er die Runde bei allen Mitgliedern des Stadtrates gemacht hatte, beschäftigte er sich im Distrikt, kontrollierte auf kilometerweiten Fahrten mit seinem Fahrrad die Koppelzäune und sorgte dafür, daß die Wegweiser, die in der Regenzeit umgefallen waren, wieder gut sichtbar am richtigen Fleck aufgestellt wurden. Innerhalb einer Woche hatte jedermann Donalds Entlassung vergessen. Darauf ließ sein Tatendrang wieder nach, und wenn er pro Woche eine Geburt oder einen Todesfall registrieren konnte, hatte er gute Arbeit geleistet.

»Wer hat dich von der Farm hierhergebracht?« fragte Donald.

»Ticky Talbot«, antwortete Daphne.

»Jedenfalls freue ich mich, dich zu sehen«, sagte Donald und rief seinem Diener, Tee zu bereiten.

»Noch fünf Jahre, dann geh' ich nach England«, sagte Daphne, denn das war zwischen den beiden das übliche Gesprächsthema, und sie hielt es nicht für angebracht, sofort auf den wirklichen Zweck ihres Besuches zu kommen.

»Das wird eine herrliche Zeit werden«, meinte Donald. »Eine herrliche Zeit wird das für dich in England werden.« Und er erzählte ihr zum soundsovielten Mal von den Rieselwiesen bei Cambridge, den Landgasthäusern, den Hecken und Gräben und den rotröckigen Reitern.

Donalds zerlumpter Eingeborenendiener brachte den Tee in zwei großen Tassen, in jeder Hand eine. Eine reichte er Daphne, die andere Donald.

Wie klein, erzählte Donald weiter, seien in England die Flüsse, die niemals austrockneten, und wie winzig die Felder, kleine Ackerfetzen. Und keine der Bauersfrauen sei zänkisch, denn sie müßten ihre Hausarbeit selbst verrichten und hätten keine Zeit zum Zanken. Die Angehörigen der besseren Klasse natürlich, die säßen in ganz England in langen Glasveranden und tränken Tee, im Frühling, während blasses Sonnenlicht durch das Rahmenwerk der Fensterscheiben auf die ehrwürdigen alten Windsorstühle fiele, und der Duft der Hyazinthen . . .

»Oh, das kann ich mir gut vorstellen. Erzähl mir jetzt von London, Donald, von den Theatern und Bioskopen.«

»Man sagt dort nicht mehr ›Bioskop‹, man sagt ›Kino‹ oder ›Film‹«, belehrte Donald sie.

»Weißt du, Donald«, sagte sie – denn sie sah, daß es bereits zwanzig nach vier war –, »ich möchte gern, daß du mir die Wahrheit über eine bestimmte Sache sagst.«

»Schieß los«, forderte Donald sie auf.

»Warum behält Onkel Chakata weiter Old Tuys auf der Farm?«

»Ich möcht' nicht gern meinen Job verlieren«, antwortete er.

»Ehrenwort«, versicherte sie ihm, »ich werde dich nicht verraten, wenn du mir über Old Tuys erzählst.«

»Die ganze Kolonie kennt die Geschichte«, sagte Donald, »aber der erste, der sie dir erzählt, bekommt es mit Chakata zu tun.«

»Ich will auf der Stelle tot umfallen«, erklärte sie, »wenn ich dich an Onkel Chakata verrate.«

»Wie alt bist du jetzt?« fragte Donald.

»Fast dreizehn.«

»Es geschah, zwei Jahre bevor du geboren wurdest – das ist jetzt demnach fünfzehn Jahre her, als Old Tuys . . .«

Old Tuys war damals schon einige Zeit mit einem holländischen Mädchen aus Pretoria verheiratet. Lange bevor er eine Anstellung bei Chakata bekam, wußte er über ihre Untreue Bescheid. Merkwürdigerweise fand sie dabei nur an Engländern Geschmack. Alle jungen englischen Siedler, denen sie in den verschiedenen Farmen begegnete, wo Tuys beschäftigt war, wurden von ihm, ob schuldig oder nicht, unweigerlich verdächtigt: »Du Schwein hast mit meiner Frau Ehebruch begangen!« Manchmal kam es zu einer Schlägerei, oder Tuys drohte mit seinem Gewehr. Aber wie es sich auch verhalten haben mochte, ob diese jungen Männer nun die Liebhaber seiner Frau gewesen waren oder nicht, gewöhnlich verlor Tuys nach einer solchen Auseinandersetzung seine Stellung.

Man erzählte sich, daß er seine Frau erschießen und es so arrangieren wollte, daß es wie ein Unfall aussähe. Aber einfach weil diese Absicht überall bekannt war, hätte er den Plan nie mit Erfolg ausführen können, falls er die Tat überhaupt ernstlich beabsichtigt haben sollte. Bestimmt jedoch verprügelte er sie von Zeit zu Zeit kräftig.

Tuys hoffte, mit der Zeit zu einer eigenen Farm zu kommen. Chakata, dem Tuys' Heimsuchung bekannt war, nahm ihn zu sich, um ihm die Tabaktrocknung beizubringen. Tuys und seine Frau zogen in ein kleines Häuschen auf Chakatas Land.

»Wenn Sie wieder Ärger mit Ihrer Frau haben sollten, Tuys«, sagte Chakata, »kommen Sie zu mir; in einem jungen Land wie diesem, wo vier weiße Männer auf jede weiße Frau kommen, muß es ja Ärger geben.«

Schon in der ersten Woche gab es Ärger mit einem Reiter der Schutztruppe.

»Wissen Sie, Tuys«, sagte Chakata, »ich werde einmal mit ihr reden.« Er hatte schon häufig in seinem Leben die unangenehme Pflicht gehabt, seinem Personal in Liebesangelegenheiten Gardinenpredigten zu halten. Auf dem Stammsitz der Pattersons in England war das eine Routinesache gewesen.

Hatty Tuys war nicht schön: sie war dunkel und klapperdürr.

Und trotzdem mißlang es Chakata nicht nur, sie zu bekehren, er erlag ihr sogar. Sie weinte und sagte, sie hasse Tuys.

Donald unterbrach seine Erzählung, um zu Daphne zu bemerken: »Aber merk dir, solche Sachen passieren in England nicht.«

»Ach, wirklich nicht?« fragte Daphne.

»Nun ja, es gibt dort schon Liebesaffären, aber es geht nicht so rasch. Man muß mit der Frau sozusagen erst näher bekannt werden. In England würde einem Mann von Chakatas Bedeutung so eine Schlampe vielleicht leid tun, wenn sie zu heulen anfinge, aber keinesfalls würde er auf der Stelle ihren Reizen erliegen. Es ist dort kälter, weißt du, und außerdem gibt es dort viel mehr Mädchen.«

»Ja, ich verstehe«, meinte Daphne. »Und was tat Onkel Chakata dann?«

»Nun, sobald er seine Dummheit mit Mrs. Tuys begangen hatte, tat es ihm leid. Er sagte ihr, daß er nur einen schwachen Augenblick gehabt hätte und daß es nicht wieder passieren würde. Doch es passierte wieder.«

»Hat Tuys es gemerkt?«

»Tuys hat es gemerkt. Er ging zu Mrs. Chakata und versuchte, sie zu vergewaltigen.«

»Und ist es ihm gelungen?«

»Nein, es gelang ihm nicht.«

»Das muß an dem Whisky in ihrem Atem gelegen haben«, sagte Daphne. »Bestimmt hat das ihn abgeschreckt.«

»In England«, meinte Donald, »wissen Mädchen in deinem Alter noch nicht viel über diese Dinge.«

»Oh, ich verstehe«, erklärte Daphne.

»Dort ist alles ganz anders. Also, Mrs. Chakata beklagte sich bei Chakata und verlangte, daß er Tuys erschösse. Natürlich lehnte er das ab und gab Tuys statt dessen eine Gehaltserhöhung und ernannte ihn zum Verwalter. Und von dem Tag an sah er Mrs. Tuys nicht mehr an; er sah sie einfach nicht mehr. Jedesmal, wenn sie ihm irgendwo auf der Farm über den Weg lief, sah er in die andere Richtung. Schließlich schrieb sie Chakata, daß sie ganz verrückt nach ihm sei vor Liebe und daß sie sich erschießen würde, wenn sie ihn nicht haben könnte. Der Brief war auf Afrikaans und in Blockschrift geschrieben.«

»Darauf hat Chakata bestimmt nicht geantwortet«, meinte Daphne.

»Richtig«, bestätigte Donald. »Und Mrs. Tuys erschoß sich. Old Tuys hat geschworen, sich eines Tages an Chakata zu rächen. Das ist der Grund, warum Mrs. Chakata immer einen Revolver neben ihrem Bett liegen hat. Sie hat Chakata inständig gebeten, Old Tuys fortzuschicken. Und natürlich wäre es besser gewesen, wenn er es getan hätte.«

»Wenn man's aber recht bedenkt, konnte er es wohl nicht gut tun«, sagte Daphne.

»Nur wegen seines schlechten Gewissens«, entgegnete Donald, »und wegen seines englischen Ehrbegriffs. Wenn Old Tuys ein Engländer wäre, Daphne, hätte er die Farm längst verlassen. Aber nein, er bleibt, weil er auf die Bibel geschworen hat, sich zu rächen.«

»Es muß an unserem Klima liegen«, sagte Daphne. »Ich habe nie die Art gemocht, wie Old Tuys mich ansieht.«

»Die Kolonie ist ein barbarisches Land«, sagte Donald. Er stand auf und goß sich einen Whisky ein. »Ich garantiere dir«, fuhr er fort, »daß wir die Eingeborenen unter Kontrolle haben. Ich garantiere dir, daß wir die Leoparden unter Kontrolle –«

»Oh, du vergißt Moses«, unterbrach Daphne ihn. Moses, ihr früherer Spielkamerad, war vor zwei Jahren von einem Leoparden geholt worden.

»Das war eine Ausnahme. Es gelingt uns, die Malaria einzudämmen. Aber es gelingt uns nicht, *den Wilden in uns selbst* im Zaum zu halten. Dieses Land läßt den Wilden in uns hervorbrechen.« Er trank sein Glas aus und goß sich einen neuen Whisky ein. »Wenn du nach England fährst«, sagte er, »komm nicht wieder zurück.«

»Oh, ich verstehe«, erwiderte Daphne.

Mit zehn Minuten Verspätung erreichte sie den Wagen. Die anderen hatten sich bereits Sorgen um sie gemacht.

»Wo bist du gewesen? Du hast dich heimlich verdrückt ... überall haben wir nach dir gefragt ...«

»Oh, sie hat bloß in der einsamen weiten Steppe auf den Ruf des Go-Away Bird gelauscht«, spottete John Coates, dabei ihre Mädchenstimme nachahmend.

»Fünf Jahre noch, dann fahr' ich nach England. Vier Jahre ... drei ...«

Inzwischen schien das Leben in der Kolonie von Jahr zu Jahr aufregender zu werden. In Wirklichkeit verlief es nicht anders als gewöhnlich, aber Daphnes Fähigkeit, die Dinge aufregend zu finden, wurde mit zunehmendem Alter immer ausgeprägter.

Sie machte eine Reise nach Kenia, wo sie eine verheiratete Cousine besuchte, und eine Reise zusammen mit Mrs. Coates nach Johannesburg, um Kleider zu kaufen.

»Daphne entwickelt sich zu einer typischen englischen Schönheit«, sagte Chakata. In Wirklichkeit aber war sie zu blond, um typisch englisch zu sein; sie schlug mehr nach der Familie ihres Vaters, den du Toits aus der Kapgegend, in deren Adern holländisches und hugenottisches Blut floß.

Mit sechzehn bestand sie die Aufnahmeprüfung zum Hochschulstudium und ließ sich an einer Lehrerbildungsanstalt in der Hauptstadt einschreiben. Während der Ferien flirtete sie mit John Coates, der mit ihr in einem kleinen deutschen Volkswagen, den sein Vater ihm gekauft hatte, Ausflüge ins Inland machte. An den Sonntagnachmittagen fuhren sie zum Hotel Williams an der großen Landstraße, wo sie Tee tranken und sich mit den Leuten, die hier wöchentlich von den Farmen und aus den Städten des Distrikts zusammenkamen, im Schwimmbassin tummelten.

»In England«, pflegte Daphne bei dieser Gelegenheit zu sagen, »kann man in den Flüssen baden. Da gibt's keine Bilharzia und keine Krokodile.«

»In Europa wird es Krieg geben«, meinte John.

Wenn Daphne in ihren eleganten neuen weißen Leinenhosen auf der Hotelveranda saß und ihren Ginfizz schlürfte, freute sie sich und staunte zugleich über das herrliche Gefühl, erwachsen zu sein und von den Farmnachbarn gegrüßt zu werden.

»'lo Daphne, wie steht euer Mais?«

»Nicht schlecht, und eurer?«

»Hallo Daphne, was macht euer Tabak?«

»Brandig, sagt Old Tuys.«

»Wie ich höre, hat Chakata La Flèche verkauft.«

»Bisher hat man ihm erst ein Angebot gemacht.«

Zweimal war sie zum Tanz im Williams Hotel gewesen. Billy Williams, der in Kapstadt Medizin studierte, hatte sie um ihre Hand gebeten, aber jedermann wußte, daß sie zuerst die Lehrerbildungsanstalt in der Hauptstadt besuchen und dann für zwei Jahre zu den Pattersons nach England gehen würde, bevor sie ans Heiraten denken konnte.

Während ihres ersten Semesters an der Lehrerbildungsanstalt brach in Europa der Krieg aus. Alle ihre alten und neuen jungen Freunde sahen auf einmal sehr wichtig und interessant aus, wenn sie in ihren Uniformen ein paar Tage auf Urlaub kamen.

Sie begann Golf zu spielen. Manchmal, wenn sie den Ball ins Loch getrieben hatte und ihren Gefährten zum nächsten Schlagmal folgte, fiel sie etwas zurück oder blieb sogar stehen.

»Fühlst du dich nicht wohl, Daphne?«

»O doch, ich habe nur auf den Go-Away Bird gelauscht.«

»Interessierst du dich für Vogelkunde?«

»Ach ja, so nebenbei, weißt du.«

Als sie nach ihrem ersten Semester auf die Farm zurückkehrte, gab Chakata ihr einen Revolver.

»Leg ihn dir neben dein Bett«, sagte er.

Sie nahm ihn ohne jeden Kommentar.

Am nächsten Tag fragte er sie: »Wo warst du gestern nachmittag?«

»Ach, ich bin nur so durch den Busch spazieren gegangen.«

»Hattest du kein bestimmtes Ziel?«

»Nun ja, ich war in Matakas Kral. Er will auf keinen Fall das Land abgeben, auf das die Beresfords scharf sind. Übrigens hat er eine Frau für seinen Sohn gekauft, fünf Rinder mußte er bezahlen.« Mataka war der Häuptling des hiesigen Stammes. Daphne fand großes Vergnügen daran, im Schatten seiner großen Lehmhütte zu sitzen und den eigens für sie bereiteten Tee zu trinken; wenn auch alle übrigen Kolonisten diese Besuche sehr mißbilligten, so waren sie doch ein Brauch, den Chakata und seine Kinder stets geübt hatten, und niemand verspürte die geringste Lust, sich deswegen mit Chakata anzulegen. Chakata war eben nicht irgendwer.

»Ich nehme an«, sagte Chakata zu Daphne, »daß du immer ein Gewehr bei deinen Ausflügen mitnimmst?«

»Also gestern habe ich keins mitgehabt«, gab Daphne zu.

»Du darfst *niemals* dein Gewehr vergessen, wenn du in den Busch gehst«, sagte Chakata. »Das ist eine goldene Regel. Es gibt nichts Ärgerlicheres, als einen Bock durch das Gestrüpp springen zu sehen und feststellen zu müssen, daß man wie ein Narr ohne Gewehr dasteht.«

Seit ihrem achten Lebensjahr, als sie gerade schießen gelernt hatte, war Chakata stets auf Einhaltung dieser goldenen Regel bedacht gewesen. Wie oft war sie seitdem allein umhergestreift, niedergedrückt von der Last der Büchse, hatte Dutzende von Böcken gesehen und einfach keine Lust gehabt zu schießen. Außerdem verabscheute sie den Wildgeschmack. Lachs aus der Dose war ihre Lieblingsspeise.

Er schien ihre Gedanken zu erraten. »Wir haben immer sehr knapp Wildfleisch für die Hunde. Vergiß nicht, daß wir uns im Krieg befinden. Vergiß *nie*, dein Gewehr mitzunehmen«, sagte Chakata. »Übrigens habe ich im Radio gehört, daß sich im Temwe-Tal ein Leopardenpärchen herumtreibt. Das Weibchen führt Junge. Bisher hat es zwei Menschen getötet.«

»Aber Onkel Chakata, das ist doch so weit weg«, entgegnete Daphne ungeduldig.

»Leoparden können sehr weit wandern«, sagte Chakata. Er sah schrecklich fassungslos aus.

»Oh, ich verstehe«, meinte Daphne.

»Und du solltest mehr reiten«, redete er ihr zu; »das ist ein viel besseres Körpertraining als das ewige Laufen.«

Sie merkte wohl, daß er in Wirklichkeit weder wegen des Leoparden um sie Angst hatte noch daß er Fleisch für die Hunde brauchte. Ihr fiel ein, wie sie gestern nachmittag auf dem ganzen Weg zum Kral von Old Tuys verfolgt worden war. Er hatte sich stets hinter Buschwerk in Deckung gehalten und schien nicht gemerkt zu haben, daß sie ihn gesehen hatte. Sie war froh gewesen, daß ihr unterwegs mehrere Eingeborenengruppen begegnet waren. Als sie sich nach ihrem Besuch von Makata verabschiedete, hatte er ihr seinen Neffen als Begleitung für den Heimweg angeboten. Er pflegte das stets zu tun, aber bisher hatte sie es immer dankend abgelehnt. Diesmal hatte sie das Geleit jedoch angenommen, und der Neffe trabte unverdrossen hinter ihr her, bis sie ihn am Rande des Farmhofes entließ. Daphne erwähnte Chakata gegenüber diesen Zwischenfall nicht.

Als sie an diesem Nachmittag zum Tee zur Mission aufbrach, war sie bewaffnet.

Am nächsten Tag gab Chakata ihr den alten Mercedes. »Du läufst zuviel«, sagte er.

Es hatte keinen Zweck mehr, die Jahre bis zu ihrer Abreise nach England zu zählen. Sie kletterte auf Donald CloetesHügel: »Bist du nüchtern, Donald, oder –?«

»Ich bin betrunken, geh weg!«

Gegen Ende ihres Studiums, als sie in den Weihnachtsferien nach Hause gekommen war, ritt sie über die breite Hauptverkehrsstraße zum ›Dorp‹. Sie machte ein paar Einkäufe, plauderte ein wenig mit dem aus Zypern stammenden Schneider, der den Distrikt mit Drillichhosen belieferte, und mit dem iberischen Juden, der den größten Gemischtwarenladen für die Kaffern besaß.

›Leben und leben lassen‹ war Chakatas Wahlspruch. Aber

diese Leute gehörten nie zu den Gästen auf der Farm, und so waren die Besuche im ›Dorp‹ Daphnes einzige Gelegenheit, ihnen von ihrem Studentenleben zu erzählen.

Anschließend sprach sie in der indischen Wäscherei vor, um eine Flasche Haaröl abzugeben, die Chakata dem Inder aus irgendeinem unerfindlichen Grunde versprochen hatte.

Bei der Frau des Apothekers trank sie noch Tee und kehrte dann zur Polizeistation zurück, wo sie ihr Pferd angebunden hatte. Dort blieb sie ungefähr eine Stunde und schwatzte mit zwei Männern von der berittenen Schutzpolizei, die sie seit ihrer Kindheit kannte.

Es war spät, als sie die steile Landstraße hinanritt; dabei hielt sie sich so weit wie möglich neben dem Teerstreifen, auf dem dann und wann ein Auto oder ein Eingeborener auf dem Fahrrad vorbeikam. Die Insassen der Automobile kannten sie alle und riefen ihr einen Gruß zu, während sie im Vorbeifahren mit dem Tempo heruntergingen. Daphne war etwa acht Kilometer geritten, als sie eine kurvenreiche Strecke der Landstraße mit dichtem Buschwerk auf beiden Seiten erreichte. Diese Gegend war für Unfälle berüchtigt. Das Tageslicht nahm rasch ab, und als sie das Motorengeräusch eines sich nähernden Wagens hinter der nächsten vor ihr liegenden Kurve hörte, zügelte sie ihr Pferd ganz an den äußeren Rand des Reitweges. Kaum war der Wagen um die Kurve geschossen, als auch schon seine Scheinwerfer aufflammten; doch ehe das Licht sie blendete, hatte sie bereits Old Tuys am Steuer des Jagdwagens erkannt. Auch im Näherkommen ging er nicht mit dem Tempo herunter. Old Tuys behielt nicht nur seine Geschwindigkeit bei, er steuerte den Jeep sogar zum Teerstreifen auf den Sandweg und sauste nur wenige Zentimeter neben ihrem Pferd vorbei.

Daphne hatte einmal einen Reiter der Schutzpolizei sagen hören, daß der Sturz eines Menschen in den Busch bei oder nach Sonnenuntergang ungefähr die gleiche Wirkung hätte wie das Erscheinen eines nackten Mannes in einer Mädchenklasse. Als sie in dem dunklen Dickicht landete, kreischten, raschelten, flohen und flatterten die verängstigten Lebewesen nur so um sie herum, daß es tatsächlich an eine in Panik geratene Mädchenschar erinnerte. Das Pferd galoppierte die Straße hinunter, und sein Hufschlag verebbte in rasendem Stakkato in der Dämmerung. Daphnes rechtes Schienbein schmerzte entsetzlich. Sie war ziemlich sicher, daß Old Tuys den Wagen angehalten hatte. Sie erhob sich und hinkte mühsam ein paar Schritte, bahnte sich einen Weg durch hohes Gras und Gestrüpp an den Rand der Straße. Hier blieb sie stehen, denn ein paar Meter weiter hörte sie Schritte auf der Straße. Old Tuys lauerte auf sie. Sie blickte sich um und sah sofort, daß sie unmöglich ungefährdet tiefer in das Dickicht eindringen konnte. Der Himmel war jetzt fast ganz dunkel, und der Schmerz in ihrem Bein drohte sie zu überwältigen. Daphne war noch nie ohnmächtig geworden, nicht einmal, als ihr bei einer Notoperation wegen eines Schlangenbisses die scharfe Klinge ins unbetäubte Fleisch fuhr und sie sich geradezu danach gesehnt hatte. Jetzt fühlte sie sich, als sollte sie das Bewußtsein verlieren, und dieser Gedanke jagte ihr Furcht ein, denn sie hörte Old Tuys durch die Zweige am Straßenrand brechen und konnte schon seine Umrisse erkennen. Die Stimme eines laut rufenden Eingeborenen, weiter die Straße hinauf, störte sie in ihrer Sehnsucht, in einer Ohnmacht Sicherheit und Vergessen zu suchen, und um dem Verlangen danach zu widerstehen, riß sie die Augen weit auf und starrte in die Dunkelheit.

Old Tuys bekam sie zu fassen. Er sagte kein Wort, sondern packte ihren Arm, zerrte sie aus dem Gestrüpp und warf sie am Straßenrand außer Reichweite des blendenden Scheinwerferlichtes zu Boden. Daphne schrie und stieß mit ihrem gesunden Bein nach ihm. Old Tuys richtete sich auf und lauschte. Der Hufschlag eines Pferdes kam näher. Plötzlich bog ein Eingeborener um die Kurve, der Daphnes Pferd am Zügel führte. Im Scheinwerferlicht des Jagdwagens bäumte es sich auf, aber der Eingeborene hielt es fest, während Old Tuys hinging und es ihm abnahm.

»Verschwinde«, forderte Old Tuys den Boy in dem landesüblichen Gemisch aus Afrikaans und Kaffernsprache auf.

»Geh nicht fort!« schrie Daphne. Der Eingeborene rührte sich nicht vom Fleck.

»Ich werde Sie im Wagen nach Hause bringen«, sagte Old Tuys und bückte sich, um Daphne aufzuheben. Sie schrie. Der Eingeborene kam etwas näher und blieb stehen.

Daphne stand selbst auf. Sie war hysterisch vor Angst. »Schlag ihn nieder!« befahl sie dem Eingeborenen. Der rührte sich nicht. Sie erkannte, daß er Old Tuys niemals anfassen würde. Die Europäer waren dafür bekannt, daß sie zusammenhielten, und das Schlagen eines weißen Mannes, was auch immer dazu geführt haben mochte, würde ihn sicher ins Gefängnis bringen. Aber der Eingeborene schien wenigstens gewillt zu sein, zu warten, und sooft Old Tuys ihn beschimpfte und fortschickte, zog er sich nur ein paar Schritte zurück.

»Steigen Sie in den Wagen«, schrie Tuys Daphne an. »Sie haben einen Unfall gehabt und sind verletzt. Ich muß Sie nach Hause bringen!«

Ein Auto bog um die Kurve und blieb stehen, als sein Lenker die Gruppe neben dem haltenden Jagdwagen sah. Es war Mr. Parker, der Schulleiter.

Old Tuys begann seine Geschichte von einem Unfall zu erzählen, aber Mr. Parker hörte auf Daphne, die zu ihm hinüberhinkte.

»Um Gottes willen, Mr. Parker, bringen Sie mich nach Hause auf die Farm!«

Er half ihr beim Einsteigen und fuhr los. Der Eingeborene folgte mit dem Pferd. Old Tuys kletterte in den Jagdwagen und startete in die entgegengesetzte Richtung.

»Ich möchte keine Einzelheiten anführen«, sagte Chakata am nächsten Morgen zu Daphne, »aber ich kann Tuys nicht entlassen. Der Grund ist ein Zwischenfall, der sich lange vor deiner Geburt zugetragen hat. Es handelt sich um eine Ehrenschuld. Eine Männersache.«

»Oh, ich verstehe«, entgegnete Daphne.

Old Tuys war in den ersten Morgenstunden auf die Farm

zurückgekehrt. Daphne wußte, daß Chakata auf ihn gewartet hatte. Sie hatte die beiden endlos miteinander streiten hören.

Sie saß mit ihrem geschienten Bein im Bett.

»Wir können vergewaltigt und ermordet werden«, klagte Mrs. Chakata, »aber Chakata jagt den Schweinehund einfach nicht fort. Wenn er ein richtiger Mann wäre, hätte er ihn schon längst mit einem Tritt in den Hintern hinausbefördert.«

»Er sagt, daß es sich dabei um eine Ehrenschuld handelt«, warf Daphne ein.

»Das ist alles, was Chakata dazu zu sagen hat«, schimpfte Mrs. Chakata. »Aber was du auch tust, Daphne«, fuhr sie fort, »heirate nie einen Engländer. Denen ist es gleich, was mit ihren Frauen und Kindern passiert, wenn nur ihre verdammte Ehre keinen Fleck abbekommt.«

Es war immer geplant gewesen, daß Daphne neunzehnhundertvierzig, wenn sie achtzehn Jahre alt war, nach England gehen sollte. Doch vor Kriegsende war jetzt natürlich gar nicht daran zu denken. Daphne hatte schon einen Obersten, einen Richter und einen Bischof aufgesucht: sie wollte unbedingt nach England, um sich dort einem der weiblichen Hilfsdienste anzuschließen. Sie sagten ihr, daß auf eine Ausreisegenehmigung nach England nicht die geringste Hoffnung bestünde, schon gar nicht für einen Zivilisten. Außerdem sei sie noch nicht volljährig: würde Chakata es ihr gestatten?

Mit zwanzig nahm sie lieber eine Lehrerinnenstelle in der Hauptstadt an, als einem der weiblichen Hilfsdienste in der Kolonie beizutreten, die ihr im Vergleich zu den Vorbildern in England nur wirkungslose Organisationen zu sein schienen.

Die neuerrichteten großen Übungslager der Royal Air Force zogen sie an. Eins davon lag dicht vor den Toren der Hauptstadt, und Daphne verbrachte den größten Teil ihrer Freizeit bei Sonnenuntergangsparties und Tanzabenden in der Offiziersmesse, während sie zum Wochenende häufig zu Tenniswettkämpfen auf die umliegenden Farmen fuhr, wo sie Dutzende von jungen Kampffliegern mit ihren in der Luftschlacht um England erworbenen Auszeichnungen traf. Daphne liebte sie alle. Sie waren England. Der Nachbarssohn aus ihrer Kindheit, John Coates, war auch Pilot. Er wurde nach England eingezogen, doch sein Transportschiff und die Geleitfahrzeuge liefen in ein Minenfeld vor dem Kap. Die Nachricht von seinem Tod erreichte sie kurz nach ihrem einundzwanzigsten Geburtstag.

Sie fuhr mit einem ihrer neuen englischen Freunde zum Lager hinaus, um einem Gedenkgottesdienst für John in der Luftwaffenkapelle beizuwohnen. Unterwegs platzte ein Reifen. Der Wagen schleuderte gefährlich und kam fünf Meter neben der Straße zum Halten. Der junge Mann machte sich an die Arbeit, den Reifen auszuwechseln. Daphne stand daneben.

Wohl zum dritten Mal sagte er schon zu ihr: »O. K. Wir können *weiter*, Daphne.« Versunken lauschend hielt sie den Kopf zur Seite geneigt.

»Oh«, sagte sie, sich auf ihren Gefährten besinnend, »ich habe nur auf den Ruf des Go-Away Bird gelauscht.«

»Auf was für einen Vogel?«

»Den grauhäubigen Lourie. Man kann ihn überall in der Kolonie hören. Zu sehen bekommt man ihn allerdings fast nie. Er ruft: ›Go'way, Go'way‹.«

Er stand still und lauschte. »Ich höre überhaupt nichts.«

»Er hat aufgehört zu rufen«, sagte sie.

»Gibt es hier auch Goldammern?« fragte er.

»Nein, ich glaube nicht.«

»Sie rufen: ›*A little bit of bread and* no *cheese*‹«,* sagte er.

»Trifft man sie in ganz England an?«

»Ich glaube schon. In Hertfordshire findet man sie jedenfalls zu Millionen.«

Sie verlobte sich mit einem Instruktionsoffizier der R.A.F. In der darauffolgenden Woche wurde er bei einem Flugunfall getötet. Als er ihr einmal sein Heim in der Nähe von Henley

*»Ein kleines Stückchen Brot und *keinen* Käse.«

beschrieb, hatte er gesagt: »Wirklich eine schauderhafte Gegend. Der Fluß spaziert einfach über den Garten hinweg. Vater ist schon ganz krumm vor Rheumatismus, aber er will nicht fortziehen.« Der Fluß spaziert einfach über den Garten hinweg – diese Worte hatten sie irgendwie verzaubert. Sie wußte, daß mit dem Fluß die Themse gemeint war und daß der Garten voller englischer Sträucher stand und das ganze Jahr über grünte. Bei seiner Beerdigung hatte sie das Gefühl, daß über diesem Garten das Meer zusammenschlüge. Es schien ihr unglaublich, daß er seine knapp fünfundzwanzig Kilometer entfernten Nachbarn nicht gekannt hatte. ›Nein‹, schrieben die Pattersons aus England, ›wir kennen diese Leute nicht. Sind es vielleicht Londoner, die im Laufe des Krieges herausgezogen sind? Recht viele Londoner sind nämlich . . .‹

In den Weihnachtsferien nach ihrem einundzwanzigsten Geburtstag sagte sie zu Chakata: »Zum Ende des Schuljahres kündige ich meine Lehrstelle. Ich gehe nach Kapstadt.«

»Hast du mit Tuys wieder Ärger gehabt?« fragte er.

»Nein. Ich möchte einfach einmal wechseln. Ich möchte gern das Meer sehen.«

»Wenn du nämlich Ärger mit Tuys gehabt hast, werde ich ihn zur Rede stellen.«

»Denkst du denn im Ernst daran, Old Tuys fortzuschicken?« fragte Daphne.

»Nein«, antwortete er.

Er versuchte sie zu überreden, nach Durban anstatt nach Kapstadt zu gehen. »Durban ist englischer.« Er konnte sich nicht mit dem Gedanken befreunden, daß sie in Kapstadt bei ihren Verwandten von der väterlichen Seite, den du Toits, wohnen würde.

Kapstadt ließ ihre Sehnsucht nach England noch stärker werden. Es war gerade europäisch genug – alte, ruhige holländische Häuser, blühende Vorgärten, grüne Wiesen, ein Symphonieorchester, eine moderne Kunstgalerie –, um ihren Appetit nach dem echten Vorbild anzuregen. Die Tatsache, daß die

Dienstboten hier nicht so dunkelhäutig waren wie in der Kolonie und europäischer geschnittene Gesichter hatten, suggerierte ihr ein Gefühl der Nähe von England, wo die Dienstboten weiß waren. ›Wir haben niemanden mehr als Clara‹, schrieben die englischen Pattersons, ›und die Hälfte der Zeit müssen *wir sie* bedienen. Sie hat ihr Gedächtnis verloren und denkt immer, daß Du ihre Mutter seist. Die Kröte hält sie für Onkel Puuh-bah. Tante Sarah ist ein wahres Kreuz. Sie bildet sich ein, daß wir ihre Schokoladenmarken klauen.‹

Daphne sehnte sich förmlich danach, Clara zu bedienen, von Tante Sarah beschuldigt zu werden, die Marken zu stehlen, Geschirr abzuwaschen und mit den Vettern, die sie noch nie gesehen hatte, über Zauntritte zu klettern. Einige ihrer Verwandten besaßen Spitznamen nach Gestalten in *Der Wind und die Weiden:* Ratte, Maulwurf, Kröte; andere nach Figuren aus ihr bisher unbekannten Quellen – Onkel Puuh-bah und Dong zum Beispiel. Die du Toits konnten dem Gedankengang nicht ganz folgen, wenn Daphne ihre Briefe aus England laut vorlas, selbst völlig überwältigt von der Poesie zwischen den Zeilen. »Die Ratte«, erklärte sie, »ist Henry Middleton, Mollys Mann. Er dient bei der Kriegsmarine . . .«

»Behandelt er sie denn nicht anständig?«

»Er betet sie förmlich an«, erwiderte Daphne, in die ansteckende Ausdrucksweise der Briefe aus England verfallend.

»Aber warum nennt sie ihn dann Ratte?«

›Chakata hat recht‹, dachte Daphne, ›man kann einem Ausländer den englischen Humorbegriff nicht erklären.‹

Sie besuchte die Nachtklubs von Kapstadt, sich dabei in Gedanken jedoch stets fest an ihre Überzeugung klammernd, daß dies nur geschmacklose Abwandlungen der Londoner Spielart seien.

Die du Toits gehörten zur Elite der Afrikaander. Sie duldeten die Engländer, suchten jedoch keinen übertrieben freundschaftlichen Verkehr mit ihnen. Einer von Daphnes Vettern, der sein Examen an der Universität von Oxford gemacht hatte und jetzt in Nordafrika kämpfte, kam im Urlaub nach Hause und bemühte sich ernsthaft um Daphne. Zu jener Zeit schwärmte sie gerade sehr für einen Marineoffizier, der vor vierzehn Tagen mit einer schwer getroffenen Korvette eingelaufen war. Daphne hielt Ronald für den typischsten und am wenigsten affektierten Engländer, den sie bisher kennengelernt hatte. Sein Schiff, erklärte er ihr vertraulich – denn niemand durfte es wissen –, würde sechs Wochen lang im Hafen liegen bleiben. Ob sie sich inzwischen mit ihm als verlobt betrachten wolle? O ja, meinte Daphne, in Ordnung. Und ohne Rücksicht auf alle eventuellen Spekulationen der du Toits verbrachte sie mit ihm eine Nacht im Strandhotel. Mit der größten Unbekümmertheit erwähnte Ronald so nebenbei, daß er vor dem Krieg Kapitän der Cricketmannschaft seines Dorfes gewesen sei – ». . . bei uns ist das immer der Gutsbesitzer.« Im Geiste sah Daphne eine Anzahl langer, weißbehoster Beine, schattenspendende Ulmen, hübsche Schwestern in pastellfarbenen Kleidern, die Mütter mit altmodischen Blumenhüten und die Väter mit steifen Strohhüten auf den Köpfen, alle kühl und mild wie die Limonade, die von blassen, schwarzgekleideten Mädchen mit weißen Rüschenschürzchen und Häubchen unter der Markise am See auf kleinen Tabletts serviert wurde. Daphne dachte an die heiße, sonnenflimmernde Luft auf Chakatas Farm, an den strengen Geruch der Eingeborenen und kam sich sofort aufgedunsen und schwerfällig vor.

Ein paar Tage später – während sie sich gerade Wange an Wange mit Ronald zu den Klängen des populären Schlagers

The fundamental things apply
As time goes by . . .

auf einem Tanztee des Strandhotels drehte – informierte der junge Jan du Toit die versammelte Familie, daß Daphnes Verlobter ein verheirateter Mann sei.

Tante Sonji redete am nächsten Morgen mit Daphne.

Daphne sagte: »Aber er ist doch Kapitän der Cricketmannschaft in seinem Wohnort.«

»Trotzdem kann er verheiratet sein«, entgegnete Sonji.

Bis zur Mittagszeit war die Information zweifelsfrei erwiesen, und gegen Sonnenuntergang dampfte die Korvette aus dem Hafen.

Ganz wider alle Vernunft schloß Daphne, daß ihr so etwas eben nur bei den du Toits passieren konnte. Sie zog nach Durban und verhielt sich den englischen Schiffen gegenüber in Zukunft vorsichtiger als bisher. Die amerikanische Marine, die jetzt häufig an der Küste aufzukreuzen begann, mied sie ganz.

Unter den Kollegen an der Schule in Durban, wo sie unterrichtete, befand sich auch ein Zeichenlehrer mittleren Alters, der einige Jahre vor dem Krieg aus Bristol eingewandert war. In seinen Augen war England ein barbarischer Staat, der ihn zum Zeichenlehrer verdammt hatte, statt ihn als Künstler leben zu lassen. Er sprach oft zu Daphne über dieses traurige Thema, aber sie hörte nicht zu. Oder besser gesagt, sie nahm nur die sie interessierenden Nebensächlichkeiten seiner Monologe in sich auf. »Stellen Sie sich einen gerade in Mode gekommenen Porträtmaler vor«, sagte er zum Beispiel. »Er legt es darauf an, seinen reichen Auftraggebern zu schmeicheln – das heißt, öfter handelt es sich um Auftraggeber*innen*. Er ist von vornherein bereit, sie auf der Leinwand schön erscheinen zu lassen. Demzufolge kann er es sich leisten, ein Queen-Anne-Haus in Kensington, Chelsea, Hampstead oder einer ähnlich vornehmen Gegend zu mieten. Den Dachboden läßt er in ein großes verglastes Atelier umbauen. Ich kenne einen Mann, der mit mir zusammen das College besucht hat. Heute ist er einer dieser modischen Porträtmaler, besitzt ein Atelier mit Blick über den Regent's Canal, gibt Parties und ist überall zu sehen: in Henley und Ascot, auf adligen Gesellschaften, bei Modekünstlern und Filmleuten. Das sind die erfolgreichen Künstler, die England heutzutage hervorbringt!«

Daphnes Gedanken kosten wie Sonnenstrahlen die Worte: ›Queen-Anne-Haus‹, ›Kensington‹, ›Chelsea‹, ›Atelier‹, ›Regent's Canal‹, ›Henley‹. Ihre Ohren waren taub für alles andere.

»Oder nehmen Sie einen anderen Burschen, den ich auf dem Colleg kennenlernte«, fuhr der Zeichenlehrer fort. »Er besaß nicht viel Talent, ziemlich ultramodern, wollte aber unbedingt Künstler sein und nichts anderes. Und was hat er davon gehabt? Als ich ihn das letzte Mal sah, hatte er nicht einmal mehr genug Geld für eine Tube Farbe. Zusammen mit einem anderen Künstler bewohnte er eine Dachkammer in Soho – dieser andere ist übrigens inzwischen als Bühnenbildner berühmt geworden – G. T. Marvell ist sein Name. Schon mal von ihm gehört?«

»Nein«, antwortete Daphne.

»Nun, jetzt ist er berühmt.«

»Oh, ich verstehe.«

»Aber mein Bekannter, mit dem er in Soho wohnte, wurde nie etwas. Die Dachstube hatten sie mit Decken und Bettlaken geteilt, die sie über eine Wäscheleine hängten. Sehr poetisch! Aber das ist es, was einen in Soho erwartet. Der Eingeborene im Busch ist besser dran als der Künstler in England!«

Daphne nahm alle diese entmutigenden Reden mit nach Hause und grübelte voller Ergötzen über Worten wie: ›Soho‹, ›poetisch‹, ›Dachkammer‹, ›Künstler‹.

1946 gelang es ihr endlich, einen Platz auf einem Schiff zu buchen. Sie fuhr auf die Farm, um sich von Chakata zu verabschieden. Mit dem alternden Mann saß sie auf der Veranda.

»Warum hast *du* eigentlich niemals England besucht?« fragte sie ihn.

»Es gab immer zu viel Arbeit auf der Farm«, antwortete er. »Ich konnte nie fort.« Doch sein Kopf deutete dabei wie unwillkürlich nach der Zimmertür im Hintergrund der Veranda, hinter der Mrs. Chakata auf dem Bett lag, das Glas mit Whisky und den Revolver neben sich. Daphne verstand, daß Chakata, nachdem er nun einmal eine Mißehe eingegangen war, seine Frau auf keinen Fall den englischen Pattersons in der Heimat vorstellen konnte; allein lassen würde er sie jedoch auch niemals, selbst wenn sie inzwischen bei Freunden in der Kolonie Aufnahme fände, denn er war ein Ehrenmann.

»Ich nehme an«, sagte Daphne, »daß die Pattersons in England furchtbar neugierig sein werden, Näheres über dein Leben hier draußen zu erfahren.«

Er runzelte besorgt die Stirn. »Vergiß nicht«, meinte er, »daß Tante Chakata kränklich ist. Zu Hause haben sie kein Verständnis für die Lebensbedingungen in den Tropen und –«

»Oh, wegen Tante Chakata mach dir nur keine Sorgen«, sagte sie beschwichtigend, im Tonfall zum Ausdruck bringend, daß sie die Angelegenheit vertuschen würde.

»Du wirst es schon richtig machen«, sagte er bewundernd.

Sie wanderte zu Makatas Kral hinüber, um sich zu verabschieden. Ein neuer Makata enpfing sie; der alte Häuptling war gestorben. Der neue Häuptling war in der Missionsschule erzogen worden; er trug marineblaue Shorts und ein weißes Hemd. Während der alte Makata ›meine Männer‹ gesagt hatte, wenn er von seinem Stamm sprach, nannte dieser ihn ›mein Volk‹. Mit dem alten Makata hatte sie stets auf dem nackten Boden vor seiner großen runden Lehmhütte gesessen. Jetzt wurde eine graue Armeedecke ausgebreitet, auf die man zwei Küchenstühle für den Häuptling und seine Besucherin stellte. Daphne saß auf ihrem Küchenstuhl und dachte daran, wie streng der alte Makata zu riechen pflegte; es war der typische ungewaschene Eingeborenengeruch. Der junge Makata roch nach Karbolseife. »Mein Volk wird für Sie beten«, sagte er. Er bot ihr keinen Mann als Begleitung zur Farm an, wie es der alte Makata stets getan hatte.

Sie wußte, daß Old Tuys ihr zum Kral gefolgt war und jetzt auf ihre Rückkehr wartete. Während sie weit ausschritt, ließ sie die Arme frei schwingen; in der Tasche ihrer Shorts jedoch hatte sie eine kleine Pistole.

Etwa anderthalb Kilometer von der Farm entfernt kam Old Tuys offen über die Buschsteppe auf sie zu. Er trug ein Gewehr in der Hand. Daphne schlug sich so unauffällig wie möglich seitwärts in die Büsche. Das Strauchwerk war in dieser Gegend nur spärlich, so daß sie trotzdem leicht sichtbar blieb. Sie bahnte sich ihren Weg durch das niedrige Gestrüpp in Richtung auf die Farm zu und hörte, wie Old Tuys durch die trockenen Zweige hinter ihr brach.

»Bleiben Sie stehen«, hörte sie ihn sagen, »oder ich schieße.«

Ihre Hand hatte die Pistole gepackt, und sie beabsichtigte, sich rasch umzudrehen und zu schießen, bevor er sein Gewehr anlegen konnte. Doch als sie herumwirbelte, krachte ein Schuß hinter Old Tuys, und sie sah ihn fallen. Daphne hörte, wie der Schütze sich in dem hohen Buschwerk hinter Old Tuys zurückzog und gleich darauf mit einem Fahrrad über den Trampelpfad davonrollte.

Old Tuys war noch bei Bewußtsein, als sie zu ihm trat. Die Kugel hatte ihn in den Nackenansatz getroffen. Daphne blickte auf ihn herab.

»Ich werde Sie holen lassen«, sagte sie.

Während der folgenden Woche machte die Polizei laue Razzien in den Eingeborenensiedlungen des Distrikts. Sie fand keine Feuerwaffen. Daphne war allerdings vorsorglich zur Polizeistation gefahren und hatte ihrem alten Freund, Johnnie Ferreira, gesagt, daß sie zugunsten des Angreifers aussagen würde, wenn irgend jemand, ob Schwarzer *oder* Weißer, wegen des Schusses auf Old Tuys vor Gericht gebracht werden sollte.

»Old Tuys war also hinter Ihnen her?«

»Ja. Ich hatte eine Pistole und hätte sie auch benutzt, wenn der andere ihn nicht zuerst erwischt hätte.«

»Sie haben bestimmt nicht gesehen, wer ihn angeschossen hat?«

»Nein. Warum fragen Sie?«

»Weil Sie sagten: ›Schwarzer oder Weißer‹. Wir haben eigentlich angenommen, daß der Mann ein Eingeborener ist, weil er ein Fahrrad benutzt haben soll.«

»Ob schwarz oder weiß«, sagte Daphne, »ist völlig einerlei. Der Mann hat nur seine Pflicht getan.«

»Jaja, ich weiß«, erwiderte Johnnie, »aber wir möchten trotzdem gern die Wahrheit wissen. Wenn wir den Mann nämlich hätten, gäbe es gute Gründe, die Anklage gegen ihn fallenzulassen und Old Tuys auf Grund seiner Zeugenaussage vor Gericht zu bringen, wenn er aus dem Krankenhaus entlassen wird. Allmählich wird es Zeit, Chakata diesen ekelhaften Kerl vom Halse zu schaffen.«

»Nun, Sie haben den Mann aber nicht«, sagte Daphne, »oder doch?«

»Nein«, entgegnete er. »Aber wenn Ihnen noch etwas einfallen sollte, lassen Sie's uns wissen. Denken Sie darüber nach.«

Daphne parkte den Wagen am Fuß von Donald Cloetes Hügel und stieg langsam hinan, immer wieder stehenbleibend, um auf das weite Land hinunterzublicken, die kleine Siedlung, die kurvenreiche Landstraße und die in der Ferne verschwimmenden Dächer der Farm. Ihre Augen nahmen die Einzelheiten auf wie das Objektiv eines Photoapparates, als sähe sie diese Landschaft zum ersten Mal, denn bald würde sie nach England abreisen.

Sie setzte sich auf einen Stein. Eine Eidechse glitt rasch zwischen ihren Füßen hindurch und verschwand im hohen Gras.

»Go'way, go'way.«

Der Ruf drang an ihr Ohr und verklang. Zwei- oder dreimal hatte sie den Go-Away Bird gesehen. Er sah ziemlich farblos und unauffällig aus. Sie erhob sich und kletterte weiter.

»B. oder n., Donald?«

»So halb und halb. Komm nur herein.«

»Johnnie Ferreira möchte Old Tuys vor Gericht bringen«, sagte sie, »weil er mich neulich überfallen wollte.«

»Ich weiß«, entgegnete er. »Johnnies Leute sind hier gewesen.«

»Was hast du ihnen gesagt?«

»Sie sollten ihr Glück woanders versuchen.«

Nur wenige Weiße in der Kolonie besaßen ein Fahrrad, und hier im Distrikt gab es nur einen, der ein Rad benutzte. Außerdem kamen als Radfahrer nur Eingeborene und ein paar

Schuljungen in Frage. Die Kinder waren zur Zeit alle in der Schule. Daphnes unbekannter Beschützer war demzufolge entweder ein zufällig vorbeifahrender Eingeborener oder Donald, der sich auf einer Kontrollfahrt befand. Dazu erhob sich noch die Frage nach dem Gewehr. Ein Eingeborener, der eine Schußwaffe besaß, würde es wohl kaum riskieren, diese illegale Tatsache zu verraten. Und nur wenige Eingeborene, wie ritterlich sie auch sein mochten, würden auf einen Weißen zu schießen wagen: die Furcht vor der Strafe war zu groß.

»Warum sollten wir Old Tuys eigentlich nicht vor Gericht bringen lassen?« fragte Daphne.

»Ich hindere niemanden daran«, sagte Donald. »Meinetwegen sollen sie's tun.«

»Dazu brauchen sie einen Zeugen«, erklärte Daphne. »Andernfalls steht sein Wort gegen meins. Old Tuys würde spätestens bei der Berufung wegen Mangels an Beweisen freigesprochen werden.«

»Nichts zu machen«, sagte er. »Für Gerichte habe ich nichts übrig.«

»Jedenfalls war es sehr nett von dir, Donald«, sagte sie. »Ich bin dir sehr dankbar.«

»Dann sprich mir nicht mehr vom Gericht.«

»In Ordnung.«

»Die Sache ist nämlich gar nicht so einfach«, sagte er. »Chakata würde den Skandal nicht mögen. Die ganze Vergangenheit könnte wieder aufgewärmt werden. Man kann nie wissen, was alles ans Tageslicht gezerrt würde, wenn Old Tuys vor Gericht ins Kreuzverhör genommen würde. Wir würden dem alten Chakata damit keinen Gefallen tun.«

»Ich glaube, er weiß, was du getan hast, Donald. Er ist dir sehr dankbar.«

»Noch dankbarer würde er sein, wenn Old Tuys dabei ums Leben gekommen wäre.«

»Hast du Old Tuys absichtlich verfolgt, oder warst du nur zufällig in der Nähe, als er auf mich losging?« fragte sie.

»Ich weiß nicht, wovon du redest. Hatte an jenem Tag viel zu tun. Mußte die Warnschilder von der Maul- und Klauenseuche anbringen. Hab' schließlich wichtigere Dinge zu tun, als auf Old Tuys aufzupassen.«

»Nächste Woche werde ich für ungefähr zwei Jahre fortfahren«, sagte Daphne.

»Ich hab's schon gehört. Du hast ja keine Ahnung, wie grün dort die Felder sind. Es regnet da sehr häufig . . . Sieh dir den Tower an . . . Und komm nicht zurück.«

II

Linda Patterson war achtundzwanzig Jahre alt und mit sich und der Welt unzufrieden. Daphne konnte das nicht verstehen. Sie fand Onkel Puuh-bah großartig, mit seinem Rheumatismus und seinen langen wollenen Unterhosen. Nur seine ständigen Drohungen, das feuchte alte Haus zu verkaufen und in ein Hotel zu ziehen, beunruhigten sie in gleichem Maße, wie der Gedanke daran ihre Cousine Linda Hoffnung schöpfen ließ. Lindas Mann war bei einem Verkehrsunfall ums Leben gekommen. Sie sehnte sich danach, ihre häuslichen Verpflichtungen loszuwerden und eine Stellung in London annehmen zu können.

»Wie konntest du nur jenes wundervolle Klima verlassen und an diesen gräßlichen Ort kommen?« fragte Linda sie.

»Aber hier bin ich doch wenigstens in England«, antwortete Daphne glücklich.

Nicht lange nach ihrer Ankunft sagte Tante Sarah, die jetzt zweiundachtzig war, zu Daphne: »Meine Liebe, die Sache ist keinesfalls erledigt.«

»Was ist nicht erledigt?«

Tante Sarah seufzte. »Du weißt ganz genau, was ich meine. Die Nachthemden, meine Liebe, die kunstseidenen. Drei Stück lagen in meiner Schublade, ein grünes, ein pfirsichfarbenes und ein rosanes. Gleich heute früh habe ich entdeckt, daß sie verschwunden sind. Und außer dir gibt es niemanden im ganzen Haus, der sie genommen haben könnte. Clara ist über jeden Verdacht erhaben, und außerdem kann sie die Treppen nicht steigen, wie sollte sie wohl? Linda besitzt noch aus ihrer Aussteuer eine Unmenge von Nachthemden, das arme Ding –«

»Was willst du damit sagen?« unterbrach Daphne sie. »Was willst du damit sagen?«

Tante Sarah nahm eine Stecknadel aus ihrem Nähkasten und stach Daphne damit leicht in den Arm. »Dafür, daß du meine Nachthemden gestohlen hast«, sagte sie.

»Wir werden sie in ein Heim geben müssen«, meinte Linda. »Keine Tagesputzfrau bleibt länger als eine Woche bei uns, weil Tante Sarah sie des Diebstahls bezichtigt.«

Puuh-bah sagte: »Weißt du, abgesehen von dieser fixen Idee ist sie wirklich noch ganz normal. Wunderbar für ihr Alter. Wenn wir sie nur zu der Einsicht bringen könnten, wie überaus lächerlich sie sich mit dieser fixen Idee –«

»Wir werden sie in ein Heim geben müssen.«

Puuh-bah ging hinaus, um nach dem Barometer zu sehen, und kam nicht wieder.

»Ich mache mir wirklich nichts daraus«, sagte Daphne.

»Aber die Arbeit, die sie macht«, rief Linda aus. »Der viele Ärger!«

Als Daphne am nächsten Tag den Küchenfußboden scheuerte, kam Tante Sarah herein und pflanzte sich vor ihr in einer Pfütze auf. »Mein Melissengeist«, sagte sie. »Ich habe eine volle Flasche im Badezimmer stehenlassen, und jetzt ist sie fort.«

»Ich weiß«, antwortete Daphne, ohne ihr Scheuern zu unterbrechen. »Ich habe sie in einem schwachen Moment genommen, aber jetzt habe ich sie wieder zurückgestellt.«

»Na schön«, sagte Tante Sarah, wandte sich zum Gehen und nahm die halbe Pfütze mit, »aber tu das nicht wieder. Mausen war schon die schwache Seite deiner Mutter, wie ich mich erinnere.«

Die winterliche Kälte zog sich bis weit in den April hin. Linda und Daphne mußten sich vor einen elektrischen Ofen mit nur einem Heizstab in die Bibliothek setzen, wenn sie rauchen wollten; Onkel Puuh-bahs Asthma wurde von Zigarettenrauch schlimmer.

Linda unterhielt eine Wochenendliebschaft mit einem Rechtsanwalt in London, und seit Daphne im Hause wohnte, nahm sie die Gelegenheit wahr, zunächst das Wochenende ein wenig zu verlängern und schließlich sogar manchmal eine ganze Woche fortzubleiben.

»Daphne«, pflegte sie am Telephon zu sagen, »es macht dir doch sicherlich nichts aus, die Festung zu halten? Dies hier ist so wichtig für mich.«

Daphne machte mit Onkel Puuh-bah kurze Spaziergänge. Sie mußte kurze Schritte nehmen, denn er ging langsam. Sie spazierten über sauber angelegte Wege bis an den Fluß, den Daphne immer ›die Themse‹ nannte; sie konnte sich einfach noch nicht daran gewöhnen, mit der gleichen Selbstverständlichkeit wie die Leute hier von ›dem Fluß‹ zu sprechen.

»Wir sind bis an die Themse gegangen«, erzählte Daphne hinterher ihrer Cousine Linda.

Sie wagten sich nie weiter als bis an die Schleuse, zu der ein Weg durch herrlich grüne Wiesen führte, auf denen sich prächtige Schafe tummelten.

Verwandte von Freunden aus der Kolonie luden sie nach London ein. Sie nahm an und erzählte Linda dann, daß sie nächste Woche nicht da sein würde.

»Aber nächste Woche bin *ich* doch in London«, sagte Linda. »Du weißt, wie wichtig das für mich ist. Jemand muß sich doch um Puuh-bah und Tante Sarah kümmern.«

»Ach so«, meinte Daphne gedehnt.

Lindas Gesicht heiterte sich auf. »Vielleicht könntest du die Woche danach fahren?«

»Nein«, antwortete Daphne geduldig, »ich fahre nächste Woche.«

»Einer *muß* sich aber um Puuh-bah und Tante Sarah kümmern.«

»Eben.«

Linda begann zu weinen. »Ich werde an meine Bekannten schreiben und umdisponieren«, sagte Daphne.

Linda trocknete ihre Augen und erklärte: »Du kannst dir ja nicht vorstellen, wie furchtbar es ist, Jahr für Jahr in diesem schrecklichen Haus mit zwei selbstsüchtigen alten Leuten und dieser hilflosen Clara leben zu müssen.«

Am nächsten Wochenende, während Linda fort war, kamen mehrere Verwandte der Pattersonschen Linie zu Besuch: Molly, Ratte, Maulwurf und ein Baby, das sie Bohne nannten. Maulwurf war ein unverheirateter und noch ungebundener Vetter. Daphne gab ihrem Wunsch Ausdruck, Cambridge kennenzulernen. Er sagte, das könne man arrangieren. Sie erklärte, daß sie wahrscheinlich bald einmal nach London fahren würde. Er sagte, er hoffe sie dort zu sehen. Tante Sarah stach dem Baby mit einer Stecknadel in den Arm, worauf Molly und Ratte Daphne beiseite nahmen und ihr rieten, so bald wie möglich dieses Haus zu verlassen. »Es ist ungesund.«

»Oh«, sagte Daphne; »aber es ist doch so typisch englisch.«

»Du meine Güte!« rief Ratte aus.

Schließlich kam die Woche, die sie bei den Verwandten ihrer Freunde aus der Kolonie verbringen sollte. Man hatte Daphne erzählt, daß sie sehr reich seien; daher war sie sehr erstaunt, als das Taxi sie zu einem schmalbrüstigen Haus in einer armseligen kleinen Straße brachte, in der sich im übrigen nur Garagen zu befinden schienen.

»Sind Sie auch sicher, daß wir hier richtig sind?« fragte sie den Chauffeur.

»Champion Mews Nummer fünfundzwanzig«, sagte er.

»Das stimmt«, meinte Daphne. »Demnach müßte es hier sein.«

Bevor Daphne das Landhaus der Pattersons verließ, hatte

Linda bemerkt: »Ein Haus in den Champion Mews*! Die müssen ziemlich reich sein. Ach, wenn ich doch auch so ein Mews-Haus haben könnte!« Daphne erinnerte sich jetzt daran.

Das Innere des Hauses war sehr gewinnend. Sie brachte ihre Vorstellungen mit den Tatsachen in Einklang und war beim Abendessen soweit, daß sie zu ihrer Gastgeberin sagen konnte: »Was für ein reizendes Mews-Haus!«

»Nicht wahr? Wir hatten ganz großes Glück – buchstäblich *alle* hatten es darauf abgesehen.«

Mrs. Pridham war mittleren Alters und sehr gewandt. Mr. Pridham war Chirurg; er führte kosmetische Operationen aus.

»Ich werde nicht den Fehler machen«, sagte er zu Daphne, »Sie nach all den Gefahren zu fragen, denen Sie im dunkelsten Afrika ausgeliefert waren.«

Daphne lachte.

»Natürlich müssen Sie eine richtige Saison erleben«, sagte Mrs. Pridham. »Haben Sie schon etwas arrangiert?«

»Oh, ich bleibe mindestens zwei Jahre hier«, antwortete Daphne; doch dann erinnerte sie sich, daß Mrs. Pridham wahrscheinlich die augenblicklich laufende Londoner Saison** meinte und fügte rasch hinzu: »Nein, ich habe mir noch nichts vorgenommen. Aber mein Onkel hat an verschiedene Freunde geschrieben.«

»Für dies Jahr ist es eigentlich schon ein wenig spät«, sagte Mrs. Pridham.

»Zunächst liegt mir auch mehr daran, England kennenzulernen«, erwiderte Daphne. »Ich möchte London sehen, den Tower und Onkel Chakatas Freunde besuchen.«

»Den Tower werde ich Ihnen morgen nachmittag zeigen«, sagte Mr. Pridham.

* Mews: enge Gasse an der Rückseite früherer herrschaftlicher Gebäude, in der sich die Stallungen und Dienerwohnungen befanden; heute zu Garagen und sehr luxuriösen Wohnungen ausgebaut.

** Die Zeit von März bis August, gesellschaftliche Hochsaison mit Bällen, Parties und Einführung der Debütantinnen.

Er zeigte ihr den Tower, und anschließend machten sie eine Spritztour um Richmond und Kingston. An einer besonders hübschen Stelle fuhr der Wagen an den Straßenrand und hielt. »Daphne«, sagte er, »ich liebe Sie!« und preßte seine sechzig Jahre alten Lippen auf ihren Mund.

Sobald sie sich freimachen konnte, wischte sie sich unauffällig mit dem Taschentuch den Mund ab – unauffällig, weil sie ihn nicht verletzen wollte. Dafür erzählte sie ihm jedoch, daß sie mit jemandem in der Kolonie verlobt sei, den sie zu heiraten gedenke.

»Du meine Güte, da hab' ich mich ja unmöglich benommen! Habe ich mich unmöglich benommen?«

»Daphne ist mit einem Glückspilz in Afrika verlobt«, erzählte er an jenem Abend beim Dinner. Maulwurf war zugegen. Er sah Daphne an; sie blickte hilflos zurück. Mrs. Pridham sah ihren Mann an und sagte zu Daphne: »Bevor Sie etwas anderes unternehmen, müssen Sie unbedingt eine Londoner Saison erleben. Bitte, bleiben Sie sechs Wochen bei uns. Ich habe schon öfters junge Mädchen in die Gesellschaft eingeführt. Natürlich ist es zu spät, um noch viel anzustellen, aber –«

»Bitte, bleiben Sie bei uns«, bat Mr. Pridham.

Als Daphne später Maulwurf die Geschichte von ihrer ›Verlobung‹ erklärte, meinte der: »Du kannst nicht bei den Pridhams bleiben. Ich kenne jemand anders, bei der du wohnen kannst; sie ist die Mutter eines meiner Freunde.«

Mrs. Pridham machte ein sehr betrübtes Gesicht, als Daphne ihr erzählte, daß sie ihren Besuch nicht verlängern könnte. Für den Rest der Woche sorgte sie unmißverständlich dafür, daß Daphne und ihr Mann so oft wie möglich zusammenkamen, ließ beide häufig allein im Haus und verabredete sich oft unterwegs, so daß Daphne mit Mr. Pridham allein zu Abend essen mußte.

Daphne meinte zu Maulwurf: »Sie hat nicht die geringste Ahnung, was er für einer ist. Sie wirft mich dem Mann ja praktisch in die Arme.«

»Sie will ihm nur tüchtig einheizen«, sagte Maulwurf. »Viele

Frauen machen das so. Sie laden junge Mädchen ein, damit ihr Alter wieder Appetit bekommt. Danach sehen sie zu, daß sie die Mädchen schleunigst loswerden.«

»Oh, ich verstehe.«

Sie zog als zahlender Gast zur Mutter von Maulwurfs Freund Michael. Die Vereinbarung dazu wurde brieflich getroffen.

Michael Casse war spindeldürr und hochaufgeschossen und besaß eine Himmelfahrtsnase. Ein Onkel hatte ihn in die Geheimnisse des Effektenhandels einweihen sollen, jedoch war ihm kein Erfolg beschieden. Michael kicherte sehr viel. Seine Mutter, bei der er wohnte, bezeugte einen perversen Stolz auf seine Einfältigkeit. »Michael ist hoffnungslos«, erzählte sie Daphne, »völlig hoffnungslos . . .« Wie sie berichtete, hatten sie während des Krieges in Berkshire gewohnt. Michael kam im Urlaub nach Hause, und eines Tages schickte sie ihn nach dem Mittagessen mit der Lebensmittelkarte fort, ein Päckchen Tee kaufen. Erst am nächsten Morgen kehrte er zurück. Er gab seiner Mutter den Tee und erklärte, daß die schlechten Verbindungen ihn so lange aufgehalten hätten.

»Was für Verbindungen?« fragte seine Mutter.

»Na, die Züge nach London, du weißt doch.«

Und es stellte sich heraus, daß er bis nach London zu Fortnum's gefahren war, da es ihm einfach nicht in den Sinn kam, daß man Tee auch im Dorf oder überhaupt irgendwo anders als bei Fortnum's kaufen konnte. Daphne hielt das für *sehr* englisch.

Michael wohnte jetzt bei seiner Mutter in deren Wohnung am Regent's Park. Greta Casse war genauso spindeldürr wie ihr Sohn, doch sie verstand es, ihre hundertachtundsiebzig Zentimeter stets wirkungsvoll und elegant in Positur zu setzen, so daß selbst ihre abfallenden Schultern, ihre hohle Brust und ihre knochigen, in die Hüfte gestemmten Arme nicht unangenehm auffielen. Sie sprach schleppend und durch die Nase. Ihren Unterhalt bestritt sie aus Alimenten und dem Einkommen von ihren zahlenden Gästen.

Sie nahm Daphne viel zuviel Geld ab; Daphne vermutete das zwar, nahm aber lediglich an, daß Greta Casse ein wenig beschränkt war wie ihr Sohn und in einer unwirklichen Welt lebte, in der Geld nur eine unwichtige Nebenrolle spielte; unter solchen Umständen war es leicht möglich, daß jemand seinen zahlenden Gästen zu viel berechnete. Daphne schlüpfte häufig aus dem Haus und ging bei Lyons ein Sandwich essen, so sehr mußte sie hungern. Zunächst nahm sie an, daß Damen der Gesellschaft von Haus aus zu mäßigem Essen angehalten würden, änderte jedoch bald ihre Meinung, als sie sah, wie Greta Casse bei Tisch auf Kosten aller anderen einpackte; in Zukunft schrieb sie Gretas häusliche Sparsamkeit ihrer Gleichgültigkeit gegenüber materialistischen Dingen zu. Diese Vorstellung nährte Greta auf verschiedene Art, indem sie zum Beispiel ständig vergaß, Daphne das Wechselgeld bis zur Höhe eines Pfundes herauszugeben, oder den ganzen Tag fortblieb, ohne etwas Eßbares im Haus vorrätig zu haben.

Allerdings unterlag es keinem Zweifel, daß sie eine Dame der Gesellschaft in einem Sinne war, wie er für Daphnes Verwandte nicht zutraf. Auch Molly und Linda hatten debütiert, und Daphne hatte Photos von ihrer Mutter und Tante Sarah in großer Garderobe gesehen, die aus jenen Tagen stammten, als man diese Angelegenheit nur in entsprechendem Rahmen durchführte. Aber man konnte sie keinesfalls mit Greta Casse vergleichen. Daphne dachte oft über Greta Casse nach, deren höchste Auszeichnung darin bestand, daß sie die Nichte eines Bischofs und die Cousine eines Grafen war. An einem Wochenende fuhr sie Puuh-bah besuchen und erwähnte Greta Casse einer Miss Barrow gegenüber, einer angesehenen alten Jungfer jener Gegend, die gerade zum Tee gekommen war. Daphne war überrascht zu erfahren, daß diese Frau in ihrem alten, männlich geschnittenen Regenmantel, mit von Gartenarbeit aufgesprungenen Händen und von Wind und Wetter gegerbtem Gesicht eine Altersgenossin von Greta war. Die beiden hatten gemeinsam verschiedene Schulen besucht und im selben Jahr debütiert.

»Wie seltsam«, bemerkte Daphne später zu Puuh-bah, »daß zwei so grundverschiedene Menschen wie Mrs. Casse und Miss Barrow die gleiche Erziehung genossen haben sollen.«

»Da magst du recht haben«, stimmte er zu, schien aber offensichtlich gar nicht zu verstehen, was sie damit meinte.

Sie fuhr zurück zum Regent's Park. Greta Casse arrangierte für Daphne eine Dinnerparty in einem Westend-Restaurant, die bis zum Morgengrauen in einem Nachtklub fortgesetzt wurde. Ungefähr zwanzig junge Leute waren eingeladen, die meisten unter neunzehn Jahren, so daß Daphne sich recht alt vorkam; ein paar ebenfalls anwesende Altersgenossen von Greta boten ihr auch keinen Ausgleich. Michael war natürlich dabei, doch trotz der Tatsache, daß er Engländer war, konnte Daphne ihn beim besten Willen nicht für voll nehmen.

Eine zweite und eine dritte Party folgten. »Könnten wir nicht auch einmal Maulwurf einladen?« fragte Daphne.

»Eigentlich dreht es sich ja darum«, antwortete Greta, »daß Sie *neue* Leute kennenlernen. Aber wenn Sie wollen – selbstverständlich . . .«

Die Rechnungen für diese Parties zehrten die Hälfte der Daphne von ihrem Onkel Chakata ausgesetzten Jahresrente auf. Die andere Hälfte ging beim Lunchen mit Gretas äußerst zahlreichen Freundinnen drauf. Daphne hätte Mrs. Casse am liebsten erklärt, daß sie nicht im Traum daran gedacht hatte, was für Verpflichtungen das Mietverhältnis bei ihr alles umfaßte. Sie wollte keineswegs unterhalten und ausgeführt werden, sondern hatte lediglich darauf gerechnet, in einem netten, vergnügten Haushalt Unterkunft zu finden. Doch sie besaß nicht den Mut, dies Greta zu sagen, die so unbestimmt, schwankend, aalglatt, voller unklarer Andeutungen und kalt war. Sie schrieb an Chakata und bat um Geld. ›Natürlich werde ich mir eine Stellung suchen, sobald ich mich genügend amüsiert habe‹, schrieb sie.

›Ich hoffe, daß Du einiges von England zu sehen bekommst‹, antwortete er, als er ihr einen Scheck sandte. ›Ich würde Dir raten, eine Autobustour zu machen. Wie ich höre, sind sie ausgezeichnet und ein gewaltiger Fortschritt gegenüber meiner Zeit, als es noch nichts dergleichen gab.‹ Sie nahm kaum noch Notiz von Chakatas Ratschlägen, denn viele erwiesen sich als unbrauchbar. ›Stell Dich doch einmal Merrivale bei der Bank vor‹, hatte er kürzlich geschrieben. ›Er wird mit Dir Sherry im Empfangszimmer trinken, wie er es mit mir zu tun pflegte, als ich in Deinem Alter war.‹ Doch mit ihrer Nachfrage nach Mr. Merrivale hatte Daphne keinen Erfolg bei der Bank. »Schon mal von einem Burschen namens Merrivale gehört?« fragten die Angestellten einander. »Sind Sie auch sicher, daß er bei unserer Zweigstelle arbeiten soll?« fragten sie Daphne.

»Aber ja. Er soll hier Direktor gewesen sein.«

»Tut uns leid, Madam, hier kennt ihn niemand. Muß wohl schon längere Zeit zurückliegen.«

»Oh, ich verstehe.«

Daphne ignorierte Chakatas Fragen mit der Zeit ganz. ›Bist Du in Hampton Court gewesen?‹ – ›Hast Du Merrivale bei der Bank besucht? Er wird Dir Sherry anbieten . . .‹ – ›Hast Du schon eine Tour durch England und Wales gebucht? Ich nehme doch an, daß Du Dir einen großen Teil der englischen Landschaft ansehen willst?‹

›Ich konnte diesen Stiefelmacher in St. Paul's Churchyard nicht finden‹, schrieb sie ihm, ›denn die Gegend ist völlig ausgebombt. Bleib Du lieber bei Deinem alten Lieferanten in Johannesburg. Außerdem würde ich womöglich die verkehrten Stiefel bestellen.‹

Bald beantwortete sie seine speziellen Fragen und Vorschläge überhaupt nicht mehr, sondern gab ihm nur noch über ihre Parties Berichte, die sie entsprechend für ihn zurechtmachte. Doch er schien ihre Briefe nie richtig zu lesen, denn auf die Parties kam er in seinen Antworten nie zu sprechen.

Eines Nachmittags kam Greta mit einem Zwergpudel unter dem Arm nach Hause. »Er gehört Ihnen«, sagte sie zu Daphne.

»Wie *reizend*!« rief Daphne aus, denn sie dachte, daß es sich um ein Geschenk handelte, und wollte ihre Dankbarkeit so gut wie möglich in der landesüblichen Ausdrucksweise bezeugen.

»Ich *mußte* ihn einfach für Sie kaufen«, sagte Greta und verlangte von Daphne einhundertundzehn Guineen*. Daphne tauchte ihr Gesicht liebevoll in das lockige Fell des Schoßhündchens, um ihr Entsetzen zu verbergen.

»Wir hatten ja so ein unaussprechliches Glück, daß wir ihn bekamen«, erklärte Greta. »Sie müssen nämlich wissen, daß das nicht ein gewöhnlicher Zwergpudel ist – die sind etwas größer –, sondern ein regelrechtes Schoßhündchen.«

Daphne gab ihr einen Scheck und schrieb Chakata, wie teuer London sei. Sie beschloß, sich im Herbst eine Stellung zu suchen und die vierzehntägige Autotour durch Nordengland mit Molly, Ratte und Maulwurf, die sie mit ihnen geplant hatte, fallenzulassen.

Chakata schickte ihr das Geld als Vorschuß auf das nächste Vierteljahr. ›Es tut mir leid, aber ich kann nicht anders. Die Schlafkrankheit hat unter den Pferden gewütet, und was mit der Tabakernte passiert ist, wirst Du ja selbst gelesen haben.‹ Sie hatte zwar nichts über die Trockenfäule gelesen, aber ein schlechtes Jahr war in der Kolonie keine seltene Begebenheit. Chakatas Reaktion überraschte sie, denn sie hatte ihn für ziemlich wohlhabend gehalten. Kurz darauf schrieben ihr Freunde aus der Kolonie, daß Chakatas Tochter und ihr Mann, die sich als Farmer in Kenia niedergelassen hatten, von der Mau-Mau ermordet worden waren. ›Chakata hat uns beschworen, es Dir nicht zu berichten‹, schrieb ihr eine Freundin, ›aber wir finden, daß Du es wissen mußt. Chakata hat die Erziehung der beiden Jungen übernommen.‹

Es war Mitte Mai. Daphne hatte sich verpflichtet, bis Ende Juni bei Mrs. Casse wohnen zu bleiben. Trotzdem rief sie Linda an und erklärte ihr, daß sie wieder aufs Land zurückkäme. Greta

* *Guinea* = Guinee: englische Goldmünze von 1663–1816, dann außer Kurs gesetzt; jetzt nur noch Rechnungseinheit von 21 Shilling. Zum Vergleich: ein englisches Pfund = 20 Shilling.

war nicht zu Hause. Daphne packte ihre Koffer, setzte sich hin und nahm Popcorn, den Pudel, auf den Schoß, um Gretas Rückkehr zu erwarten und ihre mißliche finanzielle Lage zu erklären.

Michael kam zuerst nach Hause. Er trug einen leeren Vogelkäfig und einen Pappkarton mit Löchern in den Händen. Als er den Karton öffnete, flog ein verängstigter Vogel heraus.

»Ein Wellensittich«, sagte Michael. »Ich nehme an, daß sie dort, wo Sie herkommen, frei herumfliegen. Die können sprechen, wissen Sie. Im Augenblick hat er Angst, aber wenn er sich an Sie gewöhnt hat, wird er sprechen.« Er kicherte.

Der Vogel hatte sich auf einem Lampenschirm niedergelassen. Daphne fing ihn ein und steckte ihn in den Käfig. Er hatte eine lavendelfarbene Brust.

»Er ist für Sie«, sagte Michael. »Mama hat mich damit nach Hause geschickt. Sie hat ihn für Sie gekauft. Er spricht Sätze wie: *›Come here, darling‹*, *›Go to hell‹* und *›Go away‹.«*

»Ich möchte ihn aber wirklich nicht«, sagte Daphne verzweifelt.

»Piep, piep, piep«, machte Michael zu dem Vogel, »sag hallo, sag hallo. Sag *come here, darling.*«

Der Sittich saß auf dem Boden des Käfigs und drehte nur den Kopf von einer Seite zur andern.

»Ich habe aber wirklich kein Geld mehr«, erklärte Daphne. »Mir geht's finanziell sehr schlecht. Ich kann mir die Vögel Ihrer Mutter nicht mehr leisten. Ich warte nur noch auf sie, um mich von ihr zu verabschieden.«

»Nein«, sagte Michael.

»Ja«, entgegnete Daphne.

»Hören Sie zu«, begann er. »Ich gebe Ihnen den guten Rat, abzuhauen, ehe sie zurückkommt. Wenn Sie ihr das ins Gesicht sagen, gibt's einen Höllenspektakel.« Er kicherte kläglich und goß sich einen Schluck Cognac ein, den seine Mutter mit Wasser verdünnt hatte. »Soll ich Ihnen gleich ein Taxi bestellen?« fragte er. »In einer halben Stunde wird sie zurück sein.«

»Nein, ich warte«, antwortete Daphne und fuhr nervös mit der Hand durch die Lockenpracht des winzigen Pudels.

»Einmal ist es wegen eines anderen Mädchens beinahe zur Gerichtsverhandlung gekommen«, erzählte Michael. »Mama hätte zwei Bälle für das Mädchen geben sollen, aber sie tat es nicht, und daraufhin schlugen ihre Eltern Krach. Ich glaube, Mama hat das Geld für irgend etwas anderes ausgegeben oder sonstwas damit angestellt.« Er kicherte.

»Oh, ich verstehe.« Daphne ging zum Telephon, rief Maulwurf an und bat ihn, sie nach Dienstschluß abzuholen.

Greta kam nach Hause, und nachdem sie die Lage erfaßt hatte, schickte sie Michael aus dem Zimmer.

»Ich muß Ihnen sagen«, erklärte sie Daphne, »daß Ihr Vorhaben ungesetzlich ist. Das sehen Sie doch wohl ein, nicht wahr?«

»Ich könnte Ihnen als Entschädigung für die Kündigung das Geld für eine zusätzliche Woche geben und noch etwas extra«, meinte Daphne.

»Sie haben sich einverstanden erklärt, bis Ende Juni zu bleiben, meine Liebe. Ich besitze das schwarz auf weiß.« Das stimmte. Daphne erkannte, mit welcher Berechnung sie ihr den Bestätigungsbrief entlockt hatte.

»Mein Onkel hat ein paar unvorhergesehene Ausgaben gehabt. Meine Cousine und mein Vetter sind von der Mau-Mau ermordet worden, und ihre Söhne –«

»Das tut mir leid, meine Liebe, aber man darf einfach nicht sentimental werden. Wenn jemand nur ganz gewöhnliche Untermieter hat, ist das etwas anderes. Aber eine Saison ist eine Saison, und um diese Jahreszeit kann man kein anderes Mädchen mehr bekommen. Was hab' ich nicht alles für Sie getan! Parties gegeben, die Rennen mit Ihnen besucht, Sie mit wichtigen Leuten bekanntgemacht . . . Nein, tut mir leid, ich kann nicht daran denken, Sie aus Ihrer Verpflichtung zu entlassen. Für nächste Woche habe ich bereits eine Cocktailparty für Sie im Hotel Claridge arrangiert. Schließlich verdiene ich nicht das geringste daran. Mercy Slater nimmt fünfzehnhundert Pfund dafür, ein Mädchen in die Gesellschaft einzuführen.«

Diese letzte Bemerkung weckte Daphne aus ihrer Lähmung. »Lady Slater veranstaltet schließlich auch Bälle für ihre Debütantinnen«, schlug sie zurück.

Sofort hakte Greta ein: »In Ihrer Lage haben Sie doch wohl kaum ein richtiggehendes Debüt erwartet?«

»Maulwurf holt mich ab«, sagte Daphne.

»Ich möchte Sie keinesfalls gegen Ihren Willen halten, Daphne; aber wenn Sie mich verlassen, müssen Sie mich voll entschädigen. Wenn Sie dann gehen wollen, gehn Sie.«

»Go'way, go'way. Go to hell«, sagte der Wellensittich, der inzwischen auf seine Stange geklettert war.

»Und dann ist da noch der Vogel«, fuhr sie fort. »Ich habe ihn heute nachmittag für Sie gekauft. Ich dachte, Sie würden begeistert sein.« Sie begann zu weinen.

»Ich brauche ihn nicht«, sagte Daphne.

»Alle meine Mädchen schwärmten von ihren Tierchen«, klagte Greta.

»Come here, darling«, sagte der Vogel. *»Go'way, go to hell.«*

Greta begann zu rechnen. »Der Vogel kostet zwanzig Guineen. Dazu kommen noch die Extrakleider, die ich bestellt habe –«

»Go'way, go'way«, sagte der Vogel.

Maulwurf kam. Daphne legte einen Scheck über zwanzig Pfund auf den Tisch im Korridor und schlüpfte hinaus zu seinem Wagen, ihm die Sorge um ihr Gepäck überlassend. »Sie werden von meinen Anwälten hören!« rief Greta hinter ihr her.

Michael stand in der Diele herum. Die Szene schien ihn nicht weiter zu beeindrucken. Er lächelte Daphne zu und ging nach oben, Maulwurf bei dem Transport des Gepäcks zu helfen.

Nachdem sie zehn Minuten gefahren waren, mußten sie vor einer Verkehrsampel halten. Als das Motorengeräusch verstummte, hörte Daphne hinten im Wagen den Vogel zwitschern.

»Du hast ja den Vogel mitgebracht!« rief sie aus.

»Natürlich. Gehört er nicht dir? Michael sagte mir, es sei deiner.«

»Ich werde die Tierhandlung anrufen und die Leute bitten, den Vogel zurückzunehmen«, sagte Daphne. »Glaubst du, daß Greta Casse mich verklagen wird?«

»Dazu hat sie überhaupt keine Handhabe«, antwortete Maulwurf. »Vergiß die ganze Geschichte.«

Am nächsten Morgen rief Daphne vom Lande aus die Tierhandlung an.

»Hier spricht Mrs. Casse«, sagte sie mit verstellter, nasaler Stimme. »Ich habe gestern bei Ihnen einen Wellensittich gekauft. Zu dumm von mir, aber ich habe ganz vergessen, was er gekostet hat, und ich muß es doch für meine Abrechnungen wissen.«

»Mrs. Greta Casse?«

»Ja, das bin ich.«

»Ich glaube nicht, daß wir Ihnen gestern einen Wellensittich verkauft haben, Mrs. Casse. Einen Augenblick bitte, ich will mich nur erkundigen.«

Nach einer kurzen Pause ertönte eine andere, bestimmtere Stimme durch den Hörer: »Sie erkundigten sich nach einem Wellensittich, Mrs. Casse?«

»Ja, ich habe ihn gestern gekauft«, sagte Daphne durch die Nase.

»Aber nicht bei uns, Mrs. Casse – ach, und bei dieser Gelegenheit, Mrs. Casse . . .«

»Ja«, quetschte Daphne heraus.

»Da Sie gerade am Telephon sind, Mrs. Casse, darf ich Ihnen vielleicht den Stand Ihres Kontos bei uns nennen?«

»Aber selbstverständlich. Wieviel ist es? Ich werde Ihnen einen Scheck senden!«

»Achtzig Guineen – einschließlich Zwergpudel natürlich.«

»Ach, richtig. Und wieviel kostete doch noch der Pudel genau? Ich bin so zerstreut in diesen Dingen.«

»Der Pudel machte sechzig. Dann ist da noch ein Betrag vom Oktober letzten Jahres –«

»Vielen Dank. Ich bin überzeugt, daß es stimmt. Ich werde Ihnen einen Scheck senden.«

»Den Vogel hast du gestohlen, *ich* weiß Bescheid«, sagte Tante Sarah an jenem Nachmittag, indem sie dem Käfig einen kleinen Schubs gab.

»Nein«, erwiderte Daphne, »ich hab' ihn bezahlt.«

Im Frühling 1947 starb Linda an einer Blutkrankheit. Bei der Beerdigung stellte sich Daphne ein Mann von ungefähr fünfundvierzig Jahren vor: Martin Grindy, der Rechtsanwalt, der Lindas Liebhaber gewesen war.

Er gab Daphne seine Karte. »Würden Sie mich gelegentlich aufsuchen und mit mir über Linda reden?«

»Aber ja, sicher.«

»Nächste Woche?«

»Ich bin Lehrerin und muß unterrichten. Aber in den nächsten Ferien werde ich mich bei Ihnen melden.«

Sie schrieb ihm während der Osterferien und traf sich ein paar Tage später mit ihm zum Lunch.

»Linda fehlt mir sehr«, begann er.

»Ja, davon bin ich überzeugt.«

»Das Schlimme daran ist nur, daß ich verheiratet bin, wissen Sie.«

Daphne fand ihn ganz attraktiv und verstand jetzt, warum es für Linda immer so unerhört wichtig gewesen war, ihre Verabredungen mit ihm einzuhalten.

Im Sommer begann sie Lindas Stelle bei Martin einzunehmen. Sie trafen sich in London zunächst an den Wochenenden, dann häufiger in den Sommerferien.

Daphne unterrichtete an einer Privatschule in Henley. Sie wohnte jetzt allein mit Onkel Puuh-bah und einer Haushälterin mittleren Alters, die sie mit viel Mühe zur Annahme dieser Stellung überredet hatten, im Hause der Pattersons; Clara, die alte Haushälterin, war gestorben, und Tante Sarah hatte man in ein Altersheim gebracht.

Maulwurf hatte inzwischen geheiratet, und seine häufigen Besuche und die langen Autofahrten mit ihm fehlten Daphne. Bis sie Martin Grindy kennenlernte, bedeutete der zweimal wöchentlich zum Unterricht an ihrer Schule herauskommende Zeichenlehrer die einzige Abwechslung in ihrem eintönig gewordenen Dasein.

Martins Frau, die mehrere Jahre älter war als er, lebte in Surrey und klagte ständig über ein nervöses Leiden.

»Eine Scheidung kommt überhaupt nicht in Frage«, sagte Martin. »Meine Frau ist aus religiösen Gründen dagegen, und wenn ich auch diese Einstellung nicht teilen kann, so fühle ich mich ihr doch persönlich verpflichtet.«

»Oh, ich verstehe.«

Sie verbrachten ihre gemeinsame Zeit in seiner Wohnung in Kensington. Der Sommer brachte eine Hitzewelle. Sie badeten in der Serpentine*.

Manchmal, wenn seine Frau sich besonders krank fühlte, wurde er nach Hause aufs Land gerufen. Daphne blieb allein in seiner Stadtwohnung oder streifte durch die Geschäfte.

»In diesem Jahr ist sie öfter krank als gewöhnlich«, sagte Martin. »Doch im nächsten Jahr, wenn sie sich besser fühlt, hoffe ich mit dir nach Österreich fahren zu können.«

»Im nächsten Jahr«, erwiderte Daphne, »werde ich in Afrika zurückerwartet.«

Vor einiger Zeit hatte Chakata geschrieben: ›Old Tuys hat einen Schlaganfall gehabt. Er ist wieder auf den Beinen, aber geistig nicht mehr so recht beisammen.‹ Seitdem schien er Daphnes Rückkehr nicht mehr so ungeduldig zu erwarten. Daphne fand das merkwürdig, denn wenn er ihr früher Neuigkeiten von der Farm berichtete, pflegte er zu schreiben: ›Du wirst vieles verändert finden, wenn Du zurückkommst‹; oder, wenn er Begebenheiten aus dem ›Dorp‹ erwähnte: ›Wir haben

* Langgestreckter, leicht geschwungener Teich auf der Grenze zwischen Hyde Park und Kensington Gardens.

einen neuen Arzt. Er wird Dir gefallen.‹ Doch in seinem letzten Brief hatte es geheißen: ›In dem Schulsystem hat es einige Änderungen gegeben. Du wirst überhaupt vieles verändert finden, falls Du zurückkommst.‹ Manchmal dachte sie, daß Chakata lediglich mit zunehmendem Alter vergeßlich würde. ›Ich versuche, meinen Englandaufenthalt so gut wie möglich zu nutzen‹, schrieb sie, ›aber das Reisen ist sehr teuer. Ich glaube kaum, daß ich vor meiner Rückkehr noch etwas von Europa zu sehen bekommen werde.‹ Chakata ging in seinem nächsten Brief aber nicht darauf ein. ›Old Tuys sitzt nur noch auf der Veranda herum‹, berichtete er. ›Der arme alte Kerl kann nichts Böses mehr anrichten. Im großen und ganzen ist er ziemlich rührselig geworden.‹

Gegen Ende des Sommers fuhr Daphnes Liebhaber mit seiner Frau nach Torquay. Daphne streifte ein paar Tage ziellos allein durch Kensington und fuhr dann zu Puuh-bah zurück. Sie machte mit ihm Spaziergänge und bat ihn bei Gelegenheit, ihr etwas Geld zu leihen, damit sie für eine Woche nach Paris fahren könne. Er antwortete, daß er die Notwendigkeit dazu beim besten Willen nicht einsehen könne. Am nächsten Morgen erzählte ihr die Haushälterin von einem Mann im Dorf, der ihr dreißig Pfund für ihren Pudel geben wolle. Daphne hatte den Hund sehr liebgewonnen. Sie lehnte das Angebot ab und schrieb nach Torquay an ihren Liebhaber, er möchte ihr doch das Geld für die Reise nach Paris leihen. Martin schrieb ihr eine Postkarte, in der er nicht auf ihre Bitte einging. ›Bin in der ersten Oktoberwoche wieder in London‹, las sie.

Die Schule begann Anfang Oktober. Martins Frau tauchte noch in derselben Woche auf und verlangte von Puuh-bah Daphnes Aufenthalt zu wissen. Sie wurde an die Schule verwiesen, erreichte dort eine Gegenüberstellung mit Daphne und machte ihr eine Szene.

Die Schulleiterin wurde danach sehr beleidigend zu Daphne, die auf der Stelle kündigte. Die Schulleiterin bedauerte ihre heftigen Worte, denn sie war knapp an Lehrkräften. »Ich denke dabei ja nur an die Mädchen«, erklärte sie. Hugh, der zweimal wöchentlich zum Unterricht kommende Zeichenlehrer, deutete Daphne an, daß sie in London eine bessere Stelle finden könne. Sie fuhr noch am selben Abend. Puuh-bah war wütend. »Und wer wird sich an Mrs. Verseys freiem Tag um die Dinge im Haus kümmern?« Daphne erkannte, warum er sie nicht hatte nach Paris fahren lassen wollen.

»Du könntest sie heiraten«, schlug sie vor. »Dann wäre sie ständig im Dienst.«

Er heiratete sie tatsächlich innerhalb eines Monats. Daphne mietete sich ein Zimmer in Bayswater, das für den Preis recht armselig möbliert war; aber dafür war die Vermieterin wenigstens einverstanden, daß sie den Pudel behielt.

Martin Grindy spürte sie dort auf.

»Ich mag deine Frau nicht«, sagte sie.

»Es tut mir leid, aber sie hat deinen Brief in die Finger bekommen. Was kann ich für dich tun? Was wünschst du dir? Wie kann ich es nur gutmachen?«

Hugh Fuller unterrichtete nicht nur Schulkinder in Zeichnen und Kunsterziehung, sondern malte auch. Er zeigte Daphne sein Atelier in Earl's Court, wo sie sich in einen Lehnsessel setzte und ganz in Gedanken die hervorquellende Polsterwatte noch weiter aus dem zerschlissenen Bezugsstoff zupfte.

Sie erklärte ganz entschieden, daß sie nicht mit ihm zusammenleben wolle; sie hoffe jedoch, daß sie trotzdem gute Freunde bleiben würden.

Er glaubte, daß er einen Fehler begangen hatte, ihr diesen Vorschlag vor einer handgreiflichen Liebeserklärung gemacht zu haben und beeilte sich, seinen Mißgriff wiedergutzumachen.

Daphne kreischte. Er war einigermaßen verblüfft.

»Sie müssen verstehen«, erklärte sie, »daß ich zur Zeit furchtbar nervös bin.«

Er führte sie häufig nach Soho und manchmal auch auf Parties, wo sie zum ersten Mal in eine Welt Eingang fand, an deren

Existenz sie früher nicht geglaubt hatte. Hier *hatten* die Dichter lange Haare und *trugen* die Maler Bärte; was aber noch interessanter war: zwei der Männer, die sie kennenlernte, hatten sich mit Armbändern und Ohrringen behängt. Eine Clique von vier Mädchen lebte mit einer riesigen alten Negerin zusammen in zwei Zimmern. Unter Hughs Bekannten gab es Leute, die wegen seiner Arbeit als Zeichenlehrer voller Verachtung auf ihn herabblickten, während andere diese Tätigkeit wegen seiner mangelnden künstlerischen Begabung noch als relativ harmlos betrachteten, aber auch solche, die ihn gleichermaßen wegen seines Fleißes wie wegen seiner Freigiebigkeit bewunderten.

Daphne empfand diesen Umgang als sehr beruhigend für ihre Nerven.

Niemand stellte ihr die üblichen Fragen über Afrika, und – was sie noch mehr überraschte – niemand, nicht einmal mehr Hugh, machte Annäherungsversuche. Daphne unterrichtete an einer städtischen Schule. An freien Nachmittagen im Frühling traf sie sich manchmal mit Hugh und seinen Freunden und tollte mit ihnen, ungeachtet der indigniert starrenden Leute, durch die Straßen, sprang auf und von abfahrenden Bussen und besuchte mit ihnen die gerade laufende Kunstausstellung. Hier erkannte Daphne besonders deutlich, daß Hughs Freunde in einer Welt lebten, die sie nie würde ganz durchdringen können. Mit der Zeit aber wuchs ihr Verständnis für Bilder. Vielleicht war es der Lehrer in Hugh, wie einer seiner Freunde es ausdrückte, aber tatsächlich machte es ihm Freude, Daphne über Formen, Linien, Licht, Flächenwirkung und Farbkomposition aufzuklären.

Ihr Vetter Maulwurf besuchte sie eines Tages. Er erzählte ihr, daß Michael, der einfältige Sohn der bewußten Greta Casse, eine zehn Jahre ältere Frau geheiratet hätte und im Begriff sei, in die Kolonie auszuwandern. Ein geradezu jammervolles Heimweh nach der Kolonie ergriff Daphne, wie sie es noch in keinem dieser gelegentlichen Anfälle so heftig kennengelernt hatte.

»Ich werde auch bald zurückfahren müssen«, sagte sie zu Maulwurf. »Das Reisegeld habe ich mir inzwischen gespart. Es ist sehr beruhigend zu wissen, daß ich aufbrechen kann, wann immer ich möchte.«

Eines Abends ließen Daphne und Hugh in einer Kneipe in Soho mit Freunden die Becher kreisen, als es plötzlich ungewöhnlich still im Raum wurde. Daphne blickte sich neugierig um und sah, daß die Augen aller auf einem schmächtigen, sehr dunkelhaarigen Mann Anfang Vierzig ruhten, der gerade eingetreten war. Einen Augenblick später begannen alle wieder zu reden, nur einige kicherten und blickten weiter verstohlen zu dem Mann hinüber.

»Das ist Ralph Mercer«, flüsterte einer von Hughs Freunden Daphne zu.

»Wer?«

»Ralph Mercer, der Schriftsteller. Ich glaube, er ist mit Hugh zusammen in die Schule gegangen. Ein sehr *volkstümlicher* Schriftsteller.«

»Ach so«, sagte Daphne, »danach sieht er auch aus.«

Hugh holte gerade Getränke von der Theke. Der Schriftsteller sah ihn, und beide unterhielten sich eine Weile. Schließlich brachte Hugh ihn mit an den Tisch und stellte ihn vor. Der Schriftsteller setzte sich neben Daphne. »Sie erinnern mich an jemand, den ich früher einmal in Afrika kennengelernt habe«, sagte er.

»Ich komme aus Afrika«, entgegnete Daphne.

Hugh fragte ihn: »Bist du oft hier?«

»Nein, ich habe nur eben mal im Vorbeigehen hereingeschaut, weißt du . . .«

Eins von den Mädchen lachte tief wie ein Mann. »Nur eine Laune«, sagte es.

Nachdem er gegangen war, sagte Hugh: »Ist er nicht reizend, wenn man bedenkt, wie berühmt . . .«

»Habt ihr gehört«, meinte ein älterer Mann, »wie er gesagt hat: ›Als Künstler beurteile ich das . . .‹ Hört sich ziemlich komisch an aus seinem Mund, finde ich.«

»Aber er *ist* ein Künstler«, warf Hugh ein, »und zwar in einem

Sinne, wie –« Seine weiteren Worte gingen im Gespött der anderen unter.

Ein paar Tage später sagte Hugh zu Daphne: »Ralph Mercer hat wieder von sich hören lassen.«

»Wer?«

»Der Schriftsteller, den wir in der Kneipe getroffen haben. Er hat mir geschrieben und mich gefragt, ob ich ihm deine Adresse geben könnte.«

»Wie kommt er nur auf die Idee?«

»Ich nehme an, daß du ihm gefällst.«

»Ist er verheiratet?«

»Nein. Er wohnt mit seiner Mutter zusammen. Übrigens habe ich ihm deine Adresse schon geschrieben. Ist das schlimm?«

»Ja, sehr sogar. Ich bin nicht nur ein Name und eine Adresse, die man beliebig herumreichen kann. Ich fürchte, daß ich dich nicht mehr sehen möchte.«

»Weißt du«, meinte Hugh, »eigentlich bin ich froh, daß es zwischen uns nie zu einer Liebelei gekommen ist. Versteh mich richtig, Daphne, aber ich bin so ganz und gar kein Frauenheld.«

»Ich weiß nicht, was ich darauf antworten soll«, erwiderte sie.

»Ich hoffe, daß du Ralph Mercer mögen wirst. Er ist ziemlich wohlhabend. Und ein sehr interessanter Mensch.«

»Ich werde es ablehnen, mich mit ihm zu treffen«, sagte Daphne.

Ihr Verhältnis mit Ralph Mercer dauerte zwei Jahre. Ihre blinde Leidenschaft für ihn war so unersättlich, wie sie als seine Mätresse bei den wenigen Schriftstellern und zahlreichen Filmleuten, die seinen Bekanntenkreis bildeten, hoch angesehen war. Sie besaß eine mit grauem Spannteppich ausgelegte Wohnung in Hampstead, die mit den besten und modernsten schwedischen Möbeln eingerichtet war. Ralphs Freunde schmachteten sie an, telephonierten den ganzen Tag mit ihr und brachten Blumen und Theaterkarten.

Die ersten drei Monate blieb Ralph ständig bei ihr. Sie erzählte ihm von ihrer Kindheit, von Chakata, der Farm, dem ›Dorp‹, Donald Cloete, der Geschichte mit Old Tuys. Er wollte mehr und mehr wissen. »Ich muß deine ganze Vergangenheit kennenlernen, jede Einzelheit. Liebe ist wie eine Entdeckungsfahrt in ein unerforschtes Land.« Für Daphne war diese Einstellung ein so völlig neues, überwältigendes Erlebnis, daß es ihr Gedächtnis schärfte. Sie erinnerte sich an Begebenheiten, die seit fünfzehn Jahren oder länger in ihrem Unterbewußtsein geschlummert hatten. Instinktmäßig spürte sie, was ihn besonders interessierte und ergötzte: die Fehde zwischen Old Tuys und Chakata zum Beispiel; Ehre und Rache. Nachdem sie eines Tages wieder einen Brief von Chakata erhalten hatte, konnte sie Ralph den Schlußsatz von Donald Cloetes Geschichte erzählen: er hatte sich totgesoffen. Voll Stolz präsentierte sie ihm diesen geringen Beitrag, denn damit bewies sie, daß auch sie, obwohl keine Schriftstellerin, einen Sinn für Charakterzeichnung und Schicksalsbestimmung besaß. »Jedesmal habe ich ihn gefragt«, erzählte sie, »ob er betrunken oder nüchtern sei, und er hat immer die Wahrheit gesagt.« Als ihr etwas später am selben Tage plötzlich zum Bewußtsein kam, daß Donald ja nun tot war, weinte sie ein bißchen.

Die Nachricht erreichte sie, daß Mrs. Chakata Donald ins Grab gefolgt war, und zwar wegen desselben Lasters. Daphne legte Ralph auch diese Information zu Füßen. Der Schriftsteller zeigte sich weniger beeindruckt als beim ersten Mal. »Old Tuys ist um seine Rache betrogen worden«, fügte sie hinzu, um der Sache mehr Gewicht zu geben, obgleich sie wußte, daß Old Tuys seit seinem Schlaganfall senil und harmlos war. Eine ihrer Freundinnen in der Kolonie hatte ihr geschrieben, daß Mrs. Chakata schon lange keine Pistole mehr neben ihrem Bett liegen hätte: ›Old Tuys beachtet sie überhaupt nicht mehr. Er hat vergessen, was alles geschehen ist.‹

»Der Tod hat Old Tuys seiner Rache beraubt«, wiederholte Daphne.

»Sehr melodramatisch«, kommentierte er.

Ralph begann Tage und Wochen ohne vorherige Ankündigung zu verschwinden. Äußerst beunruhigt rief Daphne seine Mutter an. »Ich weiß nicht, wo er sich aufhält«, sagte Mrs. Mercer. »Wirklich, meine Liebe, so ist er nun mal. Es ist schwer, mit ihm zurechtzukommen.«

Viel später erzählte seine Mutter ihr: »Ich liebe meinen Sohn, aber ich kann ihn, ehrlich gesagt, nicht ausstehen.« Mrs. Mercer war eine sehr religiöse Frau. Ralph liebte seine Mutter ebenfalls, mochte sie aber auch nicht gern. Er litt häufig unter Zwangsvorstellungen und nervöser, abergläubischer Furcht.

»Ich muß schreiben«, sagte Ralph. »Und zum Schreiben brauche ich Einsamkeit. Deshalb gehe ich fort.«

»Oh, ich verstehe«, sagte Daphne.

»Wenn du das noch einmal sagst, schlage ich dich.« Und obgleich sie die Worte nicht wiederholte, schlug er zu.

Hinterher sagte sie: »Wenn du dich doch wenigstens verabschieden wolltest, ehe du gehst, würde es mir nicht so viel ausmachen. Es ist nur das Plötzliche, das mich so bedrückt.«

»Also gut. Heute abend fahre ich fort.«

»Wohin fährst du? Wohin?«

»Warum kehrst du nicht nach Afrika zurück?« fragte er.

»Ich will nicht zurück.« Ihre leidenschaftliche Liebe zu Ralph hatte Afrika zu einem entrückten, abgeschlossenen Kapitel in ihrem Leben werden lassen.

Sein nächstes Buch war erfolgreicher als alles, was er bislang geschrieben hatte. Ein Film danach befand sich in Vorbereitung. Er sagte Daphne, daß er sie wirklich innig liebe und daß er völlig einsehe, zu was für einer Hölle er ihr das Leben gemacht habe. Es täte ihm sehr leid, aber so sei es nun mal, wenn man sich mit einem Künstler einließe.

»Es ist es aber wert«, erwiderte Daphne, »und ich glaube, daß ich dir in mancher Beziehung helfen kann.«

Im Augenblick dachte er genauso, denn ihm fiel gerade ein, daß er sein letztes Buch von Anfang bis Ende während seiner Verbindung mit Daphne geschrieben hatte.

»Ich glaube, wir sollten heiraten«, sagte er.

Am nächsten Tag verließ er ihre Wohnung und reiste ins Ausland. Jetzt, nach zwei Jahren, war ihre Leidenschaft für ihn nicht geringer geworden, und dem entsprachen ihr Elend und ihre maßlose Furcht.

Drei Wochen später schrieb er ihr von der Adresse seiner Mutter und bat sie, die Wohnung zu verlassen. Er würde eine finanzielle Regelung treffen.

Sie rief im Haus seiner Mutter an. »Er will nicht mit Ihnen sprechen«, sagte seine Mutter. »Wenn ich die Wahrheit sagen soll, ich schäme mich seiner.«

Daphne nahm ein Taxi und fuhr hin.

»Er ist oben und schreibt«, sagte seine Mutter. »Morgen will er fortfahren, irgendwohin. Ich hoffe, daß er fortbleibt, wenn ich die Wahrheit sagen soll.«

»Ich muß ihn sehen«, erklärte Daphne.

»Er macht mich buchstäblich krank«, klagte seine Mutter, »ich bin zu alt für dergleichen Dinge, mein Kind. Gott segne Sie.«

Sie ging zur Treppe und rief hinauf: »Ralph, komm bitte einen Augenblick herunter.« Sie wartete, bis sie seine Schritte auf der Treppe hörte, und zog sich dann rasch zurück.

»Geh fort«, sagte Ralph zu Daphne. »Geh fort und laß mich in Frieden.«

III

Daphne kam während der Regenzeit in der Kolonie an. Die Feuchtigkeit verschlimmerte Chakatas Rheumatismus. Er sprach sehr viel über sein Leiden und fragte immer wieder, wie es jetzt in England aussähe, ohne jedoch auf ihre Antworten zu hören.

»Der Westen Londons ist ziemlich schwer bombengeschädigt«, sagte sie.

»Wenn ich mich im Bett umdrehe, reißt es in der Leistengegend«, antwortete er.

Mehrere Nachbarn schauten herein, um Daphne zu begrüßen. Die jungen Leute hatten geheiratet, und einige der Besucher waren neu in der Gegend.

»Unten im Süden hat ein Bursche aus England eine Farm gepachtet«, sagte Chakata. »Er behauptet, dich zu kennen. Heißt Cash oder so ähnlich.«

»Casse«, sagte Daphne, »Michael Casse könnte es sein. Ist das sein Name?«

»Dies Zeug, das der Doktor mir verschrieben hat, taugt nichts. Es verschlimmert mein Leiden nur.«

Ein neuer Tabakaufseher wohnte jetzt in dem Haus, das Old Tuys gehört hatte. Old Tuys hatte bei Chakata im Farmhaus Aufnahme gefunden. Er saß entweder in seiner Ecke auf der Veranda und schwatzte sinnloses Zeug vor sich hin oder schlenderte ziellos auf der Farm umher. Chakata ärgerte sich, wenn er Old Tuys spazierengehen sah, denn er selbst konnte kaum noch humpeln. »Ein tragischer Fall«, pflegte er zu sagen, wenn Old Tuys vorbeischlenderte, »er besitzt gesunde Glieder, aber seinen Verstand hat er verloren. Ich dagegen habe wenigstens noch meine fünf Sinne beisammen.« Am liebsten sah er Old Tuys in seinem Sessel auf der Veranda sitzen. »Weißt du«, meinte er dann, »nach all diesen Jahren habe ich doch eine Schwäche für Old Tuys.«

Old Tuys aß geräuschvoll. Chakata schien sich nicht daran zu stoßen. Daphne kam mit einem Mal zum Bewußtsein, daß sie für Chakata unnütz geworden war, seit sie nicht mehr den Lockvogel für Old Tuys darstellte. Sie nahm sich vor, nicht länger als einen Monat auf der Farm zu bleiben. Danach wollte sie sich eine Stellung in der Hauptstadt suchen.

Am dritten Tage nach ihrer Ankunft hörten die Regenfälle vorübergehend auf, und die Sonne brach durch und zerstreute die Wolken. Den ganzen Vormittag über streifte sie durch die Farm, und am Nachmittag brach sie nach Norden auf, um

Makatas Kral einen Besuch abzustatten. Der neue Tabakaufseher erklärte sich freudig bereit, sie später mit seinem Wagen abzuholen.

Sie war es nicht mehr gewohnt, über größere Entfernungen zu wandern. Nach anderthalb Kilometer fühlte sie sich bereits schlapp. Ein Heuschreckenschwarm erregte ihre Aufmerksamkeit, und automatisch blieb sie stehen und beobachtete ängstlich, ob der Schwarm sich auf Chakatas Maisfeldern niederlassen oder sie verschonen würde. Er zog darüber hinweg. Sie machte Rast und setzte sich auf einen Stein, dabei eine junge Eidechse aufschreckend. »Go'way, go'way«, hörte sie es rufen.

»Hilf mir, Gott!« schrie Daphne laut. »Ich kann dies Leben nicht länger ertragen!«

Ein schwarzer Boy kam auf Chakata zugelaufen, der auf zwei Stöcke gestützt hinter dem Tabaktrockenschuppen stand.

»Baas Tuys ist gegangen Bock schießen«, rief er. »Kleiner Negerjunge sagen, er nehmen Gewehr zu schießen Bock.«

»Wer? Was?«

»Baas Tuys mit Gewehr.«

»Wohin? In welcher Richtung?«

»Ist gegangen nach Norden. Negerjunge ihn gesehen. War nach Lunch, Negerjunge sagen, Baas reden, er wollen schießen Bock.«

Ein paar Eingeborene hatten sich inzwischen um die beiden versammelt.

»Rennt hinterher, rasch, alle! Nehmt Old Tuys das Gewehr weg! Holt ihn zurück!«

Sie zögerten, sahen ihn zweifelnd an. Nicht jeden Tag wurde ein Eingeborener aufgefordert, einem weißen Mann das Gewehr aus der Hand zu reißen.

»Los, ihr Dummköpfe! Lauft!«

Eine halbe Stunde später kamen sie langsam und schreckerfüllt zurück. Chakata war ihnen bis ans Ende der Pferdekoppel entgegengehinkt.

»Wo ist Tuys? Habt ihr ihn nicht erwischt?«

Sie antworteten nicht gleich. Schließlich deutete einer von ihnen auf den Pfad durch das Maisfeld, auf dem Old Tuys erschöpft nach Hause stolperte, etwas Schweres hinter sich herziehend.

»Geht und hebt sie auf«, befahl Chakata.

»Ich hab' einen Bock geschossen«, verkündete Old Tuys, stolzerfüllt die Versammlung musternd. »In diesen alten Knochen steckt noch Leben, Leute. Ich hab' uns einen Bock geschossen.«

Er sah Chakata ins Gesicht. Er konnte nicht verstehen, warum Chakata sich nicht beeindruckt zeigte.

»Mann, Chakata, wir haben einen Bock zum Dinner«, sagte er.

Einem Todesfall folgt in der Kolonie rasch die Beerdigung, denn das Klima gestattet keine Verzögerung. Am nächsten Tag wurde die Leichenschau abgehalten und Daphne unverzüglich beigesetzt. Michael kam zur Bestattung, die auf dem Friedhof neben dem ›Dorp‹ vorgenommen wurde.

»Ich kannte sie recht gut, wissen Sie«, sagte er zu Chakata. »Sie wohnte bei meiner Mutter. Meine Mutter hat ihr einen Vogel gekauft oder so was Ähnliches.« Er kicherte. Chakata blickte den Mann neugierig an und sah, daß er nicht lächelte.

Chakata ließ sich in den Wagen helfen. »Ich muß einen Spezialisten konsultieren«, sagte er.

Ralph Mercer war ergriffen, als er die Nachricht hörte. Sie traf ihn wie die Bestätigung eines lange gehegten Wissens. Daphne hatte zu leben begonnen, als er ihr zum ersten Mal begegnete, und als sie wieder ging, war sie für ihn in gewissem Sinne tot gewesen. Er versuchte, dies seiner Mutter zu erklären.

»Das ist wie mit den Blumen im Garten, weißt du. Man kann nie mit Bestimmtheit sagen, ob sie wirklich *existieren*, wenn man nicht davorsteht und sie sieht. Oder denk an –«

»Blumen, Garten . . . Wie redest du nur von einem Menschen mit einer Seele.«

Ein Jahr später spürte Ralph eine Krise in seinem Schaffen. Seine Bücher verkauften sich gut, wurden aber von ernstzunehmenden Leuten nicht genügend ernst genommen. Alle seine Romane nahmen ein glückliches Ende. Er beschloß, etwas Tragisches zu schreiben.

Ralph durchforschte seinen Erfahrungsschatz nach einem tragischen Stoff. Die Risse und Sprünge im Privatleben seiner gegenwärtigen und früheren Freunde, die ihm einfielen, verwarf er als zu banal. Die Geschichte seiner Mutter – jung verwitwet und von ihrem Sohn enttäuscht, aber trotzdem voller Hoffnung weiterlebend – lehnte er als zu persönlich ab. Er dachte an Daphne. In diesem Stoff steckten gleich zwei wichtige Elemente: Exotik und Tragik. Er erinnerte sich an ihre Erzählungen von Old Tuys und Chakata, von der ein Menschenleben lang währenden Fehde. Er löste eine Flugkarte nach der Kolonie, um aus erster Hand für seinen Roman Unterlagen zu sammeln.

Kaum in der Kolonie angekommen, sah er sich schon von Verehrern und Bewunderern umringt. Noch nie hatte man ihn so gefeiert und herumgereicht. Er wurde in den Regierungspalast eingeladen. Essen wurden zu seiner Ehrung gegeben, und Leute aus den entlegensten Distrikten kamen durch angeschwollene Flüsse herbeigefahren, um daran teilzunehmen. Zwischen den Einladungen, die er erhielt, mußte er sich sorgfältig entscheiden. Jedermann mit einer weißen Haut hatte von Ralph Mercer gehört oder ihn sogar gelesen. Und wenn er nach dem Dinner auf einer der zahlreichen Gesellschaften seinen Blick über die weite Veranda schweifen ließ, brauchte er nicht zu fürchten, dem kühlen Auge eines Kritikers zu begegnen, eines jener furchterregenden Menschen, die zu Hause in England stets auf einer solchen Party anwesend waren und Ralph die Stimmung verdarben. Er begann zu glauben, daß er die Intelligenz seiner Leserschaft gewaltig unterschätzt hatte.

»Ich habe daran gedacht, meine Schreibweise zu ändern. Mir geht ein tragischer Stoff durch den Sinn.«

»Großer Gott«, rief der pensionierte Brigadegeneral aus, den Ralph angeredet hatte, »das meinen Sie doch nicht im Ernst!«

Alle waren seiner Meinung.

Und noch etwas anderes sagten alle: »Warum lassen Sie sich nicht hier nieder?« oder: »Warum kaufen Sie sich nicht ein Haus und leben einen Teil des Jahres hier? Das ist die einzige Möglichkeit, die hohen Steuern zu umgehen.«

Im Klub hatte er Michael Casse getroffen, der in die Hauptstadt gekommen war, um die Landbank wegen eines Darlehens aufzusuchen.

»Meine Frau liebt Ihre Bücher abgöttisch«, sagte Michael. Er kicherte. Ralph war einen Augenblick unsicher, ob er es mit einem Kritiker zu tun hatte.

»Wir haben eine gemeinsame Freundin«, fuhr Michael fort, »oder besser gesagt, wir *hatten*. Daphne du Toit. Ich war auf ihrer Beerdigung.« Er kicherte wieder.

»Ich bin hierhergekommen, um ihr Grab zu besuchen«, entgegnete Ralph abwehrend. »Und um mit ihrem Onkel zu reden.«

»Haben Sie einen Wagen?« fragte Michael. »Wenn nicht, fahre ich Sie gern hin. Ich wohne in seiner Nähe.« Ralph erkannte, daß Michaels Kichern ein nervöser Tick war.

»Ich möchte mich eventuell in der Kolonie niederlassen – für sieben Monate im Jahr, wissen Sie«, vertraute er sich dem anderen an.

»In unsrer Nachbarschaft liegt 'ne ganz nette Klitsche«, sagte Michael. »Sie soll demnächst verkauft werden.«

Ralph war zwei Monate in der Kolonie, hatte das Land durchreist, alle interessanten Flecken gezeigt bekommen und die unterhaltsamen Leute kennengelernt, als er Michaels Einladung, auf seiner Farm zu wohnen, annahm.

»Schreiben Sie im Augenblick etwas?« fragte Michaels Frau.

»Nein, aber ich sammle Material.«

»Oh, dann wird es wohl etwas über die Kolonie werden?«

»Das ist schwer zu sagen.«

Er war nicht mehr so überzeugt wie zu Anfang, daß die Geschichte über Daphne großen Anklang finden würde. Er konnte sich nicht vorstellen, daß seine Leserschaft – besonders der Teil, den er gerade so nahe kennengelernt hatte – ein solches Thema schätzen würde.

Michael zeigte ihm die Farm, die zum Kauf angeboten war. Ralph sagte, daß er sie mit ziemlicher Sicherheit nehmen würde.

Sie fuhren Chakata besuchen, und Ralph sprach von Daphne. Chakata fragte: »Warum ist sie nicht für immer in England geblieben? Warum ist sie zurückgekommen?«

»Ich glaube, sie wollte es«, antwortete Michael und kicherte.

Chakata sprach von seinem Rheumatismus. Er humpelte auf die Veranda und rief nach Drinks. Als sie ihm folgten, bemerkte Ralph einen hochgewachsenen, hageren alten Mann, der in einer Ecke saß und vor sich hinmurmelte.

»Ist das Mr. Tuys?« fragte er Chakata. »Daphne hat mir von Mr. Tuys erzählt.«

»Schlechtes Jahr für Mais«, antwortete Chakata. »Ich werde nicht mehr lange leben.«

Michael fuhr Ralph zum Friedhof hinaus. Seine Frau hatte ihm vorgeschlagen: »Laß ihn auf dem Friedhof eine Weile allein. Ich glaube, er hat das Mädchen geliebt.« Michael respektierte die Feinfühligkeit seiner Frau. Er kicherte, erklärte Ralph, daß er noch ein paar Besorgungen im Ort zu erledigen habe, aber bald zurück sein würde, und führte ihn zum Grab.

»Sie bleiben doch nicht lange weg, nicht wahr?« fragte Ralph.

»O nein«, antwortete Michael.

»Hier scheint es eine Menge Moskitos zu geben. Ist das eine Malariazone?«

»O nein.« Er kicherte und ging.

Nachdem Ralph die Inschrift: ›Daphne du Toit, 1922-1950‹, gelesen hatte, wanderte er ein wenig umher. Ohne sonderliches Interesse musterte er die Grabsteine und bemerkte einen, der die

Inschrift: ›Donald Cloete‹ trug. Der Name kam ihm bekannt vor, aber er konnte sich nicht erinnern, in welchem Zusammenhang. Vielleicht war es jemand, von dem Daphne ihm erzählt hatte.

»Go'way, go'way.«

Das war der Vogel, der dort hinter Daphnes Grab saß. Sie hatte ihn oft erwähnt.

»Er ruft ›go'way, go'way‹.«

»Na und?« hatte er unwirsch erwidert, denn manchmal war sie ihm, wie in einer plötzlichen Offenbarung, wie die personifizierte Dummheit vorgekommen.

Häufig hatte sie ihm erzählt: »Dort gibt es einen Vogel, dessen Ruf wie ›go'way, go'way‹ klingt«, ohne diese Mitteilung mit irgendeinem besonderen Ereignis zu verbinden; sie hatte ihn ohne weiteres für daran interessiert gehalten, als sei er Ornithologe und nicht Schriftsteller.

»Go'way, go'way«, rief der Vogel hinter Daphnes Grab.

Während der nächsten sechs Wochen, in denen er seine Reise durch die ländlichen Gebiete der Kolonie beendete, hörte er den Vogel an jedem Tag irgendwann einmal. Er war froh, als seine Rückkehr in die Hauptstadt ihn von diesem Ruf befreite. Während er sich im Klub ausruhte, kam es ihm so vor, als hätte der Vogel nie existiert.

Bald darauf ging er mit dem Gouverneur eine Runde Golf spielen.

»Go'way. Go'way . . .«

Für die folgende Woche buchte er einen Platz für das Flugzeug nach England. Ganz zufällig traf er vorher Michael noch einmal im Williams Hotel wieder.

»Was diese Farm betrifft«, sagte Michael, »– jemand anders hat ein Angebot gemacht. Ich würde Ihnen empfehlen, möglichst rasch zum Abschluß zu kommen.«

»Ich will sie nicht mehr«, erwiderte Ralph. »Ich möchte nicht hierbleiben.«

Sie saßen auf der Veranda und tranken Highballs. Jenseits der Moskitonetze rief der Vogel.

»Können Sie diesen Go-Away Bird hören?« fragte Ralph.

Michael lauschte gehorsam.

»Nein, ich kann nicht behaupten, daß ich das kann.« Er kicherte, und Ralph hätte ihn am liebsten dafür geschlagen.

»Ich höre ihn, wo ich gehe und stehe«, sagte Ralph. »Ich mag seinen Ruf nicht. Deshalb gehe ich.«

»Großer Gott! Sie interessieren sich wohl sehr für die Vogelwelt, wie?«

»Nein, nicht besonders.«

»Ralph Mercer wird die Farm nicht kaufen«, erzählte Michael an jenem Abend seiner Frau.

»Ich dachte, es sei längst abgemacht.«

»Nein. Er fährt nach Hause und kommt nicht zurück. Er sagt, er mag die Vögel hier nicht.«

»Ich wäre froh, wenn du dir dieses Kichern abgewöhnen könntest, Michael. Was hast du gesagt, was mag er nicht?«

»Die Vögel.«

»*Vögel*? Ist er denn Ornithologe?«

»Nein; ich glaube, er ist katholisch.«

»Ein *Mann*, Liebling, der das Leben der Vögel studiert.«

»Oh! Hm, nein, an Vögeln ist er nicht besonders interessiert. So sagt er wenigstens.«

»Wie merkwürdig«, sagte sie.

Daisy Overend

Ich denke nur noch sehr selten an sie; doch manchmal, wenn ich zufällig an einem sonnigen Nachmittag durch die Clarges Street oder die Albemarle Street gehe, kommt sie mir wieder in den Sinn. Oder wenn ich zwischen ein paar Leuten stehe, die wie ich darauf warten, die Straße überqueren zu können, und ich höre, wie sich hinter meinem Rücken zwei Frauen lautstark begrüßen.

Wenn dann die eine »Liebste!« (oder »Bobbie!« oder »Entzückend!«) ruft und die andere antwortet: »Entzückend!« (oder »Billie!« oder »Bobbie!« oder »Liebste!«) – wenn ich diese Worte höre, mit einem bestimmten rollenden Zungenschlag gesprochen, wie er für die zwanziger Jahre kennzeichnend war, dann weiß ich, daß ich per Zufall die Welt von Daisy Overend, Bruton Street, W. 1, betreten habe.

Im Idealfall tragen diese ›Bobbies‹ und ›Liebsten‹ kurze Kleider, deren Säume wie Seetang um ihre Knie baumeln, deren Taillen leicht und lose ihre Hüften umtändeln, während Schultern und Mundwinkel im Herabhängen wetteifern. Aufrecht gehalten wird das Ganze im Idealfall von einem Paar glänzender Seidenstrümpfe in grellem Farbton, der unter dem Namen Pfirsich bekannt ist, wenngleich er dieser Frucht auch nicht im geringsten ähnelt.

Doch in Wirklichkeit kann man sie nur an ihren Stimmen erkennen. Die Stimme ruft Tage in Erinnerung, strahlend, jung und unwiederbringlich, aus denen es wie Echos aufklingt – *Billie!* . . . *Entzückend!* . . . *Himmlisch!* . . . *Göttlich!* – wie Wahlspruch und Wappenschmuck auf dem Briefpapier einer Familie, deren Silber längst versetzt und vergessen ist.

Daisy Overend – klein, befehlsgewohnt und schlagfertig – war für mich Auslese und Vollendung dieser Gattung, ohne dabei das männliche Exemplar der *Spezies Daisy Overend* mit Babygesicht, blauen Augen, schlechten Zähnen und Nerven außer acht zu lassen; denn wenn man Mrs. Overend kennengelernt hat, ist das so gut, als kenne man auch ihn: sowenig er ihr auch ähneln mag, so sehr gehört er doch zu ihrer Art.

Ich begegnete ihr in jenem herrlichen, erstaunlich schönen Sommer des Jahres 1947. Ein enger Rock umspannte ihre Hüften, ein winziges Käppchen klebte auf ihrem bronzegetönten Bubikopf, und das Haar umschloß ihren Schädel wie die halbe Schale eines Eis, dessen andere Hälfte ihr Gesicht bildete. Dieses Gesicht war nichtssagend. Ihre Augen galten als ausdrucksvoll; sie drückten Habgier in den verschiedensten Abstufungen aus und waren groß und wachsam. Mrs. Overend engagierte mich für drei Wochen, damit ich ihr bei der Arbeit für irgendeinen Ausschuß helfe. Wie Sie sehen werden, trennten wir uns nach drei Tagen.

Ich stellte bald fest, daß Literatur und Politik Daisys Hauptbeschäftigung am Tage und manchmal auch nachts bildeten. Sie schrieb regelmäßig eine Spalte für eine kleine politische Zeitschrift und gehörte sämtlichen literarischen Vereinigungen an. Daher interessierte sie auch mehr das Literarische an der Politik und das Politische an der Literatur, wodurch sie manchen Politiker aus dem Konzept brachte, der sie für eine Schriftstellerin hielt, und manchen Schriftsteller, der sie für eine Staatswissenschaftlerin hielt. Doch dieser Tätigkeitsbereich konnte sie nicht befriedigen, oder besser gesagt, berauschen.

Das soll nicht etwa heißen, daß sie trank. Ich sah sie Gerstentrank nippen, während die Gäste ihren Gin tranken. Aber Daisy hatte in ihrer Jugend mit einem Fürsten königlichen Geblüts Charleston getanzt, und während sie mir dies mehrmals mit sich überschlagender Stimmer versicherte, machte sie einen zunehmend alkoholisierten Eindruck.

»Das waren göttliche Zeiten«, schloß sie berauscht, »einfach hinreißend!« Und ich erkannte, daß diese Erinnerung sie regelrecht betrunken machte. Während sie sich normalerweise präzise und zielsicher bewegte, stieß sie dann beim Griff nach den Zigaretten die ganze Dose um. Literatur und Politik vermochten sie nicht in gleicher Weise zu erregen, obgleich sie vielen Ausschüssen angehörte. Zum Ausgleich hatte sie sich – das ist ihre eigene Formulierung – zwei Liebhaber angeschafft: den einen bezeichnete sie als Experten für Politik, den anderen als Dichter.

Der politische Experte, Lotti, war ein blonder Mitteleuropäer, der im Exil lebte. Die Haut seiner oberen Mundpartie spannte sich fest über den Oberkiefer; im Verein mit hohen Backenknochen sah Lotti dadurch aus, als hätte er sich einer kosmetischen Gesichtsoperation unterzogen. Dies war jedoch nicht der Fall; es handelte sich um einen natürlichen Defekt, der sein Lächeln wie Zähnefletschen erscheinen ließ. Er war vielleicht der Beste von allen, die ich bei Daisy Overend kennenlernte.

Lotti kannte die Namen aller Mitglieder eines jeden westlichen Kabinetts, das seit dem Vertrag von Versailles regiert hatte. Für Daisys monatliche Spalte war das natürlich unbezahlbar. Lotti sprach nie anders als voller Verachtung über diese Leute. Er war Mitglied von drei Schattenkabinetts.

An jenem Sonntag, der übrigens mein letzter Tag bei Daisy sein sollte, legte sie ihr Leihbuch aus der Hand und sagte zu Lotti: »Cronin langweilt mich.«

Lotti, dem alle Staatsmänner nicht mehr bedeuteten als die Asche, die er soeben auf den Fußboden schnippte, sah sie wie aus den Wolken gefallen an.

»Daisy, mein Mädchen, übergeschnappt?«

»Ein Cronin!« fuhr er fort und warf mir einen ganzen Armvoll Luft zu, wie um das volle Ausmaß seines Spotts zu verdeutlichen. »Sie langweilt sich bei einem Cronin.«

In diesem Moment erinnerte mich Daisys etwas ärgerliches, verständnisloses Aussehen daran, wie ihr anderer Liebhaber, der Dichter Tom Pfeffer, vor zwei Tagen den gleichen Ausdruck in ihrem Gesicht hervorgerufen hatte. Als sie, wie es ihre Gewohnheit war, atemlos in die Wohnung gestürzt kam, sagte sie: »Merkwürdige Dinge passieren in diesem Haus!«

Tom, der gerade ›Die Aufzeichnungen des Malte Laurids Brigge‹ las, blickte auf.

»Nichts geschieht hier in diesem Haus«, versicherte er ihr.

Tom Pfeffer ist inzwischen gestorben. Mrs. Overend erzählte mir die Geschichte, wie sie ihn vor dem Wahnsinn rettete, und ich glaube, Tom war davon überzeugt. Es stimmt jedenfalls, daß sie seine Einlieferung zur Behandlung in eine Nervenklinik verhütete.

Einmal geschah es, daß Tom an einem Herbstmorgen eine Fahrkarte nach Burton-on-Trent haben wollte, um einen Freund zu besuchen; und dieser Besuch war ihm wichtiger als ein Zimmer in Mrs. Overends Wohnung und regelmäßige Mahlzeiten. In Toms eigenem Interesse verweigerte sie ihm diesen Wunsch und löschte die letzten Spuren von Rebellion aus, indem sie Lotti vor seinen Augen sechs Pfundnoten gab, frisch von der Bank.

So eifersüchtig Tom Pfeffer auf Lotti war, so gleichgültig war diesem Tom Pfeffer. An diesem letzten Tag jedoch, den ich bei Mrs. Overend verbrachte, verhielt er sich gänzlich ruhig, wenn über sein Gesicht auch ab und zu eine Andeutung jenes scheußlichen neurotischen Zuckens huschte, das ihn vor seinem Tod in völliger geistiger Umnachtung so furchtbar entstellen sollte.

Daisy bereitete eine Party vor – der Grund für meine Anwesenheit an einem Sonntag – und wartete auf ihre für fünf Uhr bestellte Sekretärin Fräulein Rilke, eine Heimatvertriebene vom Festland, die sie billig bekommen hatte. Wenn jemand Daisy fragte: »Ist sie mit dem Dichter Rilke verwandt?« antwortete Daisy, beinahe entrüstet, daß man das bezweifeln konnte: »Also *das* sollte man wohl annehmen dürfen!«

»Sei'n Sie ein Engel«, sagte Daisy zu Fräulein Rilke, als sie eintrat, »laufen Sie hinunter ins Café und holen Sie mir zwei

Schachteln zu zwanzig Stück. Regnet es immer noch? Einfach unmöglich, dieses Wetter! Nehmen Sie meine Musspritze.«

»Musspritze?«

»*Regenschirm, Regenschirm, Regenschirm!*« rief Daisy gereizt, im Takt mit dem Zeigefinger darauf deutend.

Wie ein Pingpongball schoß ein Blick zwischen Fräulein Rilkes und Lottis Augen hin und zurück. Sie nahm den Regenschirm und ging.

»Was soll dieser Blick?« fragte Daisy sofort Lotti.

»Wieso?« fragte Tom Pfeffer und blickte von seinem Buch auf, da er sich angeredet glaubte.

»Du bist nicht gemeint«, sagte Daisy.

»Meinen Sie vielleicht mich?« fragte ich.

»Nein«, erwiderte sie und gab Ruhe.

Fräulein Rilke kam zurück und berichtete, daß man Mrs. Overend im Café keinen Kredit mehr geben wolle.

»Das ist das Ende«, verkündete Daisy, während sie ihr Portemonnaie ausschüttete. »Sagen Sie ihnen, daß ich außer mir bin.«

»Ja«, antwortete Fräulein Rilke, Lotti dabei ansehend.

»Was soll dieser Blick?« verlangte Daisy von ihr zu wissen.

»Welcher Blick?«

»Haben Sie genügend Geld?« fragte Daisy.

»Ja.«

»Dann gehn Sie doch.«

Als sie gegangen war, sagte Daisy: »Ich glaube, sie ist ein bißchen meschugge nach ihren fürchterlichen Erlebnissen.«

Niemand antwortete.

»Meinst du nicht auch?« fragte sie Lotti.

»Schon möglich«, erwiderte der.

Tom sah plötzlich von seinem Buch auf. »Sie ist bekloppt«, sprudelte es aus ihm heraus, »die dumme Gans ist bekloppt.«

Sobald Fräulein Rilke zurückgekommen war, begann Daisy Anweisungen zu geben und uns hin und her zu schicken. Ihre Papiere und Zeitungen, die jede ebene Fläche im Zimmer bedeckten, mußten vor Beginn der Party in mehreren Stößen in ihr Schlafzimmer geschafft werden.

Das Wohnzimmer war in einem Stil eingerichtet, der auf manche Weise den Sitzungsraum im Institut für zeitgenössische Kunst vorwegnahm. Mrs. Overend hatte kürzlich ihre schwarz und orange gestreiften Diwans, Kissen und Sofas abgestoßen. An deren Stelle befanden sich merkwürdig geformte Steinplatten, Polygone und dreibeinige Manifestationen von Daisy Overends Persönlichkeit, in El Grecos schwefligen Farben. Wie Daisy immer wieder betonte, gab es nicht zwei Stücke, die irgendwie einander glichen, und ein jedes stellte eine zeitgenössische Version einer Gebrauchsform dar.

Bei ihrem Versuch, ein zeitgenössisches Interieur zu schaffen, war sie meinem Gefühl nach erfolgreich gewesen, und sein modischer Charme blendete mich regelrecht. »Ein seltenes altes Stück jener Zeit«, mochte eines Tages ein noch ungeborener Antiquitätenhändler von Daisys zitronengelbem Sessel oder von ihrem blauen, mit Glas abgedeckten Telephontisch versichern, während er im nächsten Augenblick irgendwo anders hindeuten und fortfahren würde: »Ein echter messingner Wandleuchter, neunzehntes Jahrhundert . . .« Doch ich träumte, während Daisy arbeitete, Gegenstände umherrückte und den feinen Staub, der sich überall abgelagert hatte, fortblies. Sie lief und trippelte in dem hübschen Puzzlespiel ihrer Möbel hin und her und räumte groß auf unter ihren Briefen, Rechnungen, Broschüren und all den Dingen, die auf etwas Vergangenes oder Zukünftiges hindeuteten. Nur eine Ausnahme machte sie: es handelte sich um eine Photographie, auf der Daisy Overend, hochmütig und im vollen Schmuck ihres Debütantinnenkleides, über dem zeitgenössischen Hellgrau eines Konzertflügels thronte.

Dann und wann blieb Daisy, die jetzt Gläser und Teller im Raum verteilte, unvermittelt stehen und musterte die Wirkung ihres Werkes; auf dieses Zeichen hin blieben wir andern alle ebenfalls stehen und taten dasselbe. Dabei erkannte ich unwillkürlich, wie unauffällig und gelungen Daisy die Leute zu bewegen vermochte, sich in allem ihr anzupassen. Ich entdeckte aber auch, daß der Raum unter Hochspannung stand, die sich jeden Augenblick in einer Szene entladen konnte.

»Ich habe die Zeitungen auf Ihr Bett gelegt«, rief Fräulein Rilke aus dem Schlafzimmer.

»Hat *sie* etwas gesagt?« fragte Daisy, als ob Fräulein Rilkes Meinung keinen Pfifferling wert sei.

»Ja«, rief Fräulein Rilke laut.

»Die Zeitungen sollen nicht auf mein Bett«, antwortete Daisy, die sie schon das erste Mal verstanden hatte.

»Sie hat den Verstand verloren, meine Liebe«, sagte der Dichter zu seiner Gebieterin, »deine Zeitungen auf dein Bett zu legen!«

»Gehen Sie nachsehen, was sie macht«, forderte Daisy mich auf.

Ich fand Fräulein Rilke dabei, die Zeitungen vom Bett auf den Fußboden zu schichten. Das Rosa von Daisys Schlafzimmer beeindruckte mich. Woher um alles in der Welt hatte sie nur die Vorliebe für Rosa? Der Raum war weder im modischen Stil gehalten, noch erinnerte er an Daisys große Zeit, die zwanziger Jahre. Der nierenförmige Ankleidetisch war mit Tüll besetzt, einem traurig zugerichteten Stoff voll alter Cold-Cream-Flekken, Brandstellen von Zigaretten und Rissen, die scharfkantige Gegenstände ihm schon vor langer Zeit zugefügt haben mochten. In den Falten war hier und dort der ursprüngliche Ton erhalten geblieben, und dieses sehr lebhafte Rosa erinnerte mich an eine Farbe, der ich schon früher begegnet war: bei den Frauen der malaiischen Kolonie von Kapstadt, die dieses Rosa sehr liebten und viel trugen.

Nein, dies war kein Schlafzimmer der zwanziger Jahre; es gehörte gewiß dem ersten Jahrzehnt des Jahrhunderts an: ein charakteristisches Schlafzimmer für die Zeit Edwards VII. Doch selbst dann, selbst dann war es kaum ein Zimmer, das Daisy geerbt haben konnte, da weder ihre Mutter noch ihre Großmutter in jener beschwingten Zeit den Höhepunkt ihres Daseins erlebt haben konnten. Nein, es war Daisys eigener, auf unverständliche Art anspruchsvoller, zielsicherer Instinkt, der diesem Zimmer das volantbesetzte Bett, die Falbeln an den Vorhängen, die traurigen seidenen Rosen auf dem Kaminsims und die ausgefransten Puderquasten beschert hatte. Und alles in Rosa, alles in Rosa! Daisys Geschmack in Schlafzimmerfragen konnte ich jedenfalls nicht enträtseln, weder damals noch zu irgendeinem späteren Zeitpunkt. Denn wann immer ich eine passende Zeit oder einen passenden Ort für sie gefunden zu haben glaube, fehlen mir dafür die Beweise. Obgleich ein Gewächs der zwanziger Jahre, hat sie doch auch dieses überlebte Schlafzimmer verbrochen. In mancher Hinsicht ein nachgebliebenes Glied der alten begüterten, nicht zum Arbeiten genötigten Klasse, ist sie auch die Schöpferin dieses rosa Zimmers.

Den Rest des Abends widmete ich, wie ich leider gestehen muß, der Zerstörung von Daisys Party und der Sabotage des Zwecks, zu welchem sie ihre Gäste geladen hatte.

Ihre Einladung diente dem üblichen Zweck. Sie hatte sich einer neuen internationalen Vereinigung angeschlossen und wollte nun in den Ausschuß aufgenommen werden. Mehrere Parlamentsmitglieder, der Direktor einer Mineralwasserfabrik, ein Graf im Range eines Brigadegenerals, ein pensionierter Admiral, ein paar Hausfrauen und einige Journalistinnen wurden erwartet. Außerdem hatte sie ein paar ihrer alten Freunde gebeten, die zu allen ihren Parties herzitiert wurden und die sie ihre ›Stammbesetzung‹ nannte; sie waren die Statisten oder der Chor in Daisys sozialem Drama. Ein Mr. Jamieson, der nicht eingeladen war, spielte als Vorsitzender des Ausschusses eine unsichtbare Gastrolle. Er wollte Mrs. Overend nicht in seinem Ausschuß sehen. Wir waren daher zusammengerufen – obgleich nur wenige es errieten –, um einen Feldzug zur Amtsenthebung dieses Mr. Jamieson zu eröffnen, dessen Kollegen und Bekannte gerade einzutreffen begannen.

Eine Flügeltür trennte das Wohnzimmer von einem Vorraum, der direkt auf den Hausflur hinausführte. Dieser Raum, in dem kalte Platten angerichtet waren, wurde meiner Obhut anvertraut. Hier hatte Daisy beim Umkleiden für die Party ihre Strümpfe gewechselt. Es gehörte zu ihrer Gewohnheit, beim Ankleiden ruhelos von Zimmer zu Zimmer durch die ganze Wohnung zu ziehen. Fräulein Rilke hätte anschließend die Räumlichkeiten inspizieren und die abgelegten Kleidungsstücke, den Kamm und den Lippenstift an den verschiedenen Stationen von Daisys Tour aufsammeln sollen; doch die Sekretärin hatte ein Paar schwarze, ein Vierteljahrhundert alte Satinstrumpfbänder, deren jedes eine sehr große, schmierige und in Auflösung begriffene rosa Rosette trug, auf dem Tisch in der Mitte des Vorraumes übersehen.

Kurz bevor die ersten Gäste eintrafen, sah Daisy Overend ihre Strumpfbänder dort liegen.

»Legen Sie die fort«, befahl sie Fräulein Rilke.

Der Admiral kam als erster. Ich öffnete die Tür, während Daisy und Lotti im Wohnzimmer rasch und geübt eine lebhafte Unterhaltung begannen, in die der Admiral ganz zwanglos hineingezogen werden sollte. Hinter dem Admiral tauchte ein Parlamentsmitglied auf. Da beide nicht zu Daisys ›Stammbesetzung‹ gehörten, kannten sie die Wohnung noch nicht.

»Bitte, treten Sie näher«, forderte Fräulein Rilke sie von der Flügeltür aus auf.

»Hier herein«, rief Tom Pfeffer aus dem Wohnzimmer.

Die beiden Gäste starrten auf den Tisch. Daisys Strumpfbänder lagen noch dort. Der Admiral war, wie ich sehen konnte, verwirrt. Da er Daisy nicht näher kannte, hielt er sie zweifellos für exzentrisch. Er versuchte zu lächeln. Der Politiker brauchte etwas länger, um sich für eine Haltung zu entscheiden. Er mußte zu dem Schluß gekommen sein, daß die Strumpfbänder nicht Daisy gehörten, denn ich sah, wie er mich neugierig zu mustern begann.

»Mir gehören sie nicht«, sagte ich rasch, »diese Strumpfbänder dort.«

»Wem gehören sie?« fragte der Admiral und trat näher.

»Die Strumpfbänder gehören Mrs. Overend«, antwortete ich, »sie hat in diesem Zimmer ihre Strümpfe gewechselt.«

Die Strumpfbänder waren eigentlich nie recht zweckdienlich gewesen; selbst jetzt, mit der Hilfe von Sicherheitsnadeln, hielten sie weniger Daisys Strümpfe als ihre Stimmung hoch, denn sie liebte diese Strumpfbänder. Sie waren historisch in dem Sinne, daß sie meines Erachtens zu Anfang lediglich leicht frivol ausgesehen hatten. Nach fünf Jahren waren sie dann in ihre interessanteste, ihre altmodische, ihre schlüpfrige Epoche eingetreten. Noch ein Weilchen später, und die Rosetten hatten auszufransen begonnen: der Abstieg. Und jetzt betrachtete Daisy sie mit dem Pharisäertum der Leute, denen alles auf sich Bezogene rein erscheint, nicht als wegschmeißreifen Plunder, sondern als Teil ihrer selbst, wie sie später mir zu erklären Grund finden sollte.

Der Admiral stolzierte bedächtig ins Wohnzimmer, das Parlamentsmitglied aber blieb und betrachtete, ein Auge auf den Strumpfbändern, ein Bild an der Wand. Ich muß gestehen, daß ich in Versuchung war, sie irgendwo zu verstecken. Immer mehr Leute erschienen, und die Strumpfbänder gaben ihnen allerlei zu denken. Schon aus diesem Grunde war es vielleicht ungastlich, sie so allgemein sichtbar auf dem Tisch liegen zu lassen.

Ich widerstand der Versuchung. Fräulein Rilke war plötzlich sehr aufgeregt. Sie flog förmlich, jedem neuen Gast die Tür zu öffnen und rief, meinen Tonfall nachahmend: »Bitte entschuldigen Sie die Strumpfbänder. Sie gehören Mrs. Overend, die in diesem Zimmer ihre Strümpfe gewechselt hat.«

Daisy, Daisy Overend! Ich hoffe, du hast mich vergessen.

Die Party entglitt der Regie. Lotti blieb nicht lange in dem relativ ruhigen Wohnzimmer, sondern gesellte sich bald zu den im Vorraum versammelten alten Bekannten von Daisy. Diese ehemaligen Anhänger des Jugendideals, die in Gruppen zu zweien und dreien eintrafen, hörten mit größter Freude Fräulein Rilkes kleine Ansprache.

»Bitte entschuldigen Sie den Anblick dieser Strumpfbänder. Sie gehören Mrs. Overend, die . . .«

Doch niemand fand größeres Vergnügen an der Sache als Lotti.

Es dauerte einige Minuten, ehe Daisy im Wohnzimmer, wo sie den Unwillen einer Journalistin gegen Mr. Jamieson schürte, den Aufstand im Vorzimmer hörte. Inzwischen hatten die Leute bereits mit den Gläsern angestoßen, faßten sich bei den Händen und tanzten um Lotti herum, der die Strumpfbänder mit einer Zuckerzange hochhielt. Tom Pfeffer vergaß sich so weit, daß er sich vor Lachen auf einem Sofa wälzte.

Ich sehe Daisy heute noch vor mir, wie sie in ihrem schwarzen Gesellschaftskleid, einer eingewickelten unterernährten Tulpe gleich, in der Flügeltür stand. Hinter ihr drängten sich ihre neuen Freunde, leicht befremdet, jedoch offensichtlich bereit, sich jedem Scherz anzuschließen, worum auch immer er sich drehen mochte. Vor Daisy aber paradierten ihre alten Freunde, von Lotti angeführt, in einem primitiven Schottentanz. Mit einer Hand hielt Lotti die Zuckerzange mit den Strumpfbändern hoch, während er mit Daumen und Zeigefinger der anderen sein Hosenbein am Knie anlüftete, als wäre es ein Rock.

»*Ai, Ai, Ai*«, sang Lotti, »Daisys schmierige Strumpfbänder . . .«

»*Ai, Ai, Ai!*« antwortete der Chor, während Fräulein Rilke wohlwollend zuschaute und in der einen Hand Lottis, in der anderen ihr eigenes Glas hielt.

Ich sehe Daisy heute noch vor mir, wie sie kochend vor Wut, doch nicht ohne einen gewissen Charme, in der Tür stand. Während Lachen wie sich überschlagende Wogen aus ihrem Mund sprudelte, fanden ihre Augen mich, und kalter Zorn in ihrem Blick traf mich wie ein sengendes Geschoß. Volle drei Minuten lang lachte Daisys Mund.

Ich halte mich selten im Westen Londons auf. Doch gelegentlich muß ich über das in die Piccadilly mündende Ende der Albemarle

Street eilen, wo die Busse wie gewaltige, majestätische Papageien vorbeirauschen, hektischer und mit mehr Getöse als die Gardekavallerie. Die Geschäfte liegen links von mir, während zu meiner Rechten der Green Park unter der flimmernden Sommerhitze döst. In diesen Augenblicken beginnt Daisy Overend in meinen Gedanken wieder Gestalt anzunehmen, klein, charmant, giftig und stets nach dem letzten Schrei gekleidet.

Am Morgen nach der Party sandte sie mir durch Boten eine kurze Mitteilung: ich brauche nicht mehr zu kommen; beiliegend ein Scheck; die Strumpfbänder seien ein Teil ihrer selbst, und ich würde wohl ihre Gefühle verstehen können.

Der Scheck war ungedeckt. Ich ging der Sache nicht nach, und den wirklichen Namen von Daisy Overend habe ich tatsächlich vergessen. Er ist mir entfallen, doch vor den Schranken des Jüngsten Gerichts werde ich mich an ihn erinnern.

Sie hätten den Schmutz sehen sollen!

Heute bin ich mehr als froh, daß ich vor fünf Jahren die Aufnahmeprüfung für die Oberschule nicht bestanden habe, wenn ich auch damals sehr enttäuscht war. In meiner Muttersprache hatte ich immer gute Zensuren – doch wenn ich an die anderen Fächer denke!!

Ich bin froh, daß ich in die Realabteilung der neuen Mittelschule ging, denn die war erst im Jahr zuvor erbaut worden. Daher war sie auch viel hygienischer als die Oberschule. Die neue Mittelschule war licht und luftig, und die Wände waren mit einer hellen, abwaschbaren Farbe gestrichen. Eines Tages wurde ich mit einem Zettel für einen Lehrer der Oberschule hinübergeschickt – Sie hätten den Schmutz sehen sollen! Die Korridore waren dreckig, und auf den Fensterbänken, aus denen Stücke ausgeschlagen waren, lag dicker Staub. Ich sah in eines der Klassenzimmer. Es war sehr unordentlich da drin.

Ich bin auch froh, daß ich nicht die Oberschule besucht habe, weil sie keinen guten Einfluß auf die Menschen auszuüben scheint. Diese Bemerkung mag einem im ersten Moment merkwürdig vorkommen. Es ist schon etwas wert, eine gute Schulbildung genossen zu haben, und ich verteidige keineswegs die Unwissenheit, aber seitdem ich in die Welt hinausgegangen bin, habe ich so gewisse Erfahrungen mit den gebildeten Leuten gemacht.

Ich bin siebzehn Jahre alt und habe die Schule vor zwei Jahren und einem Monat verlassen. Weil ich in Maschinenschreiben eine Eins hatte, bekam ich meine erste Stelle als Lehrmädchen in einem Rechtsanwaltsbüro. Mama freute sich sehr darüber, und Papa sagte, das sei ein erstklassiger Start für mich, da es sich um eine alte und angesehene Firma handle. Ich muß allerdings sagen, daß ich ziemlich überrascht war, als ich mich vorstellen ging und die Fensterscheiben sah, und auch die Treppe zum Büro war alles andere als sauber. In dem kleinen Vorzimmer fehlten ein paar Heizstäbe im Gaskamin, und der Teppich auf dem Fußboden war abgetreten. Aber Mr. Heygates Büro, in das man mich zu der Unterredung führte, sah anständiger aus. Die Möbel waren alt, aber wenigstens blankpoliert, und auf dem Boden lag immerhin ein guter Teppich. Die Scheiben des Bücherschrankes waren sehr sauber.

Am Montag sollte ich anfangen, also ging ich hin. Man steckte mich in das Schreibzimmer, wo noch zwei ältere Stenotypistinnen und ein Bürovorsteher saßen. Mr. Gresham, der Bürovorsteher, war alles andere als eine gepflegte Erscheinung. Und den Schmutz hätten Sie sehen sollen!! Ein Fußbodenbelag existierte überhaupt nicht, und überall lag so viel Staub. Rundherum an den Wänden standen Regale, in denen sich alte Ablagekästen befanden. Die Ablagekästen fielen bereits auseinander, und all die alten Papiere und Aktenstücke darin waren zerknittert. Den schlimmsten Schock aber versetzten mir die Teetassen. Es gehörte zu meinen Pflichten, jeden Vormittag und Nachmittag Tee zu bereiten. Miss Bewlay zeigte mir, wo alles aufbewahrt wurde. Das Geschirr steckte in einer alten Apfelsinenkiste, und die Tassen waren alle gesprungen. Außerdem gab es nicht genug Untertassen und so weiter. Gewisse Örtlichkeiten will ich gar nicht erst beschreiben, aber sie waren auch alles andere als hygienisch. Nach drei Tagen erzählte ich Mama von meinem Arbeitsplatz, und sie war sehr entsetzt, am meisten aber über die gesprungenen Tassen. Wir behalten nie eine gesprungene Tasse, sondern werfen sie weg, weil in diesen Sprüngen Bakterien nisten können. Deshalb gab Mama mir eine eigene Tasse, die ich ins Büro mitnehmen sollte.

Als ich am Ende der Woche meinen Lohn erhielt, fragte mich Mr. Heygate: »Na, Lorna, was werden Sie mit Ihrem ersten selbstverdienten Geld anfangen?« Mir gefiel diese Frage überhaupt nicht, und beinahe hätte ich eine entsprechende Bemerkung gemacht, aber ich antwortete bloß: »Das weiß ich noch nicht.« Er fragte: »Was machen Sie denn so am Abend, Lorna? Sitzen Sie da vor dem Flimmerkasten?« Ich betrachtete das als eine Beleidigung, denn wir nennen unser Fernsehgerät TV, und seine Frage stellte mich als ungebildet hin. Ich stand da und antwortete nicht, und er sah mich erstaunt an. Am nächsten Tag, Sonnabend, erzählte ich Mama und Papa von den gewissen Örtlichkeiten, und wir beschlossen, daß ich nicht wieder zu dieser Arbeitsstelle gehen sollte. Außerdem waren die Maschinentische im Schreibzimmer baufällig und wacklig. Papa war entrüstet, weil es sich um eine gutgehende Firma handelte und weil Mr. Heygate einen akademischen Titel besaß.

Jedermann bewundert unsere Wohnung, denn Mama hält sie blitzsauber, und Papa arbeitet dauernd daran herum. Er hat sie völlig renoviert, und die Stadtverwaltung hat ihm die Erlaubnis erteilt, die Küche zu modernisieren. Ich erinnere mich noch gut daran, wie der Beamte vom Gesundheitsamt bei seinem Besuch zu Mama sagte: »Sie könnten von Ihrem Fußboden essen, Mrs. Merrifield.« Das stimmt: man kann unbesorgt sein Brot von Mamas Fußböden essen, und ob bei Tag oder Nacht, jeder Winkel glänzt nur so vor Sauberkeit.

Wegen meiner guten Noten in Englisch wurde ich vom Arbeitsamt als nächstes zu einem Verleger geschickt. Ein Blick genügte!! Meine nächste Vorstellung war ein Erfolg, und ich arbeite heute noch im Büro der chemischen Fabrik Low. Es ist ein moderner Bau, und am Vor- und Nachmittag haben wir je eine viertelstündige Pause. Mr. Marwood sieht immer sehr gepflegt aus. Er drückt sich stets gewählt aus, obwohl er keine Universitätsbildung genossen hat. Jeder Arbeitstisch hat seine eigene Deckenbeleuchtung, und die Schreibmaschinen sind die neusten Modelle.

Bei Low bin ich also glücklich. Aber im letzten Jahr habe ich andere, sogenannte gebildete Leute kennengelernt, und das hat mir die Augen geöffnet. Es fing damit an, daß ich zu unserem

Hausarzt in die Wohnung gehen mußte, als die Epidemie herrschte, um für meinen kleinen Bruder Trevor ein Rezept zu holen. Ich klingelte, und Mrs. Darby öffnete mir die Tür. Sie war klein und hatte blondes, aber zu langes Haar und trug ein grünes Umstandskleid. Sie war sehr nett zu mir. Ich mußte in ihrem Wohnzimmer warten, doch Sie hätten sehen sollen, in was für einem Zustand es sich befand! Auf dem Teppich lag zerbrochenes Spielzeug, und die Aschbecher waren alle randvoll. An den Wänden hingen moderne Bilder, aber die Möbel waren nicht modern, sondern altmodisch, und die Bezüge hätten wohl die dringend notwendige Reinigung nicht mehr überlebt. Doch, um es kurz zu machen: Dr. Darby und Mrs. Darby sind immer sehr nett zu mir gewesen und haben immer nur das Beste gewollt. Dr. Darby ist auch klein und blond, und sie haben drei Kinder: einen Jungen und ein Mädchen, und vor kurzem ist noch ein zweiter Junge geboren worden.

Als ich an jenem Tag das Rezept holen ging, sagte Dr. Darby zu mir: »Du siehst blaß aus, Lorna. Das macht die Londoner Luft. Komm am Sonntag mit uns im Wagen zum Picknick.« Nach diesem Tag ging ich immer öfter zu den Darbys. Ich mochte sie gern, und das war eine Überraschung für mich, denn die Unordnung und der Schmutz gefielen mir gar nicht. Aber ich hielt die Bekanntschaft auch deshalb weiter aufrecht, weil ich bei ihnen Leute kennenlernen konnte, und Mama und Papa waren froh, daß ich so nette Freunde gewonnen hatte. Daher erzählte ich ihnen auch nichts von den Rissen im Linoleum und von der abgeplatzten Farbe. Für die Kinder eines Arztes waren die Kinder sehr schäbig angezogen, denn wenn sie aus der Schule kamen, zog ihre Mutter ihnen immer sofort die Schulkleider aus und steckte sie in die alten, abgetragenen Sachen. Mama zog uns immer blitzsauber an, wenn wir zum Spielen hinausgingen, und ich mag es gar nicht sagen, aber die Kinder der Darbys sahen immer so aus wie die von den Learys, die von der Stadtverwaltung aus unserem Block ausgewiesen wurden, weil sie die Wohnung verkommen ließen.

Als ich eines Tages wieder bei ihnen war, steckte Mavis (wie ich Mrs. Darby inzwischen nannte) den Kopf aus dem Fenster und schrie den Jungen an: »John, hör sofort auf, über die Kohlköpfe zu pinkeln! Piß doch auf den Rasen!« Ich wußte nicht, wo ich hinsehen sollte. Mama würde so ein Wort nie aus dem Fenster rufen, und ich weiß ganz genau, daß Trevor draußen niemals Wasser lassen würde, nicht einmal beim Baden im Meer.

Gewöhnlich ging ich an den Wochenenden hin, manchmal aber auch wochentags nach dem Abendessen. Sie hatten sich in den Kopf gesetzt, mich mit einem Apothekergehilfen zu verheiraten, den sie ebenfalls in ihren engeren Bekanntenkreis aufgenommen hatten. Er war elternlos aufgewachsen, aber damit will ich keineswegs sagen, daß ich daran etwas Schlimmes finde. Doch er hatte nie die kleinen Annehmlichkeiten des Lebens kennengelernt, an die ich gewöhnt war. Er sah gut aus, das muß ich zugeben, und daher ging ich einmal mit ihm tanzen und zweimal ins Kino. Wenn man ihn so ansah, machte er einen ganz sauberen Eindruck. Aber dort, wo er wohnte, gab es nur am Wochenende heißes Wasser, und er meinte, daß ein Bad pro Woche ausreichend sei. Jim (so nannte ich inzwischen Dr. Darby) war derselben Meinung, und das überraschte mich. Er hatte nicht viel Geld, aber auch das spricht in meinen Augen nicht gegen ihn. Doch ich brauchte mich nicht zu beeilen und konnte gut auf einen Mann in einer besseren Stellung warten, bei dem ich nicht auf meine kleinen Annehmlichkeiten zu verzichten brauchte. So begann ich mit einem Mädchen aus der Espressobar auszugehen und besuchte die Darbys nicht mehr so oft.

An meiner Arbeitsstelle gab es viele junge Männer, aber zugunsten der Darbys muß ich doch anführen, daß bei ihnen stets eine Menge Freunde aus und ein gingen und interessanten Gesprächsstoff mitbrachten, wenn ihre Reden mich auch manchmal überraschten und ich nicht wußte, wo ich hinsehen sollte. Und manchmal kamen auch Leute zu ihnen, die völlig heruntergekommen waren, obwohl das meiner Meinung nach nicht nötig ist. Aber die meisten ihrer Gäste waren doch anders, so daß ich bei einem Vergleich mit den jungen Männern an meiner Arbeitsstelle feststellen mußte, daß die nicht so gebildete Unterhaltungen führen konnten.

Mavis mußte nun bald ihr Baby bekommen, und ich hatte mich bereit erklärt, an den Wochenenden zu kommen und ein bißchen auf die Kinder zu achten, während ihr Hausmädchen seinen freien Tag hatte. Mavis ging nicht in die Klinik, um ihr Kind zur Welt zu bringen, sondern wollte es zu Hause in ihrem Doppelbett bekommen; sie besaßen nämlich keine Einzelbetten, obwohl er doch Arzt war. Ich kannte ein Mädchen aus unserem Block, das ihr Verlobter sitzengelassen hatte, doch auch sie bekam ihr Baby in der Klinik. Ich war davon überzeugt, daß das Schlafzimmer nicht hygienisch genug war, ein Baby zur Welt zu bringen, aber ich sagte nichts.

Eines Tages, der Junge war inzwischen geboren, nahmen sie mich im Wagen mit aufs Land, Jims Mutter besuchen. Das Baby wurde in einem Tragbettchen auf den Rücksitz gelegt. Es begann zu schreien, und Jim – ich sage die reine Wahrheit – rief über die Schulter zu ihm hin: »Ach, halt doch die Klappe, du kleines Mistvieh!« Ich wußte nicht, was ich tun sollte, und Mavis rauchte eine Zigarette. Papa hätte nicht im Traum daran gedacht, so etwas zu Trevor oder mir zu sagen. Als wir bei Jims Mutter angelangt waren, sagte Jim. »Lorna, das ist ein Landhaus aus dem vierzehnten Jahrhundert.« Ich hätte es auch so geglaubt. Es war alt und rissig, und man konnte sich nur wundern, wie Jim, der doch sonst zu allen Leuten so gut war, es fertigbrachte, seine alte Mutter in diesem baufälligen Kasten wohnen zu lassen. Mavis klopfte an die Tür, und die alte Dame machte uns auf. Innen war auch nicht mehr viel zu machen. »Ist es nicht bezaubernd, Lorna?« fragte Mavis. Wenn das ein Scherz sein sollte, ging er wirklich zu weit. Ich fragte daher die alte Mrs. Darby: »Bekommen Sie bald eine neue Wohnung zugewiesen?« Aber sie verstand meine Frage nicht, und ich erklärte ihr, daß man einen Antrag bei der Verwaltung stellen mußte und keine Ruhe geben durfte. Es war sonderbar, daß die

Verwaltung nicht schon längst etwas veranlaßt hatte, wo sie doch dauernd alles inspizieren und kritisieren. Schließlich sagte die alte Mrs. Darby: »Mein liebes Kind, wenn ich sterbe, wird man mir früh genug eine neue Wohnung zuweisen.« Ich wußte nicht, wo ich hinsehen sollte.

An einer Wand hing ein Teppich, der wahrscheinlich eine feuchte Stelle verbergen sollte. Sie hatte ein gutes Fernsehgerät, das muß ich zugeben; aber einige Wände bestanden aus nackten Ziegelsteinen, und der gewisse Ort befand sich draußen im Garten. Die Möbel waren alles andere als neu.

An einem Sonnabendnachmittag, als ich zufällig die Darbys besuchte, wollten sie sich gerade einen Film ansehen gehen und nahmen mich mit. Es war das Curzon-Kino, und anschließend gingen wir in eine Wohnung in der Curzon Street. Der ganze Block machte einen sehr sauberen Eindruck, das muß ich schon sagen, und im Hauseingang lagen sehr anständige Läufer. Das Ehepaar dort hatte moderne Möbel, und sie sprachen auch über Musik. Es war alles sehr hübsch, aber im ganzen Block gab es keinen von der Sozialbehörde unterhaltenen Gemeinschaftsraum, wo die Leute gesellschaftlichen Verkehr miteinander pflegen und sich Rat und Unterstützung holen konnten. Aber sie waren sehr freundlich, und ich traf bei ihnen Willy Morley, einen Künstler. Willy setzte sich neben mich, und wir nahmen zusammen einen Drink. Er war jung und dunkelhaarig und trug ein schwarzes Hemd, so daß man nicht ohne weiteres sehen konnte, ob er sauber war. Wenig später sagte Jim zu mir: »Willy möchte dich malen, Lorna. Aber frag lieber erst deine Mama.« Mama sagte, es sei in Ordnung, wenn er ein Freund der Darbys wäre.

Ich kann mit gutem Gewissen sagen, daß Willys Wohnung der unhygienischste Ort war, den ich je in meinem Leben gesehen habe. Er sagte, daß meine Schönheit einen ganz eigenen Reiz besäße, den er unbedingt einfangen müsse. Das war, als wir aus dem Restaurant in seine Wohnung zurückkamen. Es war schon ziemlich dunkel, aber ich konnte sehen, daß sein Bett nicht gemacht und die Bettwäsche alles andere als sauber war. Er sagte, er müsse mich malen, aber ich erklärte Mavis, daß ich nicht wieder zu ihm gehen mochte. »Magst du Willy denn nicht?« fragte sie mich. Ich konnte nicht abstreiten, daß ich Willy in gewissem Sinne ganz gern mochte. Er hatte so etwas an sich, das muß ich zugeben. »Ich hoffe, er hat sich dir gegenüber nicht ungebührlich benommen, Lorna«, sagte Mavis. Ich antwortete, das hätte er nicht getan; und das stimmte auch beinahe, denn er hatte nicht aufs Ganze zu gehen versucht. Immer, wenn ich zu Willy ging, war es bei ihm unhygienisch, und einmal sagte ich es ihm auch; doch er antwortete nur: »Lorna, du bist zum Schießen.« Er hatte eine nette Art und fuhr mich oft in seinem Wagen spazieren, einem feinen Wagen übrigens, der aber innen so schmutzig war wie seine Wohnung. Jim sagte eines Tages: »Er hat Geld wie Heu, Lorna«, und Mavis meinte: »Du könntest einen Mann aus ihm machen, denn er ist ganz versessen auf dich.« Sie betonten immer wieder, daß Willy aus guter Familie stammte.

Aber ich merkte bald, daß mit ihm nichts anzufangen war. Er wechselte nicht besonders oft sein Hemd und kaufte sich selten etwas Neues zum Anziehen, lief herum wie ein Landstreicher und lieh anderen Leuten Geld, wie ich mit eigenen Augen gesehen habe. Seine Wohnung befand sich in einem furchtbaren Dauerzustand; überall standen leere Flaschen herum, und in der Ecke lag schmutzige Wäsche. Während unserer Bekanntschaft machte er mir mehrere Geschenke, die ich annahm, denn sonst hätte er das Geld nur anderweitig ausgegeben, aber er versuchte nie aufs Ganze zu gehen. Er malte nie mein Porträt, denn während der ganzen Zeit malte er immer nur Früchte auf einem Tisch, und die Leute sagten, seine Bilder seien wunderbar, und alle dachten, Willy und ich würden heiraten.

Als ich eines Abends spät nach Hause kam, fassungslos wie immer, wenn ich Willys Wohnung gesehen hatte, schliefen Mama und Papa schon, und ich sah mich in unserer Küche um, die ganz in Gelbgrün und Weiß gehalten ist. Dann ging ich in das Wohnzimmer, wo Papa die eine Wand mit einer dunkelrosa und weiß gemusterten Tapete beklebt hat, während die anderen Wände blaßrosa tapeziert sind; unten läuft rundherum eine weißlackierte Holztäfelung. Die ganze Wohnung ist neugemacht, und Mama hält alles wunderschön in Ordnung. Und da schoß es mir urplötzlich durch den Kopf, wie dumm ich doch war, mich mit Willy einzulassen. Ich bin für die Gleichberechtigung; aber wenn ich Willy heiraten sollte, wie ich zu Mavis sagte, und wenn ich an seine Wohnung und den guten, völlig verschmierten Teppich denke und an die aus den Tuben quellenden Farben – so tief zu sinken, glaube ich, würde mir das Herz brechen.

Komm mit, Marjorie

Nur wenige Tage waren seit meiner Ankunft in Watling Abbey vergangen, als ich bereits erkannte, daß die meisten von uns zur Erholung von einer Neurose hier weilten. Die im zwölften Jahrhundert gegründete Abtei liegt in Worcestershire und befindet sich auf dem Gelände eines in der Antike dort errichteten Tempels des Gottes Mithra. Sie war noch nicht lange wieder von ihrem Gründungsorden in Besitz genommen und instand gesetzt worden, als ich damals, kurz nach dem Krieg, dort hinfuhr und nach ein paar Tagen herausfand, daß die meisten von uns an irgendeiner Neurose litten.

Wenn ich sage ›die meisten von uns‹, meine ich damit die hier zu Besuch weilenden Laien, die in den Pilgerquartieren der Nebengebäude zu beiden Seiten des Klosters wohnten. Wir galten allgemein als Pilger. Außer uns gab es noch eine andere Gruppe von Laien, die ständig hier lebten und ›Klosterleute‹ genannt wurden, weil sie im Obergeschoß des eigentlichen Klosters wohnten.

Neurotiker erkennen furchtbar rasch die Mentalität anderer Leute und reihen jedermann in eine übertrieben dargestellte Kategorie ein. Ich verzeichnete in der Abtei vier Kategorien. Zuerst uns selbst, die zur Erholung weilenden neurotischen Pilger. Dann die Klosterleute, die allesamt ein wenig verschroben waren. Drittens die Mönche; sie schienen überhaupt keine Nerven zu besitzen, keinen Individualismus, keine Neurosen – so dachte ich wenigstens damals. Sie wallten in ihren langen weißen Gewändern unter dem Gold der Oktobersonne jener Tage umher oder quollen zu Feiertagsprozessionen mit weiten Schritten aus dem Kloster. In die vierte Kategorie reihte ich Miss Marjorie Pettigrew ein.

Sie schien in der Tat geistig normal zu sein. Sie allein von all den hier befindlichen Laien, Pilgern und Klosterleuten machte sofort auf mich den Eindruck, daß sie den Sinn dieses Ortes erfaßt hatte. Wie gesagt, diesen Eindruck machte sie auf mich.

Wir waren zu dritt in Watling angekommen. Es war bereits dunkel, als ich aus dem Zug stieg, aber unter der einzigen Gaslaterne des Bahnsteigs sah ich die zwei Frauen stehen. Sie blickten sich auf die einfältige Art von Frauen um, die es nicht gewohnt sind, auf fremden Bahnstationen anzukommen. Sie hörten, wie ich den Fahrkartenkontrolleur nach dem Weg zu der Abtei fragte, und biederten sich sofort mit mir an. Während wir mit unseren Koffern dahinwanderten, erkannte ich, daß es zwischen mir und ihnen außer dem katholischen Glauben wenig Gemeinsames gab, und auch hier nur im mystischen Sinne, denn ihre religiösen Vorstellungen waren von den meinen verschieden. ›Verschieden von‹ ist die Form meiner Neurose. Ich untersuche mit Vorliebe alle Dinge auf ihre mögliche Verschiedenheit voneinander, doch diese Einstellung kann zu nervenzermürbenden Studien führen. Andererseits aber bietet die ständige Jagd nach Unterschieden ein Leben voller Abenteuer.

Die Frauen waren ganz nett. Die eine nannte ich im stillen Babbel-Brabbel, denn sie babbelte und brabbelte die ganze Zeit fast ununterbrochen – das war ihre Neurose – über ihre Stellung als Krankenpflegerin in einem Londoner Krankenhaus. Sie hatte kein einziges Examen bestanden, war aber zufrieden – babbelbrabbel – mit einer untergeordneten Stellung, obwohl sie im Dezember bereits dreiunddreißig Jahre alt wurde. All dies bekam ich in den ersten vier Minuten zu hören. Die andere Frau ging schon mehr auf die Vierzig. Sie war stiller, aber nicht sehr viel. Als wir uns dem Tor der Abtei näherten, sagte sie: »Ich heiße Jennifer; wie heißen Sie?«

»Gloria Deplores-you«, antwortete ich. Mein Vorname lautet wirklich Gloria.

»Gloria wie?«

»Es ist ein französischer Name«, sagte ich rasch und buchstabierte im Geiste ›des Pleuresyeux‹, um für alle Fälle gewappnet zu sein.

»Wir werden Sie Gloria nennen«, erklärte Jennifer. Ich war am Tor der Abtei stehengeblieben, unschlüssig, ob ich nicht vielleicht doch lieber umkehren sollte. »Kommen Sie mit, Gloria«, forderte sie mich auf.

Erst ein paar Tage später fand ich heraus, daß Jennifers Neurose in einer bestimmten Form der Gleichmacherei bestand. »Wir sind alle gleich«, pflegte sie zu versichern, was mich wütend machte, weil ich wußte, daß Gott uns alle einmalig geschaffen hatte. »Wir sind alle gleich«, war ihre Art zu sagen, daß wir vor Gott alle gleich seien. Doch die Ungenauigkeit daran ärgerte mich. Und dennoch war sie, genau wie Babbel-Brabbel, eine sehr interessante Person. Lediglich in Augenblicken, in denen ich innerlich schwankend wurde, bedauerte ich die beiden.

Wie viele Kleinigkeiten, wie viele Leute einem doch auf die Nerven fallen, wenn man eine Neurose hat!

Ob ich mich an den kleinen Mann mit den rötlichgelben Haaren und dem flaschengrünen Umhang erinnere? Er gehörte zu den Klosterleuten und wohnte seit über drei Jahren in der Abtei von Watling. Er stellte ein Werk mit dem Titel ›Das Buch der mönchischen Braukünste‹ zusammen. Einmal alle vierzehn Tage fuhr er zum Britischen Museum und, wie ich annehme, auch zu anderen Archiven, von wo er mit einem großen Notizblock voller Aufzeichnungen über die Methoden und Feinheiten der in den Klöstern des Altertums geübten Braukünste zurückkam. Und ob ich mich an ihn erinnere! Auch er war im Grunde ein sanftmütiger Typ, wenn man von seinen gelegentlichen beängstigenden Zornesausbrüchen gegen die Verwaltung von Watling Abbey absah. Wenn irgend etwas nicht klappte, machte er die Mönche dafür verantwortlich, im Gegensatz zu den Iren, die dem Teufel die Schuld gaben. Das führte manchmal zu Reibereien zwischen dem kleinen Mann mit dem rötlichgelben

Haar und den Iren, wofür die Mönche wieder den Teufel verantwortlich machten.

Damen aus Cork und seiner Umgebung, Damen aus Tyrone und Londonderry gaben sich hier ein Stelldichein, alle suchten sie Ruhe oder Zuflucht, und die meisten litten unter den entsprechenden neurotischen Stigmata des Südens oder des Nordens. Manchmal flogen recht bittere Bemerkungen zwischen Nord und Süd durch die Luft, wenn sie sich anderswo als bei der gemeinsamen Andacht trafen. Und das, obwohl sie doch alle katholisch waren; »alles nur Sache des Temperaments«, sagte ich mir dann immer. Sehr oft sprach ich mir mit ähnlichen Redewendungen Mut zu, um meine Nerven zu beruhigen.

Jeden Morgen ging ich mit Babbel-Brabbel und Jennifer die fünfzehn Geheimnisse aufsagen. Danach spazierten wir zum Kaffeetrinken in die Stadt. Weil ich mich an den Nachmittagen hinlegte, erriet Jennifer, daß ich mich hier von einer Nervenschwäche erholen wollte. Sie fragte mich geradewegs: »Sind es die Nerven?«, und ich antwortete genauso unumwunden mit Ja.

Babbel-Brabbel hatte man ebenfalls wegen nervöser Erschöpfung hergesandt, und sie machte auch nicht das geringste Hehl daraus.

Jennifer war überaus erfreut. »Ich habe dasselbe Leiden; stellt euch nur vor, alle drei dasselbe. Das macht uns *alle gleich.*«

»Es unterscheidet uns mehr voneinander«, sagte ich, »als andere Leute voneinander verschieden sind.«

»Das mag schon sein«, meinte sie, »aber trotzdem sind wir alle *gleich.*«

Doch da war noch Miss Marjorie Pettigrew. Miss Pettigrews Erscheinung und Verhalten zogen mich auf gewisse trostspendende Weise an. Ich erfuhr, daß sie seit sechs Monaten hier wohnte, und aus verschiedenen Andeutungen und plötzlichem Verstummen, wenn die Rede auf sie kam, schloß ich, daß man sie entweder fürchtete oder nicht leiden konnte. Ich schrieb dies der Tatsache zu, daß sie keine Neurotikerin war. Gewöhnlich nehmen Neurotiker eine feindliche oder ablehnende Haltung gegen Leute ein, denen sie nicht auf die Nerven fallen können. Zu diesen Folgerungen kam ich im stillen; und daß ich selbst etwas für Miss Pettigrew übrig hatte, bestätigte mir nur, daß meine Neurose sich von denen der anderen unterschied.

Miss Pettigrew war sehr groß und steif, hatte sehr hohe Schultern und ein eckiges Gesicht. Sie schien fast nur aus Knochen zu bestehen. Ihre Augen waren dunkel und ihr Haar schwarz; sie trug es zu Schnecken über den Ohren gedreht, war aber sonst nicht gerade altmodisch zu nennen.

Ich dachte zuerst, daß sie sich in den Exerzitien befände, denn sie sprach nie bei Tische und lächelte immer nur schwach, wenn sie die Speisen weiterreichte. Außer bei den Mahlzeiten und Gebeten gesellte sie sich nie zu unserer kleinen Gemeinde. Sie betete oft in der Kapelle. Ich beneidete sie um ihre Selbstzucht, denn obgleich auch ich mich nach Einsamkeit sehnte, hatte ich oft nicht den Mut, mich so von den anderen zurückzuziehen, weil ich mich damit genauso unbeliebt gemacht hätte wie Miss Pettigrew. Ich hoffte, daß sie mit mir sprechen würde, wenn sie ihre Exerzitien beendet hätte.

Während dieser ersten Woche sprach mich eines Tages bei Tisch eine stattliche Frau aus dem Norden an.

»*Der* da fehlt überhaupt nichts«, sagte sie und deutete mit dem Kopf in die Richtung, wo Miss Pettigrew in Schweigen versunken saß.

»Was sollte ihr denn fehlen?«

»Sie tut nur so, sie ist nämlich schlau, wissen Sie.«

Mit schlau meinte sie offensichtlich gerissen, soviel erkannte ich jedenfalls.

»Was meinen Sie damit: ›sie tut nur so‹?« fragte ich.

»Ihr Schweigen. Sie will einfach mit niemandem sprechen.«

»Aber sie befindet sich doch in den Exerzitien, nicht wahr?«

»Die nicht«, erklärte diese pfiffige Frau. »Sie lebt hier jetzt seit sechs Monaten, und seit vier Monaten hat sie ihren Mund nicht mehr aufgetan. Die ist nicht geistesgestört, die nicht.«

»Vielleicht hat sie ein religiöses Gelübde abgelegt?«

»Die nicht, die ist schlau. Sie macht einfach nicht den Mund auf. Sie haben schon einen Arzt geholt, aber auch der hat kein Wort aus ihr rausholen können.«

»Jedenfalls bin ich froh, daß sie still ist«, sagte ich. »Ihr Zimmer liegt neben meinem, und ich liebe die Stille.«

Nicht alle Pilger hielten Miss Pettigrew für ›schlau‹. Im allgemeinen herrschte die Ansicht, daß sie einen echten Dachschaden hätte. Und merkwürdigerweise mochten auch die Klosterleute sie nicht, obgleich sie doch die offensichtlich an einer Nervensache Leidenden, wie zum Beispiel mich, überaus freundlich behandelten – beinahe zu aufdringlich in ihrer Freundlichkeit. Ihre Abneigung gegenüber Miss Pettigrew kam fast einem Einverständnis gleich, daß sie glaubten, ihr fehle überhaupt nichts. Wenn sie schlampig herumgelaufen wäre, Gesichter geschnitten oder unter Zuckungen und Verrenkungen gelitten hätte, wenn sie auf irgendeine Weise ihre Achtung verloren hätte, ich glaube, sie würde sich damit nicht ihre Abneigung zugezogen haben.

Ich begann Miss Pettigrew ein wenig genauer zu beobachten, weil ich hoffte, etwas mehr über ihre geistige Verirrung herausfinden zu können; solche Dinge wirken wie ein Magnet auf Neurotiker. Ich begegnete ihr im Hof oder trat wie zufällig in die abgelegene Marienkapelle, wenn sie dort allein und im Gebet versunken kniete. Stets neigte sie grüßend den Kopf, feierlich und förmlich wie eine Äbtissin, die einer Nonne zunickt. Wenn ich ihr in einem Wandelgang begegnete, verspürte ich das Bedürfnis, beiseite zu treten und Platz für ihr ruhiges, zuversichtliches Einherschreiten zu machen. Ich konnte einfach nicht glauben, daß sie geisteskrank war.

Ich konnte auch nicht glauben, daß sie, im stillen frohlokkend, irgendeinen rohen Scherz mit ihren täglichen Gebeten und ihrem ausdauernden Schweigen bezweckte. Man sagte, daß sie wohlhabend sei. Vielleicht versuchte sie, die Glaubensgeheimnisse zu ergründen. Ich war gespannt, wie lange sie es aushalten würde, sich so in sich selbst zu verschließen. Die Mönche befanden sich in einer schwierigen Lage. Es verstieß gegen ihre Natur und vielleicht auch gegen die Ordensregel, sie einfach auf die Straße zu setzen; bestimmt jedoch würde es einen schlechten Eindruck in der Umgebung machen, die der Abtei ganz und gar nicht aufgeschlossen gegenüberstand. Einer nach dem anderen waren die Mönche zu ihr gegangen und hatten sie auf taktvolle, mitfühlende, bestimmte und neugierige Art angesprochen.

»Nun, Miss Pettigrew, ich hoffe, Sie haben Nutzen aus Ihrem Aufenthalt in der Abtei gezogen? Ich nehme an, Sie haben bereits Pläne für den Winter gemacht?«

Keine Antwort, nur ein mildes, zustimmendes Lächeln.

Keine Antwort erhielt auch ein anderer Mönch: »Aber Miss Pettigrew, mein liebes Kind, Sie können doch so nicht weitermachen. Das soll nicht etwa heißen, daß wir Sie nicht behalten wollen. Preis sei dem Herrn, wir würden weder Sie noch sonst jemanden vor die Tür setzen. Aber Sie müssen auch verstehen, daß wir das Zimmer für neue Pilger brauchen.«

Und der nächste. »Nun verraten Sie uns schon Ihren Kummer, Miss Pettigrew; öffnen Sie Ihr Herz, Sie Ärmste. Das ist nicht rechte Katholikenart, sich so zu verschließen. Sie müssen sich Ihren Mitmenschen mitteilen.«

»Handelt es sich vielleicht um ein Gelübde, das Sie so ganz aus sich heraus abgelegt haben? Das wäre sehr unklug, es . . .«

»Sehen Sie, Miss Pettigrew, wir haben in der Stadt für Sie ein Zimmer gefunden . . .«

Nicht ein Wort. Man sah sie wöchentlich zur Beichte gehen, also mußte sie offensichtlich sprechen können. Aber sie war nicht zum Reden zu bringen, nicht einmal, wenn es sich um ihre kleinen Einkäufe handelte. Ungefähr einmal die Woche schrieb sie einen kleinen Zettel.

›Bitte, besorgen Sie mir ein Schneeflocken-Shampoo, anbei das Geld‹, stand dann zum Beispiel auf dem Papier, das sie der jungen Wäscherin gab, die sie sehr verehrte. Das Mädchen zeigte mir diese Zettel so stolz, als ob es sich um die Reliquien einer Heiligen handelte.

»Gloria, kommen Sie mit, einen Spaziergang machen?«

Nein, ich hatte keine Lust zu so einem langweiligen Bummel. Ich weilte nun die dritte Woche hier. Babbel-Brabbel wurde mit der Zeit äußerst uninteressant.

Ich saß am Fenster meines Zimmers und dachte, wie glücklich ich sein würde, wenn ich nicht voller Ungewißheit auf einen Telephonanruf wartete. Das Blau, Grün und Gold jenes Oktobernachmittags, das ich damals so wenig genießen konnte, ist mir noch heute in lebhafter Erinnerung. Der kleine Mann mit dem rötlichgelben Haar und dem flaschengrünen, von seinen Schultern wallenden Umhang schritt unten über den Rasen des Klosterhofes. In der Ferne arbeiteten zwei Laienbrüder in blauen Overalls mit einem Traktor. Von der Marienkapelle tönte der liturgische Gesang der Mönche beim Gottesdienst herüber. Nichts ist so geeignet, eine Erinnerung zu verewigen, wie schlichter Choralgesang; er drückt jedem Ereignis einen unvergeßlichen Stempel auf. Ich fand es damals sehr bedauerlich, daß mein Genuß dieser Stunde durch ein überwältigendes Verlangen nach jenem Telephonanruf getrübt wurde.

Ich hatte in der Tat gehofft, daß der Mann mit dem rötlichgelben Haar den Hof überquerte, um mich ans Telephon zu rufen; aber er verschwand unter meinem Fenster, und seine Schritte verklangen um die Ecke herum irgendwo hinter dem Haus. Alles sei ja in bester Ordnung, versicherte ich mir, und ich könne mich ungestört dem Genuß der Stunde hingeben. Braun, weiß und purpurn leuchtete das Gefieder der Tauben unten auf dem Rasen.

Alle anderen schienen sich außerhalb des Hauses aufzuhalten. Mein Zimmer lag im obersten Geschoß, unter den staubigen Dachbalken. Auf dem ganzen Dachboden waren die Zimmer nur durch dünne Trennwände abgeteilt, die jeden Laut durchdringen ließen. Selbst die stille Miss Pettigrew, meine unmittelbare

Nachbarin, konnte nicht ruhig atmend auf ihrem Bett liegen, ohne daß ich es merkte. An jenem Nachmittag war sie ebenfalls ausgegangen, wahrscheinlich nach drüben in die Kapelle.

Der Anruf, den ich erwartete, sollte von Jonathan kommen, meinem wirklich besten Freund. Als ich an jenem Morgen von unserer Kaffeesitzung in der Stadt zurückgekehrt war, hatte ich einen Brief von ihm vorgefunden, der von der Post verspätet zugestellt worden war. ›Ich werde Dich gegen 11.30 Uhr anrufen‹, hatte er unter Bezugnahme auf genau diesen Tag geschrieben. Als ich den Brief las, war es zehn nach zwölf. Um elf Uhr dreißig hatte ich mit der unaussprechlichen Babbel-Brabbel und Jennifer Kaffee getrunken.

»Ist für mich inzwischen ein Anruf gekommen?« fragte ich.

»Nicht daß ich wüßte«, antwortete der Sekretär unbestimmt. »Allerdings bin ich den ganzen Vormittag nicht in der Nähe des Telephons gewesen, so daß schon ein Anruf gekommen sein könnte; ich weiß es jedenfalls nicht.«

Es gab zwar nichts Wichtiges mit Jonathan zu besprechen – wir wollten uns lediglich wieder einmal unterhalten –, aber im Augenblick war es für mich absolut notwendig, seine Stimme über den Draht zu hören. Ich hielt jeden an, Mönche, Laienbrüder und Pilger: »Haben Sie eine telephonische Nachricht für mich angenommen? Ich hätte einen sehr wichtigen Anruf empfangen sollen. Er war mir für elf Uhr dreißig angekündigt.«

»Tut mir leid, ich war fortgegangen« oder: »Tut mir leid, ich bin nicht in der Nähe des Telephons gewesen.«

»Achtet denn bei Ihnen niemand auf das Telephon?« verlangte ich zu wissen.

»Kaum jemals, meine Liebe. Wir sind zu beschäftigt.«

»Ich habe aber einen wichtigen Anruf verpaßt, einen lebens–«

»Können Sie Ihren Freund nicht von hier aus anrufen?«

»Nein«, antwortete ich, »das ist unmöglich. Es ist wirklich zu dumm.«

Jonathan hatte in seinem Atelier kein Telephon. Ich überlegte, ob ich ihm ein Telegramm senden sollte, und entwarf sogar eins. ›Bedaure Lieber dein Brief kam zu spät war ausgegangen bitte läute sofort an herzlichst Gloria.‹ Diesen Entwurf zerriß ich jedoch wieder, da ich mir die Ausgabe nicht leisten konnte. Und überdies reizte mich das Auf-die-Folter-Spannen der ganzen Angelegenheit; es war besser als Langeweile. Ich kam zu dem Schluß, daß Jonathan bestimmt im Laufe des Nachmittags noch einmal anrufen würde. Ich bereitete mich sogar darauf vor, den ganzen Nachmittag über gespannt und wachsam neben dem Telephon in dem kleinen Büro zu sitzen. Doch der Sekretär meinte: »Ich bin ja bis fünf Uhr hier . . . aber natürlich, natürlich werde ich Sie holen lassen, wenn der Anruf kommt.«

Und so saß ich hier am Fenster und wartete auf den Boten. Um drei Uhr wusch ich mich, machte mein Gesicht zurecht und zog ein anderes Kleid an, als sei dies ein Sühneopfer an das Unbekannte, das zwischen Jonathans Anruf und mir stehen mochte. Ich beschloß, auf dem grüngoldenen Klosterhof spazieren zu gehen, wo ich einen eventuellen Boten nicht verfehlen konnte. Einmal hatte ich bereits die Runde gemacht, und immer noch kam niemand. Nur Miss Pettigrew trat aus dem Kloster und überquerte den Hof in Richtung auf mich.

Ich war so befangen von meinem Bedürfnis, mit Jonathan zu reden, daß ich bei ihrem Näherkommen dachte: ›Vielleicht hat man sie geschickt, mich zu holen.‹ Doch sofort fiel mir wieder ein, daß diese Annahme absurd sei, denn sie überbrachte nie irgendwelche Botschaften. Aber sie ging weiter so zielbewußt auf mich zu, daß ich wieder dachte: ›Gleich wird sie sprechen.‹ Ihre dunklen Augen hatte sie auf mein Gesicht gerichtet.

Ich tat so, als wolle ich an ihr vorübergehen, da ich sie nicht durch einen Annäherungsversuch stören mochte. Doch sie hielt mich an. »Entschuldigen Sie bitte«, sagte sie, »ich habe eine Botschaft für Sie.«

Ich war so erleichtert, daß ich völlig vergaß, von ihrem Sprechen überrascht zu sein.

»Werde ich am Telephon erwartet?« fragte ich, schon halb bereit, zum Büro hinüberzulaufen.

»Nein, ich habe eine Botschaft für Sie«, entgegnete Miss Pettigrew.

»Wie lautet die Botschaft?«

»Der Herr ist auferstanden«, sagte sie.

Erst als ich meine Enttäuschung überwunden hatte, kam mir mit einem Schock zum Bewußtsein, daß sie gesprochen hatte, und ich erinnerte mich an den seltsamen Ausdruck in ihren Augen, den ich noch nie zuvor bei ihr gesehen hatte. ›Letzten Endes hat sie nun eine religiöse Manie‹, dachte ich. ›Sie ist *wirklich* anders als die Neurotiker, aber nicht etwa, weil sie normal wäre.‹

»Gloria!« Das war das Mädchen aus der Vorratskammer, das den Kopf aus der Tür steckte und mich herbeiwinkte. Immer noch ganz verwirrt, schlenderte ich zu ihr hinüber.

»Sagen Sie, hat Miss Pettigrew da eben wirklich mit Ihnen gesprochen, oder habe ich geträumt?«

»Sie haben geträumt.« Denn wenn ich die Wahrheit gesagt hätte, wäre diese Neuigkeit wie ein Lauffeuer durch das Kloster gegangen. Es kam mir wie ein Verrat vor, diesen ersten Riß in Miss Pettigrews Selbstkontrolle zu enthüllen. Die Pilger würden sie mehr bedauern, wenn sie davon erführen, dafür aber weniger respektieren. Ich konnte die Vorstellung nicht ertragen, wie sie besorgt ihre Köpfe schütteln würden über Miss Pettigrews so beiläufig vorgebrachte wichtige Erklärung: »Der Herr ist auferstanden.«

»Aber sie ist doch ganz gewiß eben neben Ihnen stehengeblieben«, bohrte das Mädchen weiter.

»Sie haben nur noch Miss Pettigrew im Kopf«, erwiderte ich. »Lassen Sie die arme Seele doch in Frieden.«

»Arme Seele!« sagte das Mädchen. »Für mich ist sie keine arme Seele. Der fehlt überhaupt nichts. Der spuken nur närrische mittelalterliche Ideen im Kopf herum, das ist alles.«

»Dagegen kann man halt nichts tun«, erwiderte ich.

Und doch dauerte es nicht lange, bis etwas mit Miss Pettigrew geschehen mußte. Vom Sonntag der vierten Woche nach meiner Ankunft an nahm sie keine Nahrung mehr zu sich. Erst beim Abendessen am Montag bemerkte man ihre Abwesenheit im Speisesaal während der Mahlzeiten.

»Hat jemand Miss Pettigrew gesehen?«

»Nein, sie ist jetzt seit zwei Tagen nicht mehr hier unten gewesen.«

»Ißt sie vielleicht in der Stadt?«

»Nein, sie hat die Abtei nicht verlassen.«

Eine Abordnung wurde mit einem Tablett mit Essen zu ihrem Zimmer gesandt. Sie öffnete nicht. Die Tür war von innen verriegelt. Doch an jenem Abend hörte ich sie ruhig wie immer in ihrem Zimmer umhergehen.

Am nächsten Morgen kam sie nach der Messe, grau und geschwächt aussehend, aber immer noch sorgfältig zurechtgemacht, während des Frühstücks in den Speisesaal. Sie nahm ein Glas Milch, griff sich einen Brotkanten vom Tisch und ging damit unsicher und hinfällig auf ihr Zimmer. Als sie zum Lunch nicht erschien, versuchte die Köchin wieder, ihr etwas aufs Zimmer zu schicken, doch auch diesmal ohne Erfolg. Die Tür war verriegelt, sie gab keine Antwort.

Am darauffolgenden Morgen sah ich Miss Pettigrew bei der Messe wieder; sie kniete ein Stückchen vor mir, den Kopf auf ihr Gebetbuch gelegt, als könnten ihre Schultern sein Gewicht nicht mehr tragen. Als sie schließlich die Kapelle verließ, ging sie sehr langsam, doch mit gleichmäßigen Schritten. Babbel-Brabbel lief hinzu, um ihr die Stufen hinunterzuhelfen. Miss Pettigrew blieb stehen und sah sie an, dankbar für die Freundlichkeit den Kopf neigend, aber deutlich jede Hilfe zurückweisend.

Der Arzt wartete in ihrem Zimmer. Ich erfuhr später, daß er ihr viele Fragen gestellt und seine ganze Überredungskunst angewendet hätte, sie aber habe nur durch ihn hindurchgestarrt. Der Abt und verschiedene Mönche suchten sie auf, aber inzwischen hatte sie ihre Tür wieder verriegelt; und obgleich man sie mit Suppen und Rinderbrühe in Versuchung führte, Miss Pettigrew öffnete nicht.

Es wurde erzählt, daß man nach ihren Verwandten geschickt habe. Die Nachricht verbreitete sich, daß sie überhaupt keine Verwandten besäße. Man sagte, sie sei für verrückt erklärt worden und würde abgeholt werden.

Am nächsten Morgen stand sie nicht wie gewöhnlich um sieben Uhr auf. Erst nach zwölf hörte ich ihre erste Bewegung, vernahm die zögernden Geräusche, wie sie langsam aufstand und sich ankleidete. Ein leises Poltern – das war der Schuh, der ihren schwachen Händen entglitt; ich wußte, daß sie sich jetzt danach bückte und es von neuem versuchte. Mein Herz klopfte so rasch, daß ich mehr von meinem Beruhigungsmittel als sonst nehmen mußte, während ich auf ihre langsamen, bedächtigen Verrichtungen lauschte. Es hatte heftig zu regnen begonnen, und schwere Tropfen prasselten rhythmisch auf das Dach.

»Neurotiker werden nie verrückt«, hatten meine Freunde mir immer erzählt. Jetzt erkannte ich den Unterschied zwischen Neurose und Wahnsinn, und in meiner heftigen Gemütsbewegung beneidete ich die Frau auf der anderen Seite meiner Zimmerwand um ihr kühles, klares, ja vernünftiges Handeln innerhalb der Grenzen ihrer unsinnigen Manie. Nur die sehr Wahnsinnigen, dachte ich, können die Botschaft: »Der Herr ist auferstanden« auf die gleiche beiläufige Art hervorbringen, wie man zum Beispiel sagt: »Sie werden am Telephon verlangt«, ganz gleich, wann und wo sie sich gerade befinden.

Es klopfte an meiner Tür. Ich öffnete, während meine Nerven noch flatterten. Es war Jennifer. Den Blick halb auf die Wand gerichtet, die mich von Miss Pettigrew trennte, begann sie flüsternd zu sprechen.

»Kommen Sie mit, Gloria. Sie sagen, wir sollen für eine halbe Stunde fortgehen. Die Wärterinnen kommen sie holen.«

»Welche Wärterinnen?«

»Die von der Irrenanstalt. Und die Männer mit einer Tragbahre werden auch dabei sein. Wir dürfen uns auf keinen Fall aufregen, sagen sie.«

Ich sah, daß Jennifer sich vor Spannung kaum beherrschen konnte. Sie war leichter zu durchschauen als ich. Ich erkannte, wie sehr es sie danach verlangte, zu bleiben und zu lauschen, aus dem Fenster zu sehen und zu beobachten, was geschehen würde. Abscheu und Ärger überkamen mich. Warum sollte Jennifer ihre Neugier befriedigen müssen? Sie glaubte doch, daß ›alle gleich‹ seien, sie bestritt doch die Verschiedenheit der Menschen; welches Recht besaß sie dann, neugierig zu sein? Mein Fall war völlig verschieden von ihrem.

»Ich werde hierbleiben«, sagte ich in normalem Ton, damit andeutend, daß ich mich an keiner Tuschelei beteiligen würde. Jennifer verschwand verärgert.

Wahnsinn war zu jener Zeit mein größter Feind. Und jetzt, in die Unschuld und Würde von Miss Pettigrew gekleidet, sollte mein Feind im Nebenzimmer von einer Ambulanz fortgeschafft werden. Das durfte ich nicht versäumen. Später erfuhr ich, daß auch Jennifer irgendwo auf der Lauer gelegen hatte, als der Krankentransportwagen eintraf. Das gleiche galt für die meisten Neurotiker.

Der Wagen kam von der Rückseite des Hauses her. Mein Fenster ging nach vorn hinaus, aber meine Ohren ersetzten die Fenster. Ich vernahm die Stimme einer Frau, der einer unserer Mönche antwortete. Schwere Schritte und etwas, das polternd gegen die Treppen stieß. Fremde Männerstimmen kamen näher.

»Wie war doch gleich ihr Name?«

»Marjorie Pettigrew.«

Das schleppende, polternde Geräusch die Treppe hinauf dauerte an.

»Steckt kein Schlüssel drin. Von innen verriegelt.«

Jedesmal wenn sie verstummten, konnte ich die schwachen Geräusche aus Miss Pettigrews Zimmer hören. Was sie auch gerade tun mochte, sie unterbrach ihre Bewegungen nicht.

Sie klopften an die Tür. Ich zerrte wie verrückt an meinem

Rosenkranz, den ich für Miss Pettigrew betete. Die Stimme eines Mannes erklang, freundlich, aber schrecklich laut.

»Öffnen Sie bitte die Tür, meine Liebe – sonst müssen wir sie aufbrechen.«

Sie öffnete die Tür.

»So ist's recht, braves Mädchen«, sagte der Mann. »Wie war doch gleich der Name?«

»Marjorie Pettigrew«, erwiderte der andere.

»Also, dann laß uns gehen, Marjorie. Wenn du einfach hinter mir hergehst, kann gar nichts schiefgehen. Komm mit, Marjorie.«

Ich konnte ihre Schritte zwar nicht hören, wußte aber, daß sie folgte. Ich hörte, wie die schweren Stiefel der Männer die Treppe hinabstiegen und die unnötige Tragbahre hinterherpolterte.

»So ist's recht, Marjorie. Bist ein braves Mädchen.«

Unten sagte die Wärterin etwas, und dann hörte ich nichts mehr, bis die Ambulanz fortfuhr.

»Oh, ich hab' sie gesehen!« Das war das Mädchen aus der Wäscherei, das Miß Pettigrew so geschätzt hatte. »Sie muß sich gerade das Haar gekämmt haben, als man sie holte«, sagte sie. »Es hing lang und lose herunter, wie es so gar nicht zu Miss Pettigrew paßte. Sie war immer so adrett. Und dann dieser Regen! Ich hoffe nur, daß sie sich nicht erkältet. Aber sie werden bestimmt gut zu ihr sein.«

Alle sagten: »Sie werden gut zu ihr sein.« – »Sie werden sich schon um sie kümmern.« – »Vielleicht wird sie dort wieder gesund werden.«

Noch nie hatte ich sie so freundlich miteinander gesehen.

Nach dem Abendessen sagte jemand: »Ich habe Miss Pettigrew immer sehr geschätzt.«

»Ich auch«, erklärte jemand anders.

»Ja, ich auch.«

»Sie werden sehr gut zu ihr sein. Diese Männer – sie hörten sich ganz in Ordnung an.«

»Sie haben es nur gut gemeint.«

Plötzlich kam der kleine Mann mit dem rötlichgelben Haar mit der einen, wesentlichen Sache heraus, um die sich dieses ganze nebensächliche Geschwätz drehte.

»Haben Sie gehört«, fragte er, »wie sie einfach Marjorie zu ihr sagten?«

»Mein Gott, ja!«

»Ja, das gab mir so ein sonderbares Gefühl.«

»Mir auch. Wenn man sich das vorstellt, sie einfach Marjorie zu nennen!«

Danach wurde über diesen Zwischenfall kaum noch gesprochen. Aber die Gemeinde war für kurze Zeit ernüchtert und vereint, während sie voller Furcht und Erbarmen darüber nachsann, daß man Miss Pettigrew Marjorie genannt hatte.

Portobello Road

An einem Hochsommertag meiner Kindheit, als ich mich mit meinen Spielgefährten faul auf einem Heuhaufen räkelte, fand ich eine Nadel. Insgeheim hatte ich schon seit einigen Jahren vermutet, daß ich etwas Besonderes sei, aber die Sache mit der Nadel bestätigte diese Tatsache vor meiner ganzen Zuschauergemeinde: George, Kathleen und Skinny. Ich sog an meinem Daumen, denn als ich meine Hand nachlässig tief ins Heu steckte, hatte die Nadel gerade den Daumen getroffen.

Nachdem wir uns alle beruhigt hatten, sagte George: »Das ist der Daumen, der schüttelt die Pflaumen.« Und wieder ertranken wir fast in unserem mitleidslosen, abgehackten Gelächter.

Die Nadel war ziemlich tief in meinen Daumenballen gedrungen; ein kleines rotes Rinnsal floß aus dem winzigen Einstich und breitete sich aus. Und um unser Vergnügen auch ja voll auszuschöpfen, warf George rasch ein:

»Gib acht, du verschmierst mein Hemd mit deinem blutigen Daumen!«

Und he-ha-ho klang unser Gekreisch in den heißen Hochsommernachmittag. Wirklich, ich würde nicht gerade gern noch einmal so jung und unbeschwert sein. Das denke ich jedesmal, wenn ich meine alten Papiere durchsehe und dabei auf die Photographie stoße, wo Skinny, Kathleen und ich auf dem Heuhaufen sitzen. Skinny hatte gerade seine Analyse der Umstände, die zu meinem Fund führten, beendet.

»Mit Verstand kannst du's nicht geschafft haben, davon hast du nämlich nicht genug. Du bist einfach ein kleiner Glückspilz.«

Alle waren sich einig, daß die Nadel außerordentliches Glück verhieße. Als die Unterhaltung hierüber ernsthaft zu werden begann, sagte George:

»Ich will ein Photo machen.«

Ich wickelte mein Taschentuch um meinen Daumen und setzte mich in Positur. George zeigte von seiner Kamera her zu uns herauf und rief:

»Seht, da läuft eine Maus!«

Kathleen und ich schrien auf, obgleich wir, wie ich glaube, beide wußten, daß keine Maus da war. Aber diese Unterbrechung gab uns Anlaß zu erneutem ausgelassenem Gekreische. Schließlich gruppierten wir uns für Georges Photo. Wir sehen wunderbar darauf aus, und damals war es ein großer Tag für uns; aber ich möchte doch nicht gern all das noch einmal erleben. Von jenem Tag an wurde ich ›Nadel‹ genannt.

Als ich an einem Sonnabend eines der letzten Jahre die Portobello Road hinunterschlenderte und mich durch das Gewühl der Markthändler und Marktbesucher fädelte, erblickte ich eine Frau. Sie sah wohlhabend, aber verstört und abgehärmt aus und war, bis auf ihren an eine Hühnerbrust erinnernden, gewaltsam hochgeschnürten Busen, hager. Seit nahezu fünf Jahren hatte ich sie nicht mehr gesehen. Wie sehr hatte sie sich verändert! Doch ich erkannte in ihr Kathleen, meine Freundin; ihre Wangen waren bereits etwas eingefallen, während Nase und Kinnpartie scharf hervorstachen wie bei Leuten, deren Schicksal es ist, stets älter auszusehen, als sie sind. Als ich sie vor nun fast fünf Jahren zum letzten Mal traf, hatte Kathleen, damals kaum dreißig, gesagt:

»Ich sehe gar nicht mehr gut aus; 's liegt halt in der Familie. Alle anderen Frauen in unserem Alter sind noch frisch wie junge Mädchen, wir aber welken früh dahin, trocknen aus und bekommen lange Nasen.«

Ich stand schweigend in der Menge und beobachtete sie. Wie Sie gleich merken werden, war ich nicht in der Lage, Kathleen anzusprechen. Ich sah, wie sie sich in ihrer gierigen Art von Stand zu Stand schob. Sie liebte schon immer antiken Schmuck und das Feilschen um den Preis. Ich wunderte mich nur, daß ich sie nicht schon früher bei meinen Sonnabendvormittagspaziergängen in der Portobello Road gesehen hatte. Ihre langen, steifen Krallenfinger stießen in einen Haufen von Broschen und Anhängern, Onyx, Mondstein und Goldgeschmeide auf einem der Tische und zogen einen Jadering hervor.

»Wie gefällt er dir?« fragte sie.

Da sah ich, wer mit ihr war. Im Unterbewußtsein hatte ich einen großen Mann registriert, der stets ein paar Schritte hinter ihr ging, und jetzt erkannte ich ihn.

»Ganz gut«, antwortete er. »Was soll er kosten?«

»Wie teuer ist er?« fragte Kathleen den Händler.

Ich sah mir den Begleiter von Kathleen näher an. Es war ihr Mann. Der Bart war mir fremd, aber ich erkannte darunter den großen Mund, die breiten, sinnlichen Lippen und darüber die großen, braunen, stets von Pathos triefenden Augen.

Zu Kathleen konnte ich nicht sprechen, aber einer plötzlichen Inspiration folgend, sagte ich leise:

»Hallo, George.«

Der Riese von Mann drehte sich um und blickte in die Richtung, aus der er meine Stimme vernahm. So viele Leute drängten sich in der Straße – aber schließlich sah er mich.

»Hallo, George«, sagte ich noch einmal.

Kathleen hatte auf ihre alte Weise mit dem Standinhaber um den Preis des Jaderinges zu feilschen begonnen. George starrte mich währenddessen unverwandt an; sein großer Mund stand leicht offen, so daß ich in dem breiten Schlitz zwischen dem dichten Gestrüpp von Kinn- und Schnurrbart seine vollen roten Lippen und weißen Zähne sehen konnte.

»Mein Gott!« sagte er.

»Was gibt's?« fragte Kathleen.

»Hallo, George!« sagte ich wieder, diesmal recht laut und fröhlich.

»Sieh!« sagte George. »Sieh, wer dort neben dem Obstkarren steht.«

Kathleen blickte her, sah mich aber nicht.

»Wen meinst du?« fragte sie ungeduldig.

»Es ist die Nadel«, antwortete er. »Sie sagte ›Hallo, George‹.«

»*Nadel*«, sagte Kathleen. »Wen meinst du damit? Jedenfalls nicht unsere alte Freundin *Nadel*, die –«

»Doch. Dort steht sie. Mein Gott!«

Er sah sehr blaß aus, obgleich ich doch ganz freundlich »Hallo, George« gesagt hatte.

»Ich sehe niemanden, der auch nur im geringsten unserer armen Nadel ähnelt«, stellte Kathleen fest und blickte ihn an. Sie sah besorgt aus.

George zeigte genau auf mich. »Aber sieh doch, *dort*! Ich sage dir, das ist Nadel.«

»Du bist krank, George. Himmel, du siehst Gespenster. Komm nach Hause. Nadel ist nicht dort. Du weißt genauso gut wie ich, daß Nadel tot ist.«

Ich muß erklären, daß ich das diesseitige Leben vor fast fünf Jahren hinter mir ließ. Doch ich ging nicht ganz aus dieser Welt. Es gab noch jene vielen Kleinigkeiten zu besorgen, dic einem die Nachlaßverwalter nie recht machen können. Papiere mußten durchgesehen werden, selbst nachdem die Nachlaßverwalter sie schon zerrissen hatten. Viel zu tun also, außer natürlich an Sonntagen und gesetzlichen Feiertagen, genug, um sich auf interessante Weise die Zeit zu vertreiben. An den Sonnabendvormittagen erhole ich mich von meiner Arbeit. Wenn es ein regnerischer Sonnabend ist, wandere ich zwischen den prangenden Ladentischen von Woolworth auf und ab, wie ich es zu tun pflegte, als ich noch jung und sichtbar war. Doch jetzt betrachte ich die bunten Auslagen mit einer gewissen Zurückhaltung, wie es sich in meinem gegenwärtigen Zustand geziemt. Cremes, Zahnpasta, Kämme und Taschentücher, Stoffhandschuhe, dünne blumenbedruckte Halstücher, Schreibpapier und Buntstifte, Tüten mit Eiscreme und Orangeade, Schraubenzieher, Kästchen mit Haushaltnägeln, Dosen mit Farbe, mit Leim, mit Marmelade; all das mochte ich schon immer, aber jetzt, da ich es nicht mehr brauche, noch viel mehr. Wenn der Sonnabend jedoch schön ist, gehe ich statt dessen zur Portobello Road, wo ich früher mit Kathleen, als wir schon erwachsen waren, umherzuschlendern pflegte. Die Karrenladungen ändern sich kaum – Äpfel, kunstseidene Westen in Blau und geschmacklosem Violett, versilberte Tabletts und Teekannen, die schon vor langer Zeit aus dem Nachlaß verstorbener Mitbürger in die Hände der Händler übergewechselt waren. Von dort ging's zu den neuen Etagenhäusern und zerbrechlich aussehenden Villen, und dann wieder zurück zu den Karren und Ständen und den Händlern: georgianische Löffel, Ringe, Türkis- und Opalohrringe in Form von Liebesschleifen, Nähkästchen mit Miniaturbildchen von vornehmen Damen auf Elfenbein und silberne, mit Bergkristallen besetzte Schnupftabakdosen.

Manchmal, wenn sich an einem Sonnabendmorgen Gelegenheit dazu ergibt, läßt meine Freundin Kathleen – sie ist Katholikin – eine Messe für meine Seele lesen, und ich gehe in die Kirche und höre sie mir an. Aber an den meisten Wochenenden vergnüge ich mich unter den feiernden, ziellos dahintreibenden Menschen, die, ungeachtet ihres so nahe bevorstehenden ewigen Lebens, an den Ladentischen und Verkaufsständen vorbeidrängen und Waren erhandeln, kaufen, stehlen, betasten, betrachten und begehren. Ich höre die Ladenkasse klingeln, das Wechselgeld scheppern, lausche dem Stimmengewirr und dem Betteln der Kinder.

So kam es, daß ich an jenem Sonnabendvormittag George und Kathleen in der Portobello Road begegnete. Ich hätte nicht gesprochen, wäre ich nicht von einer Inspiration dazu gedrängt worden. Auch jetzt kann ich nicht sprechen – es sei denn, eine Inspiration triebe mich dazu. Doch das sonderbarste an jenem Morgen war, daß ich, während ich sprach, bis zu einem gewissen Grade sichtbar wurde. Der arme George muß tatsächlich angenommen haben, er sähe ein Gespenst, als ich dort neben dem Obstkarren stand und so freundlich ein paarmal »Hallo, George!« sagte.

Unsere Zukunft sollte im Süden liegen. Als unsere Studienzeit zu Ende ging und unsere Eltern dachten, daß wir hier im Norden nichts mehr dazulernen könnten, schickten sie uns, einen nach dem andern, nach London. John Skinner, den wir Skinny nannten, wollte weiter Archäologie studieren; George sollte von dort aus zur Tabakfarm seines Onkels nach Afrika weiterreisen; Kathleen zog zu reichen Bekannten ihrer Familie und wurstelte – um sich nützlich zu machen – ein wenig in dem vornehmen Putzmachergeschäft in Mayfair herum, das einem dieser Leute gehörte. Etwas später ging auch ich nach London, ›um das Leben kennenzulernen‹; denn da ich den Ehrgeiz hatte, über das Leben zu schreiben, mußte ich es erst einmal kennenlernen.

»Wir müssen zusammenhalten«, sagte George oft in seiner etwas sentimentalen Art. Er hatte immer schreckliche Angst, vernachlässigt zu werden. Es hatte ganz den Anschein, daß wir vier uns in verschiedene Richtungen verstreuen würden, und George war sehr mißtrauisch, daß wir drei andern ihn mit der Zeit völlig vergäßen. Je näher für ihn die Abreise nach Afrika zur Tabakfarm seines Onkels rückte, um so öfter sagte er:

»Wir vier müssen immer in Verbindung bleiben.«

Und bevor er abreiste, prägte er jedem von uns einzeln ein: »Ich werde regelmäßig einmal im Monat schreiben. Wir müssen zusammenhalten, um unserer gemeinsamen Jugend willen.« Er hatte von jenem Photo auf dem Heuhaufen drei Abzüge machen lassen und auf die Rückseite geschrieben: ›George hat diese Aufnahme an dem Tag gemacht, als *Nadel* die Nadel fand!‹ Jeder von uns bekam einen Abzug. Ich glaube, wir wünschten alle, daß er mit der Zeit etwas weniger sentimental würde.

Während meines Lebens gehörte ich zu den Leuten, die keinerlei Pläne machen und sich einfach treiben lassen. Meine Freunde fanden es sehr schwer, irgendeine Logik in meiner Lebensführung zu erkennen. Nach der üblichen Anschauung hätte ich verarmen und verhungern müssen, doch dieses Ereignis traf nie ein. Allerdings lebte ich nicht lange genug, um über das

Leben zu schreiben, wie ich es mir vorgenommen hatte. Möglicherweise ist das der Grund, warum ich mich jetzt, unter diesen merkwürdigen Umständen, dazu veranlaßt fühle.

Etwa drei Monate lang unterrichtete ich in einer Privatschule in Kensington die ganz Kleinen. Ich wußte nicht, was ich mit ihnen anfangen sollte, hatte aber vollauf damit zu tun, zappelige kleine Jungen zur Toilette zu führen und kleine Mädchen anzuhalten, ihre Taschentücher zu benutzen. Danach machte ich den Winter über in London Ferien und lebte von meinem kleinen Kapital. Als das zu Ende ging, fand ich im Kino ein Brillantarmband, für das ich fünfzig Pfund Finderlohn erhielt. Als auch die verbraucht waren, bekam ich einen Job bei einem Publicity-Manager, dem ich Reden für vielbeschäftigte Industriekapitäne aufsetzte, wobei mir das ›Wörterbuch der Redewendungen‹ hervorragende Dienste leistete. Und auf diese Art ging es weiter. Ich verlobte mich mit Skinny, aber kurz darauf fiel mir eine kleine Erbschaft zu, die mich für die nächsten sechs Monate unabhängig machte. Irgendwie führte mich das zu der Erkenntnis, daß ich Skinny nicht liebte. Ich gab ihm also den Ring zurück.

Doch Skinny war es, durch den ich wenig später nach Afrika kommen sollte. Er hatte sich einer Forschergruppe angeschlossen, um die ehemaligen Minen König Salomons zu erforschen, jene Reihe altertümlicher Anlagen, die sich von der antiken Hafenstadt Ophir, jetzt Beira genannt, quer durch Portugiesisch-Ostafrika und Südrhodesien bis zu der gewaltigen Dschungelstadt Simbabwe erstreckten, deren Tempelmauern sich heute noch am Hange eines heiligen Berges erheben, von wo aus die Überbleibsel jener Zivilisation über die umliegende rhodesische Wildnis verstreut sind. Ich begleitete die Gruppe als eine Art Sekretärin. Skinny hatte sich für mich verbürgt; er zahlte auch meine Überfahrt und bezeugte so durch seine Handlungsweise Sympathie für meinen unsteten Lebenswandel, wenn er ihn auch mißbilligte, sooft er davon sprach. Ein Leben wie das meine verärgert die meisten Leute; sie gehen täglich zur Arbeit, müssen sich abmühen, Anordnungen treffen oder auf Schreibmaschinen hämmern und erhalten dafür ganze zwei oder drei Wochen Urlaub im Jahr. Natürlich finden sie es rätselhaft, wie jemand nichts dergleichen tun und trotzdem gut auskommen kann, ohne dabei zu verhungern; er hat eben Glück, meinen sie. Nachdem ich unsere Verlobung gelöst hatte, las Skinny mir auch einmal deswegen die Leviten; aber er nahm mich trotzdem nach Afrika mit, obgleich er wußte, daß ich seine Gruppe wahrscheinlich nach ein paar Monaten im Stich lassen würde.

Wir befanden uns schon einige Wochen im Lande, bevor wir uns nach George zu erkundigen begannen, dessen Farm ungefähr vierhundert Meilen weiter nördlich lag. Wir hatten ihn nicht von unseren Plänen benachrichtigt.

»Wenn wir George wissen lassen, daß wir in diesen Teil der Welt kommen werden, rückt er uns schon in der ersten Woche auf den Hals. Schließlich haben wir ja zu arbeiten«, hatte Skinny gesagt.

Bevor wir abreisten, trug Kathleen uns noch auf: »Grüßt George recht herzlich von mir und sagt ihm, er soll nicht jedesmal, wenn ich seine Briefe nicht postwendend beantworte, wie verrückt Telegramme senden. Erzählt ihm, daß ich in dem Hutladen nicht nur zu repräsentieren, sondern auch zu arbeiten habe. So, wie er sich anstellt, möchte man fast meinen, er habe in der ganzen Welt keinen anderen Freund.«

Wir hatten uns zunächst bei Fort Victoria niedergelassen, von wo aus man am raschesten die Simbabwe-Ruinen erreichen kann. Dort stellten wir Erkundigungen über George an und erfuhren, daß er nicht viele Freunde hatte. Die älteren Siedler äußerten noch die tolerantesten Ansichten darüber, daß er mit einer Mischlingsfrau zusammenlebte, aber sie waren wütend über seine Methode des Tabakanbaus; wie wir hörten, ging er dabei äußerst unfachmännisch und auf irgendeine mysteriöse Weise illoyal gegenüber den Weißen vor. Wir bekamen nie heraus, wieso Georges Art des Tabakanbaus den Schwarzen überhebliche Ideen in die Köpfe setzen sollte, doch gerade das behaupteten die älteren Siedler. Die jüngeren Einwanderer hielten ihn für ungesellig, und sein Zusammenleben mit dieser Niggerin machte Besuche von ihrer Seite natürlich völlig unmöglich.

Ich muß gestehen, daß auch mich diese Neuigkeit über die dunkelhäutige Frau einigermaßen in Verlegenheit brachte. Ich war in einer Universitätsstadt aufgewachsen, in der indische, afrikanische und asiatische Studenten aller möglichen Farben und Schattierungen sich ein Stelldichein gaben. Ich war dazu erzogen worden, ihnen aus dem Wege zu gehen, und zwar sowohl aus Gründen der lokalen Reputation als auch der göttlichen Ordnung. Man kann nicht so einfach seine Erziehung abschütteln, es sei denn, man ist Rebell von Natur.

Jedenfalls besuchten wir George schließlich, als uns eine Jagdgesellschaft, die auf der Suche nach Wild nach Norden zog, Gelegenheit zur Mitreise bot. Er hatte von unserer Ankunft in Rhodesien gehört und war offensichtlich froh, ja erleichtert, uns zu sehen, gab sich jedoch in der ersten Stunde recht mürrisch.

»Wir wollten dich überraschen, George.«

»Wie konnten wir ahnen, daß du von unserer Ankunft hören würdest, George? Die Neuigkeiten müssen sich hier ja geradezu mit Überlichtgeschwindigkeit fortpflanzen, George.«

»Wir hatten wirklich gehofft, dir eine Überraschung bereiten zu können, George.«

Wir schmeichelten und redeten ihm gut zu, bis er schließlich sagte: »Na ja, ich freue mich wirklich, euch wiederzusehen. Nun fehlt uns nur noch Kathleen. Wir vier müssen einfach zusammenhalten. Wenn man in eine Gegend wie diese verschlagen wird, geht doch nichts über alte Freunde.«

Er zeigte uns seine Tabaktrockenschuppen. Dann zeigte er uns eine Koppel, wo er Zuchtversuche mit einem Pferd und einer Zebrastute anstellte. Die beiden vergnügten sich großartig, aber nicht miteinander. Verspielt und ausgelassen sprangen und tollten sie herum, ohne sich jedoch auf die erhoffte Weise näherzukommen, obgleich sie sich ausgezeichnet vertrugen.

»Man hat das schon früher geschafft«, sagte George. »Die Kreuzung ergibt ein schönes, starkes Tier, intelligenter als ein Maultier und ausdauernder als ein Pferd. Aber mit diesem Paar scheine ich keinen Erfolg zu haben; sie können sich nicht füreinander begeistern.«

Und nach einer Weile sagte er: »Kommt doch herein, ich möchte euch Matilda vorstellen.«

Sie war dunkelbraun, hatte eine unterwürfige, leicht gebeugte Haltung und runde Schultern; dabei war sie recht einfältig und ziemlich heftig gegenüber den Hausboys. Wir sagten den beiden nur Artigkeiten, während wir vor dem Dinner auf der Veranda zusammensaßen und tranken, aber mit George war nicht recht auszukommen. Aus irgendeinem Grunde begann er über mich herzuziehen, weil ich meine Verlobung mit Skinny gelöst hatte: was für ein häßlicher Streich das doch sei nach all der schönen Zeit, die wir gemeinsam verlebt hätten. Ich lenkte das Gesprächsthema auf andere Bahnen, indem ich Matilda fragte, sie müsse doch diesen Teil des Landes sicher gut kennen.

»Nein«, erwiderte sie, »ich gewesen behütet mein ganzes Leben. Ich nicht fortgeschickt arbeiten. Ich nicht dürfen von Ort zu Ort gehen wie schmutzige Mädchen.« Dabei betonte sie jede Silbe gleichmäßig.

George erklärte: »Ihr Vater war ein weißer Verwaltungsbeamter. Sie hatte eine verhältnismäßig behütete Jugend, anders als die übrigen Farbigen, versteht ihr.«

»Mann, ich keine schwarzäugige Susanna«, sagte Matilda, »nein, nein.«

Im großen und ganzen behandelte George sie wie seine Magd. Sie war ungefähr im vierten Monat schwanger, doch George hieß sie wiederholt aufstehen und verschiedenes für ihn holen. Eines der Dinge, die Matilda holen mußte, war Seife. George stellte seine Badeseife selbst her, zeigte sie uns stolz und gab uns das Rezept, das zu behalten ich mir keine Mühe gab; mein ganzes Leben lang mochte ich gern gute Seifen, und Georges Seife roch nach Brillantine und machte ganz den Eindruck, daß sie der Haut schaden könne.

»Sie auch braun?« fragte Matilda mich.

»Matilda meint, ob du von der Sonne braun wirst«, erklärte George.

»Nein, ich bekomme Sommersprossen.«

»Meine Schwägerin auch Sommersprossen.«

Weder Skinny noch ich hörten je ein weiteres Wort von ihr, und wir bekamen sie auch nie wieder zu sehen.

Ein paar Monate später sagte ich zu Skinny: »Ich habe die Nase voll, ständig von Lagerplatz zu Lagerplatz zu ziehen.«

Er war nicht überrascht, daß ich seine Gruppe verlassen wollte, mochte aber nicht die Art, wie ich es ausdrückte. Er sah mich vorwurfsvoll an.

»Sprich bitte nicht so. Fährst du nach England zurück, oder bleibst du noch hier?«

»Eine Weile möchte ich noch bleiben.«

Mit dem Honorar, das ich für die Klatschspalte einer lokalen Wochenzeitung erhielt – was ich da schrieb, war natürlich nicht meine wirkliche Ansicht vom Leben –, konnte ich mich durchschlagen. Ich schloß mehr Freundschaften, als ich verdauen konnte, nachdem ich Skinnys exklusiven kleinen Archäologenverein verlassen hatte. Man sah in mir die Attraktion der frisch aus England Importierten, die das Leben kennenlernen wollte. Von den zahllosen jungen Männern und aufstrebenden Familien, die mir Hunderte und aber Hunderte von Meilen über die rhodesischen Landstraßen das Geleit gaben, blieb ich nur mit einer Familie in Verbindung, nachdem ich nach England zurückgekehrt war. Wahrscheinlich nur deshalb, weil sie die typischsten Vertreter ihrer Landsleute darstellten: sie standen für alle übrigen. Die Leute in solchen Gegenden gleichen im allgemeinen einander, wie ein Steinhaufen in der Wildnis dem anderen gleicht.

Ich begegnete George noch einmal in einem Hotel in Bulawayo. Wir tranken Highballs und sprachen vom Krieg. Skinnys Gruppe beriet gerade darüber, ob sie im Lande bleiben oder nach Hause zurückkehren sollte. Die Forscher hatten einen Höhepunkt ihrer Ausgrabungen erreicht, und jedesmal, wenn ich in die Gegend von Simbabwe kam und Skinny besuchte, führte er mich im Mondschein in die Tempelruinen und gab sich alle erdenkliche Mühe, die Szene für mich mit alten Phöniziern zu bevölkern, die vor uns herschwebten oder an den Mauern entlangglitten. Ich war halbwegs entschlossen, Skinny zu heiraten; vielleicht, dachte ich, wenn er sein Studium beendet hat. Der drohende Krieg steckte uns allen in den Gliedern, und daher erwähnte ich es auch George gegenüber, als wir, Highballs trinkend, an jenem Julitag in der harten, hellen Wintersonne auf der Hotelterrasse saßen.

George war sehr neugierig, Genaueres über meine Beziehungen zu Skinny zu erfahren. Etwa eine halbe Stunde lang versuchte er mich auszuholen, bis ich schließlich sagte: »Jetzt wirst du aggressiv, George!« Da gab er es auf. Er wurde ziemlich gefühlsselig.

»Krieg oder nicht«, erklärte er, »ich mache mich hier aus dem Staube.«

»Sicher verträgst du die Hitze nicht«, warf ich ein.

»Ich haue auf jeden Fall ab. Ich habe mit dem Tabak schon ein Vermögen durchgebracht. Mein Onkel ist wütend. Schuld sind natürlich diese verdammten Pflanzer; wenn man nicht so lebt, wie sie es für richtig halten, ist man in dem ganzen weiten Land erledigt.«

»Und was geschieht mit Matilda?« fragte ich.

»Für sie ist gesorgt«, antwortete er. »Sie hat Hunderte von Verwandten.«

Ich hatte inzwischen von dem Baby gehört. Ein kleines Mädchen, kohlschwarz und, wie man mir erzählte, George wie aus dem Gesicht geschnitten. Ein zweites sollte unterwegs sein.

»Und was soll aus dem Kind werden?«

Darauf antwortete er überhaupt nichts. Er bestellte neue Highballs, und als sie gebracht waren, rührte er eine ganze Weile schweigend mit seinem Stäbchen in seinem Glas herum.

»Warum hast du mich nicht zu deinem Einundzwanzigsten eingeladen?« fragte er schließlich.

»Ich habe ihn nicht besonders gefeiert, George, keine Gesellschaft. Wir haben nur einen Schluck zusammen getrunken, George; nur Skinny, der Professor, zwei von den Frauen und ich, George.«

»Du hast mich nicht zu deinem Einundzwanzigsten eingeladen«, beharrte er. »Kathleen schreibt mir wenigstens regelmäßig.«

Das stimmte nicht. Kathleen schrieb mir sehr oft in ihren Briefen: ›Erzähl George nicht, daß ich dir geschrieben habe; er wartet auf Antwort von mir, und ich weiß einfach nicht, was ich ihm immer erwidern soll.‹

»Aber ihr«, sagte George, »du und Skinny, ihr scheint überhaupt kein Gefühl für alte Freundschaft zu haben.«

»Aber George!« antwortete ich.

»Denk an unsere gemeinsam verbrachte Zeit«, sagte George. »Wir hatten doch wirklich schöne Tage.« Seine großen braunen Augen wurden feucht.

»Ich glaube, ich muß jetzt weiter«, sagte ich.

»Bitte, geh noch nicht. Laß mich nicht gerade jetzt allein. Ich muß dir etwas erzählen.«

»Etwas Nettes?« Ich ließ ein erwartungsvolles Lächeln sehen. Bei George mußte man immer übertrieben reagieren.

»Du weißt gar nicht, wie glücklich du bist«, stellte George fest.

»Wieso eigentlich?« fragte ich. Manchmal wurde es mir einfach zuviel, daß alle mich glücklich nannten. Es gab Zeiten, in denen mir die bittere Seite meines Schicksals sehr deutlich zum Bewußtsein kam. Wenn ich mich insgeheim im Schreiben übte und wieder und wieder vergeblich versuchte, das Leben in vollkommener und befriedigender Form aufs Papier zu bannen, fühlte ich mich, trotz meines relativ sorgenfreien Lebens, um so mehr als Gefangene meiner Sehnsucht nach dem erstrebten Ziel. In meiner Unfähigkeit und inneren Not sammelte sich dann manchmal in mir ein Gift, das tagelang mein ganzes Leben vergällte und das ich unterschiedslos auf Skinny oder jeden anderen, der in dieser Zeit meinen Weg kreuzte, verspritzte.

»Du bist völlig ungebunden«, sagte George. »Du kannst tun und lassen, was du willst. Irgend etwas findet sich immer für dich. Du bist frei und weißt dein Glück gar nicht zu schätzen.«

»Das mußt du gerade sagen«, erwiderte ich scharf. »Du bist viel freier als ich. Du hast einen reichen Onkel.«

»Er verliert langsam das Interesse an mir«, sagte George. »Er hat die Nase voll.«

»Na und, schließlich bist du ja noch jung. Was wolltest du mir erzählen?«

»Ein Geheimnis«, antwortete George. »Erinnerst du dich noch an unsere früheren Geheimnisse?«

»O ja, wir hatten eine Menge.«

»Hast du jemals eins von meinen ausgeplaudert?«

»O nein, George.« In Wirklichkeit konnte ich mich auch nicht an eins der Dutzende von Geheimnissen erinnern, die wir seit Beginn unserer Schulzeit ausgetauscht haben mußten.

»Aber dies ist ein wirkliches Geheimnis. Versprich mir, es niemandem zu erzählen.«

»Ich verspreche.«

»Ich bin verheiratet.«

»Verheiratet, George! Mit wem?«

»Matilda.«

»Wie schrecklich!« Die Worte rutschten mir ohne nachzudenken heraus, aber er stimmte mir zu.

»Ja, es ist fürchterlich, aber was sollte ich tun?«

»Du hättest mich ja vorher fragen können«, sagte ich wichtigtuerisch.

»Ich bin zwei Jahre älter als du und brauche keinen Rat von dir, Nadel, du kleines Biest.«

»Dann erwarte bitte auch kein Mitleid von mir.«

»Eine schöne Freundin bist du«, stellte er fest; »und das nach all den Jahren – ich muß schon sagen.«

»Armer George!« meinte ich.

»Auf eine weiße Frau kommen in diesem Land drei weiße Männer«, sagte George. »Ein einsamer Pflanzer bekommt keine weiße Frau zu Gesicht – und wenn er eine sieht, sieht sie ihn nicht an. Was hätte ich tun sollen? Ich brauchte eine Frau.«

Mir war fast übel. Erstens wegen meiner schottischen Erziehung und zweitens wegen meines Abscheus vor so abgedroschenen Phrasen wie ›Ich brauchte eine Frau‹, die George noch zweimal wiederholte.

»Und Matilda wurde aufsässig«, sagte George, »nachdem du und Skinny uns besucht hattet. Sie packte ihre Sachen zusammen und ging zur Mission, wo sie Freunde hat.«

»Du hättest sie ziehen lassen sollen«, sagte ich.

»Ich lief ihr nach«, entgegnete George. »Sie bestand auf einer richtigen Eheschließung, also heiratete ich sie.«

»Dann ist es kein echtes Geheimnis mehr«, sagte ich. »Die Nachricht von einer Mischehe macht schnell die Runde.«

»Dagegen habe ich Vorsorge getroffen«, versicherte George. »So verrückt ich auch war, ich fuhr mit ihr nach Belgisch-Kongo und heiratete sie dort. Sie hat versprochen, kein Wort darüber verlauten zu lassen.«

»Aber du kannst dich doch jetzt nicht einfach aus dem Staube machen und sie im Stich lassen«, sagte ich.

»Ich verschwinde von hier, das steht fest. Ich kann dieses Weib und dieses Land nicht mehr ertragen. Ich hatte ja keine Ahnung, was mich hier erwartete. Zwei Jahre in diesem Land, und drei Monate mit dieser Frau verheiratet, sind genug.«

»Wirst du eine Scheidung erreichen können?«

»Nein. Matilda ist katholisch. Sie läßt sich nicht scheiden.«

George hatte schon fast alle Sorten Highballs durchprobiert, und ich stand ihm nicht viel darin nach. Seine braunen Augen glänzten feucht, als er mir erzählte, wie er seinen Onkel von seiner unangenehmen Lage unterrichtet hatte. »Natürlich habe ich ihm nicht verraten, daß wir verheiratet sind; das wäre zuviel für ihn gewesen. Er ist ein hartgesottener, voreingenommener Kolonialist. Ich schrieb ihm nur, daß ich ein Kind von einer Farbigen habe und ein zweites unterwegs sei. Er verstand voll und ganz und kam sofort mit dem Flugzeug, vor ein paar Wochen. Er hat sie abgefunden unter der Voraussetzung, daß sie über ihr Verhältnis zu mir den Mund hält.«

»Wird sie das tun?«

»O ja, denn sonst bekommt sie das Geld nicht.«

»Aber als deine Frau hat sie doch in jedem Falle einen Anspruch.«

»Wenn sie Ansprüche als meine Frau stellen würde, bekäme sie weit weniger. Matilda weiß schon, was sie tut, habgierig wie sie ist. Sie wird den Mund halten.«

»Aber du wirst nie wieder heiraten können, George, nicht wahr?«

»Nein, es sei denn, sie stirbt«, antwortete George. »Und sie ist kräftig wie ein Treckochse.«

»Nun, George, du tust mir leid«, sagte ich.

»Nett von dir, daß du das sagst«, meinte er. »Aber an deinem Kinn sehe ich, daß du meine Handlungsweise mißbilligst. Sogar mein alter Onkel verstand mich.«

»Oh, George, ich verstehe voll und ganz. Ich nehme an, du hast dich einsam gefühlt.«

»Du hast mich nicht einmal zu deinem Einundzwanzigsten eingeladen. Wenn du und Skinny netter zu mir gewesen wäret, hätte ich nie meinen Kopf verloren und dieses Weib geheiratet – nie.«

»Du hast mich aber auch nicht zu deiner Hochzeit eingeladen«, bemerkte ich.

»Du bist eine falsche Katze, Nadel, gar nicht mehr wie in alten Zeiten, als du uns deine Kindergeschichten zu erzählen pflegtest.«

»Jetzt muß ich aber wirklich gehen«, sagte ich.

»Denk daran, daß du dieses Geheimnis nicht verrätst«, ermahnte mich George.

»Darf ich's auch nicht Skinny erzählen?«

»Es muß ein Geheimnis bleiben. Versprich es mir.«

»Ich verspreche«, sagte ich. Ich verstand, daß er mit diesem Geheimnis ein Band zwischen uns knüpfen wollte, um sich weniger einsam zu fühlen, und dachte: ›Na schön, es wird niemandem weh tun, wenn ich sein Geheimnis bewahre.‹

Mit Skinnys Archäologengesellschaft kehrte ich nach England zurück, eben bevor der Krieg ausbrach.

Bis kurz vor meinem Tode, vor fünf Jahren, sah ich George nicht wieder.

Nach dem Krieg ging Skinny wieder auf die Universität. Er hatte noch zwei Examen innerhalb von achtzehn Monaten abzulegen, und ich dachte, ich würde ihn danach vielleicht heiraten.

»Du könntest schlechter fahren als mit Skinny«, pflegte Kathleen bei unseren regelmäßigen Streifzügen am Sonnabendvormittag durch die Antiquitätenläden und an den Kramständen vorbei zu sagen.

Auch an ihr gingen die Jahre nicht spurlos vorüber. Unsere Angehörigen in Schottland machten schon Andeutungen, daß es langsam Zeit für uns würde zu heiraten. Kathleen war etwas jünger als ich, sah aber viel älter aus. Sie wußte, daß ihre Chancen abnahmen, aber zu jener Zeit glaubte ich nicht, daß sie sich viel daraus machte. Was mich betraf, so reizten mich hauptsächlich Skinnys bevorstehende Expeditionen nach Mesopotamien zu einer Ehe mit ihm. Mein Wunsch, ihn zu heiraten, mußte durch ständiges Lesen von Büchern über Babylon und Assyrien wachgehalten werden; vielleicht spürte Skinny das instinktiv, denn er versorgte mich mit den entsprechenden Büchern und begann sogar, mich in die Kunst des Lesens von Keilschriften einzuweihen.

Kathleen interessierte sich mehr fürs Heiraten, als ich dachte. Wie ich hatte auch sie während des Krieges mit vielen Männern geflirtet; sie hatte sich sogar mit einem amerikanischen Marineoffizier verlobt, der aber später gefallen war. Jetzt besaß sie einen Antiquitätenladen in der Nähe von Lambeth, der ausgezeichnet ging, und sie wohnte in Chelsea; aber trotz allem muß sie sich gewünscht haben, verheiratet zu sein und Kinder zu haben. Sie blieb vor jedem Kinderwagen stehen, den die Mütter vor Läden oder in Torwegen abgestellt hatten, und blickte hinein.

»Swinburne pflegte das auch zu tun«, sagte ich einmal zu ihr.

»Wirklich? Hat er sich vielleicht Kinder gewünscht?«

»Ich glaube kaum. Er liebte einfach Babies.«

Kurz vor seinem Abschlußexamen erkrankte Skinny und wurde in die Schweiz in ein Sanatorium geschickt.

»Du kannst deinem Schicksal dankbar sein, daß du nicht mit ihm verheiratet bist«, sagte Kathleen. »Sonst hättest du jetzt vielleicht auch Tb.«

Ich sollte meinem Schicksal danken, ich sei glücklich – so oder ähnlich tönte es mir von allen bei den verschiedensten Gelegenheiten entgegen. Wenn mich dieses Gerede auch verärgerte, war ich mir doch bewußt, daß sie recht hatten – wenn auch in anderer Beziehung, als sie meinten. Für meinen Lebensunterhalt brauchte ich mich nicht besonders anzustrengen: Buchbesprechungen, Gelegenheitsaufträge von Kathleen, dann wieder ein paar Monate bei dem Publicity-Manager, dem ich immer noch Reden über Literatur, Kunst und Leben für große Tiere in der Industrie ausarbeiten mußte. Ich wartete weiter darauf, über das Leben schreiben zu können, und in diesem weitgespannten Tätigkeitsfeld schienen mir die günstigsten Vorbedingungen für mein erstrebtes Ziel zu liegen; und bis ich es erreichte, war ich zufrieden mit meiner wie durch einen Zauber beschützten Lebensweise, die mir stets mein Auskommen bescherte und mehr Muße gewährte als jedem anderen. Ich mußte an mein Glück denken, als ich zum Katholizismus übergetreten war und die Firmung erhielt. Der Bischof berührt dabei die Wange des Kandidaten als symbolische Mahnung an die Leiden, die ein Christ auf sich nehmen soll. Welch ein Glück, dachte ich, daß so ein federleichtes Symbol die ganze höllische Macht in ihrer wirklichen Bedeutung verkörpert.

In den zwei Jahren, die Skinny im Sanatorium verbrachte, besuchte ich ihn zweimal. Das letzte Mal war er schon fast ausgeheilt und erwartete, in ein paar Monaten wieder nach Hause zu dürfen. Ich erzählte es Kathleen, als ich zurückkam.

»Vielleicht heirate ich Skinny, wenn er wieder gesund ist.«

»Entschließ dich endlich einmal, Nadel, und sag nicht immer vielleicht«, redete sie mir zu. »Du merkst einfach nicht, wenn es das Schicksal gut mit dir meint.«

Das war vor fünf Jahren, im letzten Jahr meines Lebens. Kathleen und ich waren unzertrennliche Freundinnen geworden. Wir trafen uns jede Woche mehrmals, und nach unseren Streifzügen am Sonnabend durch die Portobello Road begleitete ich Kathleen oft nach Kent für ein verlängertes Wochenende im Landhaus ihrer Tante.

An einem Junitag dieses Jahres verabredete ich mich mit Kathleen außerplanmäßig zum Lunch; sie hatte mir am Telephon gesagt, daß sie mir eine große Neuigkeit zu berichten hätte.

»Rate mal, wer gestern nachmittag in meinen Laden gekommen ist«, sagte sie.

»Wer?«

»George.«

Wir hatten uns halbwegs mit dem Gedanken vertraut gemacht, daß George tot sei. In den letzten zehn Jahren hatten wir keine Briefe von ihm erhalten. Zu Beginn des Krieges waren Gerüchte an unsere Ohren gedrungen, daß er einen Nachtklub in Durban unterhielte, und später hörten wir nichts mehr. Wir hätten leicht Nachforschungen anstellen können, wenn wir uns dazu veranlaßt gefühlt hätten.

Als wir in der Zwischenzeit einmal über ihn redeten, hatte Kathleen gesagt: »Ich sollte eigentlich Verbindung mit George aufzunehmen versuchen. Aber ich glaube, er würde zurückschreiben und wieder einen regelmäßigen Briefwechsel verlangen.«

»Wir vier müssen zusammenhalten«, ahmte ich ihn nach.

»Ich sehe direkt seine vorwurfsvollen, wäßrigen runden Augen«, sagte Kathleen.

»Wahrscheinlich ist er selbst schon ein Eingeborener geworden und hat ein Dutzend kaffeebrauner Kinder mit seiner schwarzen Konkubine«, sagte Skinny.

»Vielleicht ist er gestorben«, meinte Kathleen.

Ich sprach weder über Georges Heirat noch eines seiner Geständnisse, die er mir im Hotel in Bulawayo gemacht hatte. Im Laufe der Jahre erwähnten wir ihn überhaupt nicht mehr bei unseren Unterhaltungen, es sei denn, wie man gelegentlich über einen längst Verstorbenen spricht.

Kathleen war ganz aufgeregt über Georges plötzliches Auftauchen. Sie hatte ihre frühere Abneigung gegen ihn völlig vergessen.

»Es war wunderbar, den guten alten George wiederzusehen«, sagte sie. »Er scheint einen Freund zu brauchen, er fühlt sich so vereinsamt und ohne jeden Kontakt mit seiner Umwelt.«

»Wahrscheinlich braucht er jemand, der ihn bemuttert.«

Kathleen merkte die Bosheit nicht.

»Genau das ist bei George der Fall«, erklärte sie. »Jetzt erkenne ich auch, daß ihm das schon immer gefehlt hat.«

Anscheinend war sie zu jedem voreiligen und glücklichen Schluß über George bereit. Im Laufe des Vormittags hatte er ihr von seinem Nachtklub während des Krieges in Durban und von seinen späteren Jagdexpeditionen erzählt. Ich merkte bald, daß er Matilda nicht erwähnt hatte. Wie Kathleen mir erzählte, hatte er zugenommen, konnte es aber ganz gut vertragen.

Ich war neugierig, diese neue Ausgabe von George zu sehen, aber da ich am nächsten Tag schon nach Schottland abreiste, begegnete ich ihm erst im September jenes Jahres, kurz vor meinem Tod.

Während ich in Schottland war, entnahm ich Kathleens Briefen, daß sie sehr oft mit George zusammenkam, seine Gesellschaft angenehm fand und sich sehr um ihn kümmerte. ›Du wirst überrascht sein, wenn Du siehst, wie er sich herausgemacht hat.‹ Offensichtlich hielt er sich die meiste Zeit in Kathleens Laden auf. ›Das gibt ihm das Gefühl, nützlich zu sein‹, meinte sie mütterlich dazu. Er besaß eine alte Verwandte in Kent, die er an den Wochenenden besuchte. Diese alte Dame wohnte nur ein paar Meilen von Kathleens Tante entfernt, so daß sich ihnen die Gelegenheit bot, an den Sonnabenden gemeinsam hinauszufahren und über das Wochenende ausgedehnte Landspaziergänge zu machen.

»Du wirst sehen, daß George sich völlig verändert hat«, sagte Kathleen zu mir, als ich im September nach London zurückkehrte. Wir hatten vereinbart, daß ich ihn an jenem Abend, einem Sonnabend, wiedersehen sollte. Kathleens Tante war verreist, ihr Dienstmädchen hatte Urlaub, und ich sollte Kathleen in dem leeren Haus Gesellschaft leisten.

George war schon ein paar Tage früher nach Kent gefahren. »Er hilft dort tatsächlich bei der Ernte!« hatte Kathleen mir verliebt erzählt.

Kathleen und ich wollten eigentlich zusammen hinausfahren, aber an diesem Sonnabend wurde sie unerwartet geschäftlich länger in London aufgehalten. Wir kamen überein, daß ich schon am frühen Nachmittag allein vorausfahren sollte, um mich um das Essen für unsere kleine Abendgesellschaft zu kümmern; Kathleen hatte George nämlich für diesen Abend zum Dinner ins Haus ihrer Tante eingeladen.

»Gegen sieben Uhr kann ich bei dir sein«, sagte sie. »Du fürchtest dich doch nicht vor dem leeren Haus? Ich finde es gräßlich, in einem leeren Haus anzukommen.«

Ich versicherte ihr, daß mir leere Häuser großartig gefielen.

Und so war es auch, als ich ankam. Das Haus hatte mir noch nie besser gefallen. Die meisten Räume des großen, von ungefähr acht Morgen Land umgebenen georgianischen Pfarrhauses waren unbewohnt und die Möbel darin mit Schutzbezügen gegen den Staub versehen, da die Tante nur ein Dienstmädchen hatte. Ich entdeckte, daß ich nichts mehr einzukaufen brauchte, da Kathleens Tante eine Menge delikater Vorräte für uns zurückgelassen hatte. Überall fand ich kleine Zettel mit Notizen wie: ›Eßt dies bitte auf, seht auch im Kühlschr. nach‹ und ›Guten Appetit für drei hungrige Leutchen – seht auch hinter dem Kü'tisch nach, 2 Fl. Burgunder für eure Gesellschaft.‹ Ich kam mir wie eine Schatzsucherin vor, während ich die kühlen, stillen Räume auf den Spuren dieser Zettel durchstöberte. Ein von seinen Bewohnern verlassenes Haus – das jedoch alle Zeichen der Bewohntheit aufweist – kann der schönste und erholsamste Ort auf Erden sein. Die Leute nehmen im Verhältnis zu ihrer Größe viel zuviel Platz in einem Hause ein. Bei meinen früheren Besuchen hatte ich den Eindruck gehabt, daß die Zimmer von Kathleen, ihrer Tante und dem kleinen fetten Dienstmädchen förmlich überquollen; sie waren ständig in Bewegung. Doch während ich jetzt durch den bewohnten Teil des Hauses streifte und die Fenster öffnete, um die fahlgelbe Septemberluft hereinzulassen, war ich mir nicht bewußt, daß ich, Nadel, überhaupt irgendwelchen Platz einnahm; ich hätte ein Gespenst sein können.

Das einzige, was noch fehlte, war Milch. Ich wartete bis nach vier Uhr, nach der Melkzeit, und machte mich dann auf den Weg zu dem Bauernhof, der durch den Obstgarten und über zwei Felder zu erreichen war. Als der Melker mir dort die Flasche gab, sah ich George.

»Hallo, George«, sagte ich.

»Nadel! Was machst du denn hier?« rief er aus.

»Ich hole Milch«, antwortete ich.

»Ich auch. Wie schön, dich wiederzusehen.«

Als wir dem Knecht die Milch bezahlten, sagte George: »Ich werde dich ein Stückchen begleiten. Aber ich darf mich nicht lange aufhalten, meine alte Kusine hat keine Milch für ihren Tee. Was macht Kathleen?«

»Sie hat noch in London zu tun, glaubt aber, daß sie gegen sieben hier sein wird.«

Wir waren am Ende des ersten Feldes angekommen. Georges Weg führte hier nach links und weiter zur Landstraße.

»Wir werden dich doch heute abend sehen, nicht wahr?« sagte ich.

»Ja, und von alten Zeiten sprechen.«

»Fabelhaft«, erwiderte ich und wollte weiter.

Doch George kletterte mit mir über den Zauntritt.

»Hör mal«, sagte er, »ich möchte gern mit dir reden, Nadel.«

»Das können wir auch heute abend, George. Du darfst jetzt deine Kusine nicht warten lassen.« Ich merkte, daß ich fast wie mit einem Kind mit ihm redete.

»Nein, ich möchte allein mit dir sprechen. Wir haben jetzt eine gute Gelegenheit dazu.«

Wir begannen das zweite Feld zu überqueren. Ich hatte gehofft, das Haus noch ein paar Stunden für mich allein zu haben, und war daher recht verdrossen.

»Siehst du«, sagte er plötzlich, »da ist ein Heuhaufen.«

»Ja«, erwiderte ich zerstreut.

»Laß uns hier sitzen und reden. Ich möchte dich gern wieder mal auf einem Heuhaufen sehen. Ich bewahre das Photo immer noch auf. Weißt du noch, damals, als du –«

»– als ich die Nadel gefunden hatte«, fiel ich rasch ein, um über diese Angelegenheit hinwegzukommen.

Doch ich war froh, mich einen Augenblick ausruhen zu können. Der Heuhaufen war bereits zum Lüften aufgebrochen, aber wir fanden ein gemütliches Nest darin. Ich vergrub meine Milchflasche im Heu, um sie kühl zu halten. George stellte seine Flasche vorsichtig an den Rand des Haufens.

»Meine alte Kusine ist furchtbar zerstreut. Ein bißchen wirr im Kopf. Sie hat überhaupt kein Zeitgefühl mehr. Wenn ich ihr erzähle, daß ich nicht länger als zehn Minuten fortgewesen bin, glaubt sie es.«

Ich kicherte und sah ihn an. Sein Gesicht war viel breiter geworden und seine Lippen voller und so tiefrot, wie man es selten bei einem Manne sieht. Aus seinen Augen aber strahlte, wie früher schon, immer noch ein unausgesprochenes Flehen.

»Du wirst also Skinny heiraten, nach all diesen Jahren?«

»Ich weiß es wirklich nicht.«

»Lange genug hast du ihn ja hingehalten.«

»Das kannst du nicht beurteilen. Ich habe meine eigenen Gründe für das, was ich tue.«

»Werd nicht gleich böse«, sagte er, »ich hab' ja nur Spaß gemacht.« Und wie um es zu beweisen, ergriff er ein Büschel Heu und fuhr mir damit übers Gesicht.

»Weißt du«, sagte er dann, »ich glaube, daß du und Skinny mich damals in Rhodesien nicht gerade nett behandelt habt.«

»Wir hatten eben nicht viel Zeit, George; wir hatten viel zu tun, und es gab eine Menge zu sehen. Und wir waren damals noch sehr jung. Wir sagten uns, daß wir dich schließlich nicht zum letzten Mal in unserem Leben sehen würden, George.«

»Ein wenig selbstsüchtig gedacht«, meinte er.

»Jetzt muß ich aber weiter, George.« Ich wollte von dem Haufen hinunterklettern.

Er zog mich zurück. »Warte, ich muß dir noch etwas erzählen.«

»Bitte, George, ich höre.«

»Zuerst mußt du mir versprechen, es nicht Kathleen zu verraten. Sie möchte, daß es noch ein Geheimnis bleibt, damit sie es dir selbst erzählen kann.«

»In Ordnung. Versprochen.«

»Ich werde Kathleen heiraten.«

»Aber du bist doch schon verheiratet.«

Manchmal schrieb mir die rhodesische Familie, mit der ich immer noch im Briefwechsel stand, etwas über Matilda. Sie bezeichneten sie als ›Georges schwarze Lady‹ und wußten natürlich nicht, daß sie mit ihm verheiratet war. Anscheinend habe sie George ganz schön geschröpft, schrieben sie, denn sie stolziere nur noch affektiert und aufgedonnert herum, ohne einen Handschlag zu tun, und sei der Schrecken für diese spektablen farbigen Mädchen der ganzen Nachbarschaft. Den Berichten nach war sie ein wandelndes Beispiel für Georges Dummheit.

»Ich habe Matilda im Kongo geheiratet«, sagte George.

»Dennoch wäre es Bigamie«, erwiderte ich.

Über das Wort Bigamie wurde er sehr wütend. Er packte eine Handvoll Heu, als wollte er es mir an den Kopf werfen, besann sich jedoch noch rechtzeitig und wedelte mir nur spielerisch damit vor dem Gesicht herum.

»Ich bin außerdem gar nicht sicher, ob diese Eheschließung im Kongo überhaupt rechtsgültig ist«, fuhr er fort. »Für mich ist sie es jedenfalls nicht.«

»So etwas kannst du nicht tun«, sagte ich.

»Ich brauche Kathleen. Sie ist anständig zu mir gewesen. Ich glaube, wir waren schon immer füreinander bestimmt, Kathleen und ich.«

»Nun muß ich aber wirklich gehen«, sagte ich

Doch er kniete sich über meine Schienbeine, so daß ich mich nicht bewegen konnte. Ich blieb still sitzen und starrte in den Himmel.

»Nun lach schon wieder, Nadel«, sagte er; »laß uns von alten Zeiten reden.«

»Bitte?«

»Niemand außer dir und mir weiß von meiner Ehe mit Matilda.«

»Und Matilda«, ergänzte ich.

»Sie wird den Mund halten, solange sie ihren Wechsel bekommt. Mein Onkel hat für diesen Zweck einen Jahresbetrag festgelegt, und seine Anwälte kümmern sich darum.«

»Laß mich gehen, George.«

»Du hast versprochen, es nicht zu verraten«, sagte er. »Du hast es versprochen.«

»Ja, ich habe es versprochen.«

»Und jetzt, da du Skinny heiraten wirst, haben sich die richtigen Paare gefunden, wie es schon vor Jahren hätte geschehen sollen, aber die Jugend, unsere Jugend hat uns im Weg gestanden, nicht wahr?«

»Das Leben hat sich uns in den Weg gestellt«, sagte ich.

»Aber jetzt kommt alles noch ins rechte Lot. Du wirst mein Geheimnis bewahren, nicht wahr?« Er hatte meine Beine freigegeben, und ich rutschte ein wenig von ihm fort.

»Wenn Kathleen dich wirklich heiraten will«, sagte ich, »werde ich ihr erzählen, daß du schon verheiratet bist.«

»Du wirst mir doch nicht einen so schmutzigen Streich spielen, Nadel? Du wirst mit Skinny glücklich werden und dich nicht meinem Glück in den Weg –«

»Ich muß, Kathleen ist meine beste Freundin«, unterbrach ich ihn rasch.

Er sah mich an, als wolle er mich umbringen – und das tat er auch. Er kniete sich über meinen Körper, hielt meine beiden Handgelenke mit seiner großen linken Hand fest und stopfte mir Heu in den Mund, bis nichts mehr hineinging. Das letzte, was ich in meinem Leben sah, waren seine vollen roten Lippen und seine weißen Zähne in dem schmalen Schlitz dazwischen. Keine Menschenseele kam vorbei, als er meinen Körper in den Haufen preßte, als er das Heu auseinanderwühlte und ein tiefes Nest in der Länge meiner Leiche machte und schließlich das warme, trockene Zeug über diesem Versteck zu einem Berg auftürmte, der in einem aufgebrochenen Heuhaufen ganz natürlich aussah. Wahrscheinlich wurde er darum so bleich, als er mich fünf Jahre später neben dem Obstkarren in der Portobello Road erblickte und ich freundlich »Hallo, George!« zu ihm sagte.

Der Heuhaufen-Mord war eines der bekanntesten Verbrechen jenes Jahres.

Meine Freunde sagten: »Sie war ein Mädchen, das noch alles von der Welt zu erwarten hatte.«

Als meine Leiche schließlich nach einer zwanzigstündigen Suche gefunden wurde, schrieben die Abendzeitungen: ›*Nadel* in einem Heuhaufen gefunden!‹

Kathleen, die die Angelegenheit von jenem katholischen Blickwinkel aus betrachtete, den zu verstehen es schon einiges braucht, sagte einmal: »Sie war noch am Tag vor ihrem Tode zur Beichte – ist sie nicht glücklich?«

Der arme Melker, der uns die Milch verkauft hatte, wurde zuerst von der örtlichen Polizei und dann von Scotland Yard einem stundenlangen scharfen Kreuzverhör unterzogen. George ging es nicht anders. Er gab zu, mich bis zu dem Heuhaufen begleitet zu haben, stritt jedoch ab, dort länger als einen Augenblick mit mir stehengeblieben zu sein.

»Sie hatten Ihre Freundin seit zehn Jahren nicht mehr gesehen?« fragte ihn der Inspektor.

»Ja, das stimmt«, antwortete George.

»Und Sie blieben nicht stehen, um mit ihr zu plaudern?«

»Nein, wir waren ja an jenem Abend zum Dinner verabredet. Meine Kusine wartete auf ihre Milch, daher konnte ich mich nicht aufhalten.«

Seine Kusine, die arme alte Seele, schwor, daß er nicht länger als insgesamt zehn Minuten fortgewesen sei; und bis zu ihrem Tode, ein paar Monate später, glaubte sie fest daran. Die mikroskopische Untersuchung ergab natürlich Heu auf Georges Jackett, aber die gleichen Spuren fanden sich in jenem guten Erntejahr auf den Jacketts aller Männer dieses Bezirks. Unglücklicherweise waren die Hände des Melkers sogar noch muskulöser und größer als die Georges. Die Druckspuren an meinen Handgelenken rührten von solchen Händen her, wie die Karteikarten nach meiner Obduktion auswiesen. Aber diese Druckspuren an meinen Handgelenken reichten nicht aus, um einem der Männer das Verbrechen zur Last zu legen. Wenn ich nicht meine langärmelige Strickjacke getragen hätte, so wurde argumentiert, hätten die Abdrücke vielleicht genau den Fingern eines der beiden entsprochen.

Um zu beweisen, daß George absolut kein Motiv haben konnte, erzählte Kathleen der Polizei, daß sie mit ihm verlobt sei. George fand das recht töricht. Sie überprüften sein Leben in

Afrika bis zu seinem Zusammenleben mit Matilda. Die Eheschließung aber kam nicht heraus – wer dachte schon daran, in den Heiratsregistern des Kongo zu blättern? Womit nicht gesagt sein soll, daß man ihm damit ein Motiv für den Mord hätte nachweisen können. Trotzdem war George erleichtert, als die Nachforschungen vorübergingen, ohne daß seine Ehe mit Matilda entdeckt worden war. Er konnte es so einrichten, daß sein Nervenzusammenbruch gleichzeitig mit dem Kathleens erfolgte, und sie erholten sich gleichzeitig und heirateten, lange nachdem die Polizei ihre Nachforschungen auf ein Luftwaffenlager ausgedehnt hatte, das sich fünf Meilen vom Haus von Kathleens Tante entfernt befand. Aber bei diesen Untersuchungen kam nur viel Aufregung und Trinkerei heraus. Der Heuhaufen-Mord blieb eines der ungelösten Verbrechen jenes Jahres.

Kurz darauf emigrierte der Melker nach Kanada, um ein neues Leben zu beginnen. Skinny half ihm dabei, weil ihm der Mann leid tat.

Nachdem ich gesehen hatte, wie George an jenem Sonnabend in der Portobello Road von Kathleen nach Hause gebracht worden war, dachte ich, daß ich ihn unter diesen Umständen vielleicht öfter hier treffen würde. Am nächsten Sonnabend hielt ich nach ihm Ausschau, und bald erschien er auch, diesmal aber ohne Kathleen und mit einem halb sorgenvollen, halb hoffnungsvollen Ausdruck im Gesicht.

Ich zerschlug seine Hoffnungen. Ich sagte: »Hallo, George!«

Er blieb wie angewurzelt inmitten der fließenden Menschenmenge auf der belebten Marktstraße stehen und blickte in meine Richtung. ›Er sieht aus, als hätte er den Mund voller Heu‹, mußte ich unwillkürlich denken. Der neue maisgelbe Kinn- und Schnurrbart, der rings um seinen großen Mund stachelte, hatte mir diesen Gedanken eingegeben, fröhlich und malerisch wie das Leben.

»Hallo, George!« sagte ich noch einmal.

Vielleicht hätte ich mich an jenem schönen Morgen inspiriert gefühlt, noch mehr zu sagen, aber er wartete nicht länger. Er rannte los, eine, zwei, drei Nebenstraßen hinunter, immer im Zick-Zack und so weit, wie ihn seine Beine nur von der Portobello Road forttrugen.

Nichtsdestoweniger war er nächste Woche wieder da. Die arme Kathleen hatte ihn mit ihrem Wagen hergefahren. Sie ließ das Auto am oberen Ende der Straße stehen und stieg mit ihm aus, seinen Arm fest an sich pressend. Es bekümmerte mich zu sehen, wie Kathleen die funkelnden Auslagen an den Ständen ignorierte. Mir war ein reizendes Battersea-Kästchen aufgefallen, ganz nach ihrem Geschmack, und ein Paar emaillierte silberne Ohrringe. Aber sie nahm überhaupt keine Notiz von den Waren, sondern klammerte sich nur an George und – arme Kathleen, ich mag es nicht sagen, wie sie aussah!

Und George war vielleicht abgehärmt! Seine Augen schienen kleiner geworden zu sein, als litte er unter Schmerzen. Mit Kathleen am Arm ging er schwankend die Straße hinauf; seine Frau mußte sich mühsam und stolpernd an seiner Seite den Weg durch die Menschenmenge bahnen.

»Oh, George!« sagte ich. »Du siehst heute überhaupt nicht gut aus.«

»Schau!« flüsterte George. »Dort drüben neben dem Eisenwarenstand – da ist Nadel!«

Kathleen begann zu schluchzen. »Komm zurück nach Hause, Liebster«, sagte sie.

»Oh, du siehst wirklich nicht gut aus, George!« sagte ich.

Sie brachten ihn in ein Pflegeheim. Bis auf die Sonnabende, an denen sie ihn nur mit Mühe im Haus halten konnten, damit er nicht in die Portobello Road ginge, verhielt er sich ziemlich ruhig.

Ein paar Monate später jedoch konnte er entweichen. Es war an einem Montag.

Man suchte ihn in der Portobello Road, er aber war nach Kent und in das Dorf gefahren, in dessen Nähe der Heuhaufen-Mord stattgefunden hatte. Dort ging er zur Polizei und zeigte sich selbst an, aber aus der Art, wie er redete, glaubte man zu erkennen, daß er nicht ganz richtig im Kopfe sei.

»Ich sah Nadel drei Sonnabende nacheinander in der Portobello Road«, erklärte er, »und man hat mich in eine private Heilanstalt gesteckt; aber ich konnte entkommen, während die Schwestern sich um einen neuen Patienten kümmerten. Sie erinnern sich doch an die Ermordung von Nadel? – Nun, ich hab's getan. Jetzt wissen Sie die Wahrheit, und das wird der verdammten Nadel ein für alle Mal den Mund stopfen.«

Dutzende von armen, verrückten Burschen legen für jeden Mord ein Geständnis ab. Die Polizei ließ einen Ambulanzwagen kommen und George zur Anstalt zurückschaffen. Dort blieb er jedoch nicht mehr lange. Kathleen gab ihr Geschäft auf und widmete sich zu Hause ganz seiner Pflege. Aber sie mußte bald festellen, daß die Sonnabende mit ihm kaum auszuhalten waren. Er bestand darauf, in die Portobello Road zu gehen und mich zu sehen, und wenn er zurückkam, behauptete er steif und fest, daß er Nadel ermordet habe. Einmal versuchte er ihr etwas über Matilda zu erzählen, aber Kathleen war so freundlich und besorgt um ihn, daß er wohl nicht den Mut fand, sich daran zu erinnern, was er ihr hatte erzählen wollen.

Skinny hatte sich seit dem Mord George gegenüber stets sehr reserviert verhalten; aber er war freundlich zu Kathleen. Er war es auch, der die beiden überredete, nach Kanada auszuwandern, damit George ganz außer Reichweite der Portobello Road käme.

George hat sich in Kanada etwas erholt, aber natürlich wird er, wie Kathleen an Skinny schreibt, nie mehr ganz der alte werden. ›Die Heuhaufen-Tragödie hat George fertiggemacht‹, schreibt sie; ›George tut mir manchmal noch mehr leid als die arme Nadel. Aber ich lasse noch oft Messen für Nadels Seele lesen.‹

Ich bezweifle, daß George mich je wieder in der Portobello Road sehen wird. Er brütet viel über dem zerknitterten Schnappschuß von uns auf dem Heuhaufen. Kathleen mag das Photo nicht, und ich kann es ihr nicht verdenken. Ich dagegen halte es für einen recht gelungenen Treffer, wenn ich auch nicht glaube, daß wir jemals so wunderschön ausgesehen haben wie auf diesem Bild, wo wir, die Köpfe voller lustiger Streiche, über die reifen Kornfelder starren: Skinny mit seinem humorvollen Lächeln, ich im sicheren Bewußtsein meiner Verschiedenheit von den anderen, Kathleen mit anmutig in die Hand gestütztem Kopf – und jeder von uns spiegelt im Auge von Georges Kamera furchtlos die Herrlichkeit der Welt wider, als nähme sie nie ein Ende.

Der Seraph und der Sambesi

Vielleicht habt ihr mal von Samuel Cramer gehört, einem Dichter und Journalisten, der mit einer Tänzerin namens Fanfarlo zu tun hatte. Aber wenn ihr nicht von ihm gehört habt, dann schadet's auch nichts, wie ihr schon noch merken werdet. Zu Beginn des neunzehnten Jahrhunderts war er in Paris sehr auf der Höhe, und als ich ihn 1946 kennenlernte, war er immer noch auf der Höhe, doch diesmal auf andere Art. Es war der gleiche Mann, aber gemäßigter. Damals zum Beispiel, vor mehr als hundert Jahren, hatte Cramer mehrere Jahrzehnte hindurch in aller Harmlosigkeit darauf bestanden, daß er ungefähr fünfundzwanzig Jahre alt sei. Als ich ihn dagegen kennenlernte, befand er sich offensichtlich in seiner Zweiundvierzigerphase.

Zu jener Zeit besaß er eine Tankstelle, und zwar vier Meilen südlich vom Sambesi, wo der Fluß in den Viktoriafällen über Felsklippen stürzt. Cramer hatte ein paar Gastzimmer, in denen er, wenn das Hotel besetzt war, Touristen unterbrachte, die zu den Fällen wollten. Ich wurde an ihn verwiesen, weil ich im Hotel keinen Platz bekommen konnte, denn es war in der Woche vor Weihnachten.

Ich traf ihn draußen vor seiner Wellblechgarage an, wo er gerade am Anlasser eines großen, plumpen Mercedes herumprobierte, und auf den ersten Blick hielt ich ihn für einen Belgier aus dem Kongo. Er sah mir teils nördlich, teils südlich aus – hatte helles Haar und eine lederfarbene Haut. Später erzählte er mir, sein Vater sei Deutscher und seine Mutter Chilenin. Dieser Bescheid war es – und nicht so sehr das ›S. Cramer‹ über der Garagentür –, der mich auf den Gedanken brachte, ich müßte schon von ihm gehört haben.

Die Regenzeit war sehr dürftig ausgefallen, und in jenem Dezember herrschte eine sengende Hitze. Am dritten Abend vor Weihnachten saß ich auf der Veranda vor meinem Zimmer und blickte durch das zerrissene Drahtnetz des Moskitofensters auf das ferne Wetterleuchten. Wenn die Atmosphäre längere Zeit eine übermäßig hohe Temperatur beibehält, scheint mit den natürlichen Umweltgeräuschen etwas vor sich zu gehen. Der Ton vermag seine übliche Fülle nicht mehr zu tragen, sondern er dringt wie eingezwängt und geknebelt an unser Ohr. An jenem Abend waren die Weihnachtskäfer, die sonst auf jeder Veranda mit lautem ›teck-teck‹ auf den Rücken fallen, anscheinend mit Stoßdämpfern versehen. Ich sah einen hinfallen, und der leise Aufprall war erst um einen winzigen Zeitbruchteil später vernehmlich. Die Geräusche der kleineren wilden Tiere im Busch klangen auch alle wie vertuscht. Ja, als die Geräusche im Busch alle gleichzeitig abbrachen, wie es häufig der Fall ist, wenn ein Leopard sich nähert, merkte ich erst, daß vorher ein Geräusch dagewesen war.

Das allgemeine erstickte Gesumm wurde von Cramers Sonnenuntergangsgesellschaft übertönt, die am andern Ende der Veranda ihren Fortgang nahm. Die Hitze verzerrte jedes Wort. Die Gläser ließen ein Klimpern hören, das nicht mehr an Gläsernes erinnerte, sondern an in Seidenpapier gewickelte Flaschen. Manchmal hing ein Schrei oder ein Lachen stumpf in der Luft, doch es waren unwirkliche Laute, wie aus einem fernen Land projiziert – wie Taschenlampen im Londoner Nebel.

Cramer kam zu mir auf meinen Verandaanteil und forderte mich auf, bei seiner Gesellschaft mitzumachen. Ich sagte, ich würde gerne kommen, und meinte es ehrlich, obwohl ich auch gern allein gesessen hätte. Eine so beharrliche und heftige Hitze saugt jeden Willen auf.

Fünf Leute saßen in Korbstühlen da, tranken ihren Highball und knabberten gesalzene Erdnüsse. Ich erkannte einen rothaarigen Reiter aus Livingstone, der frisch aus England gekommen war, und zwei von Cramers Gästen, einen Tabakpflanzer und seine Frau aus Bulawayo. Wie es dortzulande Brauch ist, wurden die andern beiden mit ihrem Vornamen vorgestellt. Mannie, ein kleiner dunkler Mann von gedrungenem Wuchs und Gesicht, konnte meiner Ansicht nach ein Portugiese von der Ostküste sein. Fanny, die Frau, zupfte kleine Enden aus ihrem ausgefransten Korbstuhl, und als sie ihr Glas hob, zitterte ihre Hand ein wenig, so daß ihre Armbänder klirrten. Sie mochte etwa fünfzig sein, eine gepflegte Frau und sehr adrett. Ihr graues, leicht blau getöntes Haar säumte als Franse ein Gesicht, das von Malaria zerfurcht war.

Wie man so mit Fremden in jener Gegend die Zeit zu verbringen pflegt, tauschte ich mit den Tabakleuten die Namen von Bekannten aus, die innerhalb von sechshundert Meilen im Umkreis wohnten, wobei wir die Liste auf gemeinsam bekannte Namen beschränkten. Der Reiter seinerseits steuerte Neuigkeiten aus der Gegend zwischen Lusaka und Livingstone bei. Unterdessen war eine Diskussion zwischen Cramer, Fanny und Mannie im Gange, und Fanny schien den Sieg davonzutragen. Wie es den Anschein hatte, sollte am Heiligen Abend ein Spiel oder ein Konzert aufgeführt werden, an dem die drei teilnahmen. Ein paarmal hörte ich Worte wie ›Engelschar‹, ›Hirten‹, ›lächerlicher Preis‹ und ›meine jungen Mädchen‹ – Worte, um die es sich bei der Auseinandersetzung hauptsächlich zu drehen schien. Plötzlich unterbrach sich Fanny mitten im Sprechen, da sie einen vom Reiter erwähnten Namen aufgefangen hatte, und wandte sich an uns.

»Sie gehörte zu meinen jungen Mädchen«, sagte sie. »Ich habe ihr drei Jahre lang Unterricht gegeben.«

Mannie stand auf, um sich zu verabschieden, und bevor Fanny ihm folgte, holte sie eine Karte aus ihrer Handtasche und reichte sie mir mit spitzen Fingern.

»Falls sich eine Ihrer Bekannten dafür interessiert . . .«, sagte Fanny obenhin.

Während sie mit ihrem Mann wegfuhr, betrachtete ich die

Karte und las über einer Adresse etwa vier Meilen stromaufwärts das Folgende:

Madame La Fanfarlo (Paris, London)
Tanzlehrerin. Ballett. Tanzsaal.
Auf Wunsch wird für Transportmöglichkeit gesorgt.

Am nächsten Tag stieß ich auf Cramer, der sich immer noch bemühte, die Ursache der Panne am Mercedes zu entdecken.

»Sind Sie der Mann, über den Baudelaire geschrieben hat?« fragte ich ihn.

Mit der Miene schwer geprüfter Geduld blickte er an mir vorbei auf das weite, öde Veldt.

»Ja«, erwiderte er. »Was hat Sie darauf gebracht?«

»Der Name Fanfarlo auf Fannys Karte«, sagte ich. »Sie kannten sie doch – damals in Paris?«

»Ach ja«, sagte Cramer, »aber die Zeiten sind vorbei. Sie hat Manuelo de Montaverde geheiratet – also den Mannie. Vor etwa zwanzig Jahren haben sie sich hier angesiedelt. Er hat einen Kaffern-Laden.«

Nun fiel mir ein, daß es Cramer im Zeitalter der Romantik beliebt hatte, zwischen der Betätigung als Dichter und als Literat zu schwanken und solchen Betätigungen entsprechend zu leben.

Ich fragte ihn: »Haben Sie Ihre literarische Laufbahn aufgegeben?«

»Als Laufbahn, ja«, antwortete er. »Es war eine Besessenheit, und ich war froh, als ich sie los war.«

Er strich über die klobige Kühlerhaube des Mercedes und fuhr fort: »Die größte Dichtung ist Gelegenheitsdichtung: Einfall des Augenblicks.«

Wieder blickte er über das Veldt, wo ein unsichtbarer grauer Haubenpapagei »Go'way, go'way!« kreischte.

»Wichtig ist einzig das Leben«, schloß Cramer.

»Und verfassen Sie jetzt Gelegenheitsdichtung?« fragte ich.

»Wenn die Gelegenheit es verlangt«, sagte er. »So habe ich

gerade ein Weihnachtsspiel geschrieben. Am Heiligen Abend wollen wir es dort drin aufführen.« Er deutete auf die Garage, wo ein paar Eingeborene schon dabei waren, Benzinkanister und Autoreifen umzustellen. Da sie weder zu den Schauspielern noch zu den Zuschauern gehörten, ließen sie sich Zeit. Nahebei war ein Stoß Faltstühle abgeladen worden.

Als ich am Vormittag des Heiligen Abends ziemlich spät von den Fällen zurückkehrte, sah ich draußen vor der Garage eine Schar streitender Eingeborener und mitten unter ihnen Cramer, der laut und wüst fluchte. Er hielt einen zornigen Mann am Hemdsärmel gepackt, während er mit der andern Hand seine Schimpfworte in die heiße Luft malte. Ein paar Missions-Eingeborene waren hergeschickt worden, um beim Errichten der Bühne behilflich zu sein, und mit ihrem mittelmäßigen Schulenglisch, den gewaschenen Gesichtern und den weißen Drellshorts hatten sie, ohne es zu wollen, Cramers simple zerlumpte Boys gegen sich aufgebracht. Cramers Behandlungsart, die im Wort ›Polizei‹ gipfelte, gelang es dann, sie wieder an die Arbeit zu schicken, wobei sie einander noch immer trommeldunkle Kehllaute zuriefen.

Die Bühne bestand aus Kisten mit darüber genagelten Brettern: sie befand sich im Hintergrund der Garage, und von dort führte ein Türchen zum Hof, zum Abort und zu den Eingeborenenhütten. Der Raum zwischen Tür und Bühne war durch mehrere an einer Leine aufgehängte schwarze Regierungsdecken abgetrennt worden und sollte das Ankleidezimmer sein. Ich willigte ein, am Abend herüberzukommen, um bei der Beleuchtung, beim Schminken und beim Anstecken der Engelsflügel zu helfen. Die Tanzschülerinnen der Fanfarlo sollten als Engelchor singen und tanzen, während sie selbst als Jungfrau Maria ein Ballettsolo vorführen wollte. Weil ihr Mann nur sehr gebrochen Englisch sprach, hatte er als Hirt eine stumme Rolle bekommen, und drei weitere Hirten waren ihm aus dem gleichen Grund zugeteilt worden. Cramers Rolle war die wichtigste, denn er hatte am meisten zu sprechen, da er der Erste Seraph war. Man war sich einig, daß er die langen Stellen am besten vortragen könnte, weil er ja das Stück verfaßt hatte. Wie ich hörte, war es aber bei den Proben zu Reibereien gekommen, denn Fanny hatte einen zu großartigen Bühnenaufbau verlangt, den man ihren jungen Mädchen schuldig sei.

Die Vorstellung sollte um acht Uhr beginnen. Ich erschien Viertel nach sieben hinter der Bühne und fand dort die in Ballettröckchen gekleideten Engel mit Flügeln aus verschiedenfarbigem Kreppapier. Die Fanfarlo trug ein langes, durchsichtiges weißes Gewand mit einem flitterbestickten Oberteil. Ich half gerade den Weisen aus dem Morgenland beim Befestigen der Bärte, als ich Cramer erblickte. Er trug eine Art Toga, ein Gewand aus mehreren Schichten Moskitotüll, die aber nicht dicht genug waren, sondern seine weißen Shorts sehen ließen. Er hatte schon sehr früh die Schminke aufgetragen, und in der zunehmenden Hitze begann sie zu schmelzen.

»Immer werd' ich nervös, wenn es soweit ist«, sagte er. »Ich muß noch mal meine Eröffnungsrede üben.«

Ich hörte, wie er auf die Bühne stieg und deklamierte. Lauter als die Stimmen der aufgeregten Kinder schlug mir der Rhythmus seiner Stimme ans Ohr. Voller Eifer half ich der Fanfarlo, Schminke auf die Gesichter der Mädchen aufzutragen. Es schien unmöglich. Sobald wir die Schminkstifte auch nur in die Hand nahmen, schmolzen sie schon. Es wurde wirklich ganz außergewöhnlich heiß.

»Macht doch die Tür auf!« schrie die Fanfarlo. Die Hoftür wurde geöffnet, und eine Schar neugieriger Eingeborener drängte sich um den Eingang. Ich überließ es der Fanfarlo, sie wegzuscheuchen, denn ich wollte irgendwie auf die Vorderseite gelangen, um Luft zu schöpfen. Ich stieg auf die Bühne und überquerte sie schon, als mir rechter Hand eine mächtige Hitzewelle entgegenschlug. Ich blickte mich um und sah Cramer, der offenbar jemanden anfauchte, ungefähr wie am Morgen, als er die Eingeborenen beschimpfte. Doch wegen des

Hitzestroms konnte er nicht näher vordringen. Und wegen der Hitze konnte ich auch nicht gleich erkennen, mit wem Cramer so schalt: es war eine Art Hitze, die einem auf die Augen schlug. Doch als ich an den vorderen Rand der Bühne trat, sah ich, was drüben stand.

Es war eine lebendige Erscheinung. Das Auffallendste an ihr war ihre Unwandelbarkeit: sie schien den Gesetzen der Perspektive nicht unterworfen, denn immer blieb sie gleich groß, ob ich näher kam oder mich zurückzog. Und sehr zum Unterschied von andern Lebensformen machte sie einen fertigen Eindruck. Kein Teilchen war in Entwicklung begriffen; den Umrissen fehlte es an jener Wirrnis und Gärung, die doch sonst Merkmale lebender Wesen sind, und gerade das war die Ursache ihrer Schönheit. Die Augen nahmen fast den größten Teil des Gesichts ein und reichten weit über die Backenknochen hinaus. Am Hinterkopf saßen zwei kräftige Flügel, die von Zeit zu Zeit über die Augen fächerten und dabei einen glühend heißen Luftwirbel hervorriefen. Ein Hals war kaum vorhanden. Unterhalb der Schultern breitete sich ein zweites kräftiges und geschmeidiges Flügelpaar aus, und ein drittes Paar entfaltete sich an den Waden und schien den Körper zu tragen. Die Füße sahen zu zerbrechlich aus, um eine so konzentrierte Daseinsform zu stützen.

In Afrika lebende Europäer fühlen sich meistens unwiderstehlich gedrängt, alles Fremdartige in der Kaffern-Umgangssprache anzureden.

»Hamba!« schrie Cramer, und das bedeutet: »Geh fort!«

»Geh du jetzt von der Bühne herunter und sei ruhig!« sagte die Erscheinung friedfertig.

»Wer zum Teufel bist du?« keuchte Cramer in der heißen Luft.

»Der gleiche wie im Himmel«, kam die Antwort. »Also ein Seraph.«

»Das kannst du anderen erzählen«, schnaufte Cramer. »Seh ich wie ein Esel aus?«

»Nein. Aber auch nicht wie ein Seraph«, sagte der Seraph.

Die Hitze, die der Seraph ausstrahlte, erfüllte die ganze

Garage. Cramer lief die Schminke in die Augen, und er wischte sie auf sein Tüllgewand. Er trat zurück, bis zu einer weniger heißen Stelle, und rief von dort aus: »Ein für allemal . . .«

»Sehr richtig«, sagte der Seraph.

». . . ist das hier meine Aufführung.«

»Seit wann?« fragte der Seraph.

»Von Anfang an«, keuchte Cramer ihm zu.

»Und mein ist sie von Anbeginn«, sagte der Seraph, »und der Anbeginn ist der wahre Beginn.«

Cramer kletterte von der heißen Bühne herunter, blieb mit seinem Seraph-Gewand an einem Nagel hängen und zerriß es. »Hör mal«, sagte er, »ich kann mir einfach nicht vorstellen, daß eine Abnormität wie du ein echter Seraph ist!«

»Sehr richtig«, sagte der Seraph.

Mittlerweile hatte mich die Hitze zum vorderen Eingang getrieben. Cramer trat neben mich. Eine Anzahl Eingeborener hatte sich eingefunden. Die Zuschauer waren schon in ihren Wagen eingetroffen, und die andern Schauspieler waren vom Hof her um das Gebäude herumgekommen. Es war wegen der Hitze des Seraphs unmöglich, weit hineinzuschauen, und es war unmöglich, wieder hineinzugehen.

Cramer ereiferte sich immer noch von der Türe her gegen den Seraph, und unter den Neuankömmlingen erhoben sich allerlei Mutmaßungen, welcher von den drei Kategorien die gegenwärtige Schwierigkeit zuzuschreiben sei: den Eingeborenen oder Whitehall oder den Leoparden.

»Das hier ist mein Anwesen«, rief Cramer, »und die Leute haben ihre Plätze bezahlt. Sie sind hergekommen, um sich ein Mysterienspiel anzuschauen.«

»In dem Falle will ich abkühlen«, sagte der Seraph, »dann können sie kommen und sich ein Mysterienspiel anschauen.«

»*Mein* Mysterienspiel«, sagte Cramer.

»O nein – *meins*!« sagte der Seraph. »Deins genügt nicht.«

»Gehst du jetzt, oder soll ich die Polizei rufen?« sagte Cramer entschlossen.

»Für mich gibt es keine Wahl«, sagte der Seraph noch entschlossener.

Draußen hatte es sich herumgesprochen, in der Garage sei ein rasender Leopard. Die Leute stiegen wieder in ihre Wagen und parkten in sicherer Entfernung; der Tabakpflanzer ging fort, um sein Gewehr zu holen. Eine Anzahl junger Reiter hatte den Einfall, den rasenden Leoparden mit Benzin zu blenden: sie hatten ein paar Eingeborene dazu angestiftet, Benzinkanister an der Tanksäule zu füllen und sie von Hand zu Hand bis zur Garage wandern zu lassen.

»Dann ist er erledigt«, sagte einer.

»Das ist recht!« sagte Cramer von seinem Platz an der Tür. »Gebt's ihm nur!«

»Das solltet ihr nicht tun«, sagte der Seraph. »Dann entsteht ein Brand.«

Die erste Portion Benzin, die in die Hitze geschleudert wurde, loderte auf. Zuerst verbrannten die Sitze. Dann begann sogar die Luft innerhalb der Blechwände zu brennen, bis das ganze Innere ein Feuermeer war. Eine weitere Wagenladung mit Reitern traf ein und ließ sofort von den Eingeborenen leere Kanister mit Wasser füllen. Allmählich löschten sie das Feuer. Etwas weiter straßaufwärts zählte die Fanfarlo ihre Engel. Sie versuchte die Eltern zu beruhigen und gleichzeitig zu beobachten, was vor sich ging, und sie war wütend, daß sie nun nicht tanzen konnte. Einem Engel, dessen Eltern in England waren, knuffte sie derb in den Rücken.

Es dauerte einige Stunden, bis das Feuer gänzlich gelöscht war. Solange die Wellblechwände noch glühten und sich krümmten und aufrollten, konnte man unmöglich erkennen, was mit dem Seraph geschehen war, und als sie nicht mehr glühten, war es zu dunkel und auch zu heiß, um weit genug in die Trümmer hineinzuspähen.

»Sind Sie versichert?« erkundigte sich einer von Cramers Freunden.

»O ja«, erwiderte Cramer. »Meine Police schließt alles ein –

nur nicht höhere Gewalt, und das bedeutet Blitzschlag oder Überschwemmung.«

»Er ist hinreichend versichert«, erzählte Cramers Freund einem andern Freund.

Viele Leute waren nach Haus gegangen, und die übrigen waren im Begriff aufzubrechen. Die Reiter fuhren ab und sangen dabei: »Der gute König Wenzel . . .«, und die Missionsboys liefen die Straße hinab und sangen: »Freut euch, ihr wackern Christenleut!«

Es war gegen Mitternacht und immer noch sehr heiß. Die Tabakpflanzer schlugen eine Fahrt zu den Fällen vor, wo es kühl wäre. Cramer und die Fanfarlo schlossen sich uns an, und wir rumpelten über den holprigen Weg von Cramers Garage bis zur Überlandstraße. Dort ist der Fahrdamm nur in Längsstreifen für Autoräder asphaltiert. Wir hörten das Donnern der Fälle, als wir noch etwa zwei Meilen davon entfernt waren.

»Nach all meiner Arbeit für das Spiel und alles übrige!« sagte Cramer.

»Ach, hören Sie auf!« rief die Fanfarlo.

Und gerade da sah ich im Licht unsrer Scheinwerfer noch einmal den Seraph, wie er mit etwa siebzig Kilometern Stundengeschwindigkeit den Asphaltstreifen entlangschwebte, wobei zwei seiner sechs Flügel sich geschwind bewegten, zwei sich über sein Gesicht falteten und zwei seine Füße bedeckten.

»Da ist er!« rief Cramer. »Den bekommen wir noch!«

Wir ließen den Wagen in der Nähe des Hotels stehen und folgten einem Treck durch die dichte Vegetation des Regenwaldes, auf den fortwährend der Gischt der Fälle niederstäubt. Der zarte Sprühregen war wie eine Genesung nach der Fieberglut. Der Seraph war weit voraus, und zwischen den Bäumen konnte ich erkennen, wie seine Hitze den Gischt in Dampf verwandelte.

Wir kamen zum Rand der Felsklippen, wo uns gegenüber und auf der gleichen Höhe der Fluß mit voller Wucht in die Schlucht hinuntertost. Vom Seraph war keine Spur zu sehen. War er tief unten im brodelnden Abgrund – oder wo sonst?

Dann bemerkte ich, daß über dem eine Meile langen Kamm des Wasserfalles der Gischt höher als sonst aufstieg. Ich hielt es für Dampf, den die Hitze des Seraphs hervorgerufen hatte. Ich hatte recht, denn gleich darauf, beim stummen Flackern des Wetterleuchtens, sahen wir ihn über den Sambesi ziehen, fort von uns, zwischen den Felsen hindurch, die wie Krokodile aussehen, und zwischen Krokodilen hindurch, die wie Felsen aussehen.